QUEIMADO

QUEIMADO

Thomas Enger

Tradução
André Pereira da Costa

Copyright © 2010 by Thomas Enger

Título original norueguês: *Skinndød*
Traduzido da edição inglesa (*Burned*)

Essa tradução foi publicada com o apoio da NORLA (Norwegian Literature Abroad).

Este livro contempla as regras do Acordo Ortográfico da Língua Portuguesa de 1990, que entrou em vigor no Brasil.

Capa: Axl Sande - Gabinete de Artes
Editor-gestor: Walter Luiz Coutinho
Editor: Enrico Giglio
Produção editorial: Marcia Men

Dados Internacionais de Catalogação na Publicação (CIP)
(Câmara Brasileira do Livro, SP, Brasil)

Enger, Thomas

Queimado / Thomas Enger ; tradução de André Pereira da Costa. -- Barueri, SP : Amarilys, 2012.

Título original em norueguês: Skinndød.
ISBN 978-85-20435-07-6

1. Ficção norueguesa I. Título.

12-11962   CDD-839.823

Índices para catálogo sistemático:
1. Ficção : Literatura norueguesa   839.823

Todos os direitos reservados. Nenhuma parte deste livro poderá ser reproduzida, por qualquer processo, sem a permissão expressa dos editores. É proibida a reprodução por xerox.

Amarilys é um selo editorial Manole.

A Editora Manole é filiada à ABDR – Associação Brasileira de Direitos Reprográficos.

1ª edição brasileira - 2013

Editora Manole Ltda.
Av. Ceci, 672 – Tamboré
06460-120 – Barueri – SP – Brasil
Tel. (11) 4196-6000 – Fax (11) 4196-6021
www.manole.com.br / www.amarilyseditora.com.br
info@amarilyseditora.com.br

Impresso no Brasil
Printed in Brazil

Aos meus outros corações – Benedicte, Theodor & Henny

*Minha vida, prometo de todo coração ser seu
até que a morte venha extinguir minha ardente paixão
por você e pela alegria.*

Halldis Moren Vesaas, À Vida, 1930

PRÓLOGO

Setembro de 2007

Ele acha que está tudo escuro à sua volta, mas não tem certeza. Aparentemente não consegue abrir os olhos. O chão está frio? Molhado?

Acha que pode estar chovendo. Algo bate em seu rosto. Neve, já? A primeira neve?

Jonas adora neve.

Jonas.

Cenouras murchas nos bonecos de neve, tufos de grama e terra. Não, agora não. Não pode ser Frosty, o Boneco de Neve, não, não pode ser. Ou pode?

Tenta erguer o braço direito, mas ele não se move. Mãos. Será que ainda tem mãos? O polegar dobra.

Pelo menos é o que ele acha.

Sua pele está fina e quebradiça feito um floco de neve. Chamas por todo lado. Que calor. Seu rosto escorre como massa de panqueca numa frigideira fervente.

Jonas adora panqueca.

Jonas.

O chão balança. Vozes. Silêncio. Magnífico silêncio. Proteja-me, por favor. Você, que está me vendo.

Vai ficar tudo bem. Não tenha medo. Eu vou cuidar de você.

Os risos cessam. Ele sente falta de ar. Aperte minha mão, aperte firme.

Mas onde você está?

Ah, você está aí. Estávamos aqui. Você e eu.

Jonas adora que haja um 'você e eu'.

Jonas.

Horizontes. Nevasca num azul infinito. Um *plop* rompe a superfície, linha e isca afundam.

Madeira fria sob os pés. Seus olhos ainda estão grudados.

Vai ficar tudo bem. Não tenha medo. Eu vou cuidar de você.

Ele sente a varanda sob os pés. Tem um ponto de apoio firme. Ou acha que tem.

Mãos vazias. Onde você está? Volta, por favor — por favor, volta.

Uma barreira de escuridão. Tudo se reduz a escuridão. Sons de sirene se aproximam.

Ele consegue abrir um olho. Não é neve. Não é chuva. Só escuridão.

Nunca antes ele tinha visto escuridão. Nunca, nunca tinha realmente visto o que a escuridão é capaz de ocultar.

Mas agora ele a vê.

Jonas tinha medo do escuro.

Ele ama Jonas.

Jonas.

CAPÍTULO 1

Junho de 2009

Os cachos loiros estão ensopados de sangue.

O chão se abriu e tentou tragá-la. Apenas a cabeça e o torso estão à vista. Seu corpo rígido é amparado pela terra úmida; ela lembra uma solitária rosa vermelha de haste longa. O sangue escorreu pelas costas em filetes alongados, como lágrimas sobre um rosto triste. Suas costas nuas parecem uma pintura abstrata.

Ele dá passos hesitantes no interior da barraca, olhando de um lado para outro. Dê meia volta, diz para si mesmo. Isso não tem nada a ver com você. Dê meia volta e saia daqui, vá para casa e esqueça o que viu. Mas ele não consegue. Como poderia?

— Oláááá?

Só os galhos sussurrantes das árvores respondem. Ele dá mais alguns passos. O ar é sufocante e abafado. O cheiro o faz se lembrar de alguma coisa. Mas o quê?

A barraca não estava lá ontem. Para quem, como ele, leva o cachorro para passear todos os dias em Ekeberg Common, a visão daquela grande barraca branca era irresistível. O local estranho. *Tinha* que dar uma olhada lá dentro.

Ah, se tivesse conseguido se controlar...

A mão dela não está colada ao corpo. Está caída, rija, junto ao braço, como se ele terminasse no pulso. A cabeça pende sobre um dos ombros. Ele olha novamente os cachos loiros. Tufos esparsos dão ao emaranhado cabelo vermelho o aspecto de peruca.

Ele chega bem próximo à jovem, mas para abruptamente, hiperventilando a ponto de ficar sem ar. Os músculos do estômago dão um nó e se preparam para devolver o café e a banana do desjejum, mas ele reprime o impulso. Recua, cautelosamente, pestanejando, antes de olhá-la mais uma vez.

Um olho está dependurado, fora da órbita. O nariz está esmagado como se houvesse desaparecido dentro do crânio. O queixo, amassado e coberto de manchas roxas e cortes. Um sangue escuro e denso havia jorrado de um orifício na testa, caindo sobre os olhos e cobrindo a ponte do que restara do nariz. Um dente está pendurado por um filete de sangue coagulado por dentro do lábio inferior. Há vários dentes espalhados na grama diante da mulher que já teve um rosto.

Não tinha mais.

A última coisa de que Thorbjørn Skagestad se lembra, antes de sair cambaleando da barraca, é do esmalte em seus dedos. Vermelho-sangue.

Como as pedras pesadas caídas em torno dela.

Henning Juul não sabe por que está sentado aqui. Neste exato lugar. O assento tosco, encravado na encosta, é duro. Áspero e grosseiro. Doloroso. Mesmo assim ele sempre vem se sentar aqui. No mesmíssimo lugar. Beladonas crescem em meio ao assento e pendem na direção do Dælenenga Club House. Abelhas zumbem excitadas em volta das bagas venenosas. As tábuas estão úmidas. Dá para sentir no traseiro. Ele provavelmente precisaria trocar de calça quando chegasse em casa, mas sabe que nem vai se incomodar.

Henning costumava vir aqui para fumar. Não fuma mais. Nada a ver com saúde ou bom-senso. Sua mãe tem enfisema pulmonar, mas não é isso que o fez parar. Gostaria desesperadamente de poder fumar. Aqueles amigos branquinhos, sempre contentes por nos ver, pena que nunca se demorem muito tempo. Mas não pode, ele simplesmente não pode.

Há gente em volta, mas ninguém se senta a seu lado. Uma dondoca na grama artificial ergue os olhos para ele. E rapidamente desvia o olhar. Já se acostumou com as pessoas que o olham fingindo não olhar. Sabe que elas ficam se perguntando quem será ele, o que houve e por que se senta ali. Mas nunca perguntam. Ninguém se atreve.

Henning não as culpa.

*

Ele se levanta para ir embora quando o sol começa a se pôr. Está arrastando uma perna. Os médicos lhe disseram que deveria tentar caminhar o mais naturalmente possível, mas não estava conseguindo. Dói demais. Ou talvez não o bastante.

Ele sabe o que é sofrer.

Vai se arrastando até o Parque Birkelunden, passando pelo pavilhão recém-reformado com telhado novo. Uma gaivota grasna. Há muitas gaivotas no Parque Birkelunden. Henning detesta gaivotas. Mas gosta do parque.

Sempre mancando, passa por namorados na horizontal, barrigas de fora, latas espumantes de cerveja e colunas de fumaça das brasas de churrasco se consumindo. Um velho se concentra antes de jogar uma bola de metal na direção de um amontoado de outras bolas de metal sobre os cascalhos onde crianças haviam, ao menos dessa vez, deixado em paz a estátua de bronze de um cavalo. O homem erra. Ele só erra.

Você e eu, pensa Henning, nós dois temos muito em comum.

O primeiro pingo de chuva cai quando ele dobra na Seilduksgate. Poucos passos depois, deixa para trás o burburinho de Grünerløkka. Ele não gosta de barulho. Não gosta do Chelsea Football Club nem de guardas de trânsito, mas quanto a isso não há o que fazer. Existem muitos guardas de trânsito na Seilduksgate. Ele não sabe se algum deles é torcedor do Chelsea. Mas Seilduksgate é a sua rua.

Ele gosta da Seilduksgate.

Com a chuva pingando na cabeça, ele caminha rumo ao sol que se põe sobre o Old Sail Loft, do qual a rua tira seu nome. Deixa que os pingos lhe caiam em cima e aperta os olhos para distinguir o contorno de um objeto à frente. Um gigantesco guindaste amarelo ergue-se para o céu. Sempre esteve ali. As nuvens no alto continuam sombrias.

Henning se aproxima da esquina onde Markvei tem preferência sobre quem vem da direita, pensando que amanhã tudo pode ser diferente. Ele não sabe se é uma ideia original ou se alguém a plantou dentro de sua cabeça. Possivelmente nada vai mudar. Talvez somente as vozes e os sons serão diferentes. Alguém gritará. Alguém sussurrará.

Talvez tudo seja diferente. Ou nada. E em meio a essa tensão há um mundo de cabeça para baixo. Será que eu ainda pertenço a ele?, pensa. Há lugar para mim? Serei forte o bastante para libertar as palavras, as lembranças e os pensamentos que eu sei que estão enterrados bem fundo dentro de mim?

Não sabe.

Há muita coisa que ele não sabe.

Ele penetra no apartamento após escalar três grandes lances de escada nos quais a poeira flutua sobre a sujeira entranhada na madeira. Uma transição apropriada à sua casa. Ele mora numa lixeira. Prefere assim. Não se considera merecedor de um *hall* imenso, de armários do tamanho de *shopping centers*, de uma cozinha cujos guarda-louças e gaveteiros mais parecem um rinque de patinação, de eletrodomésticos autolimpantes, de pisos refinados que convidam a uma valsa, de paredes cobertas de livros clássicos e de referência, nem tampouco de um relógio de grife, de um castiçal de prata assinado por Georg Jensen ou de uma colcha feita de prepúcios de colibris. Ele só precisa de um colchão de solteiro, uma geladeira e um lugar qualquer para se sentar quando a escuridão chega, furtiva. Porque ela inevitavelmente chega.

Toda vez que ele entra em casa e fecha a porta, tem a sensação de que há algo errado. A respiração se acelera, sente o seu corpo todo quente, as palmas das mãos se cobrem de suor. Há uma escada de mão à direita, no *hall* de entrada. Ele a pega, sobe e localiza a maleta Clas Ohlson no velho porta-chapéus verde. De dentro dela, tira uma caixa de pilhas, então alcança o detector de fumaça, retira cuidadosamente a pilha e a troca por uma nova.

Testa para se certificar de que está funcionando.

Quando a respiração volta ao normal, ele desce. Aprendeu a gostar de detectores de fumaça. Gosta tanto que tem oito.

CAPÍTULO 2

Quando o alarme do relógio toca, ele se vira com um resmungo desapontado. Estava bem no meio de um sonho, que se evapora enquanto seus olhos se entreabrem e a aurora penetra. Havia uma mulher no sonho. Ele não se lembra como ela era, mas sabe que era a Mulher dos seus Sonhos.

Henning pragueja, depois se senta e olha em torno. Seus olhos se detêm nos frascos de comprimido e na caixa de fósforos que o saúdam toda manhã. Suspira, balança as pernas para fora da cama e pensa que é hoje, hoje é o dia.

Respira fundo, esfrega o rosto e começa pelo mais fácil. As pílulas são esbranquiçadas e diabólicas. Como de hábito, ele as ingere a seco porque assim é mais difícil. Força-as goela abaixo, engole e espera que desapareçam no trato digestivo e façam o trabalho que o Dr. Helge proclama entusiasticamente ser para o próprio bem de Henning.

Ele bate o frasco com uma força desnecessária em cima da mesa de cabeceira, como para se despertar. Pega a caixa de fósforos. Abre-a devagar e olha o que tem dentro. Vinte soldadinhos infernais de madeira. Tira um, estuda o enxofre, um boné vermelho que concentra o mal. *Fósforos de Segurança*, está escrito na embalagem. Uma contradição em termos.

Ele pressiona o fino palito de encontro à lateral da caixa e já está a ponto de acendê-lo quando suas mãos se paralisam. Ele se concentra, mobilizando toda a força nas mãos, nos dedos, mas a enervante lasca de madeira se nega a sair do lugar, não obedece e permanece indiferente. Ele começa a suar, o peito aperta, tenta respirar, e nada. Faz uma segunda tentativa, pega outro espadim diabólico e avança com ele sobre a caixa de fósforos, mas logo se dá conta de que já não tem o mesmo espírito combativo, nem sombra de força de vontade dessa vez, e desiste de tentar concretizar o pensamento. Lembra-se de que precisa respirar e sufoca a ânsia de gritar.

É muito cedo. Está explicado. Arne, que mora no andar de cima, ainda deve estar dormindo, apesar do hábito de ficar dia e noite recitando poemas de Halldis Moren Vesaas.

Henning suspira e, com todo cuidado, devolve a caixa de fósforos ao mesmo lugar na mesinha de cabeceira. Passa as mãos no rosto, delicadamente. Toca as partes em que a pele é diferente, mais macia, mas não tão lisa. As cicatrizes externas não são nada comparadas às de dentro, pensa, e então se levanta.

*

A cidade adormecida. É onde ele quer estar. E está aqui agora. No bairro de Grünerløkka, em Oslo, de manhã cedinho, antes que a cidade exploda em ação, antes que os cafés se encham de gente, antes que papai e mamãe tenham que ir trabalhar, que as crianças saiam para a creche, e que os ciclistas avancem todos os sinais vermelhos que puderem ao descer voando a Toftesgate. Só umas poucas pessoas estão de pé por aí, como os pombos sempre à cata de comida.

Passa pela fonte da Praça Olaf Ryes e ouve o barulho da água. Nisso ele é bom, em ouvir. E em identificar sons. Imagina que não há som algum, só o da água pingando, e finge que hoje é o dia em que o mundo acaba. Se ele se concentrar, é capaz de ouvir cordas sutis, e logo um violoncelo grave, que vai se misturando a elas lentamente até desaparecer e aos poucos dar vez a timbales alertando para a desgraça que está por vir.

Hoje, no entanto, ele não tem tempo para se deixar invadir pela música da manhã. Está indo trabalhar. Só de pensar nisso suas pernas ficam bambas. Não sabe se Henning Juul ainda existe, aquele Juul que costumava receber quatro propostas de trabalho por ano, que fazia cantar os mudos, que fazia o dia começar mais cedo — só para ele — porque estava atrás da sua presa e precisava de luz.

Ele sabia quem era.

Será que Halldis não tem um poema para alguém como eu, ele pensa? Provavelmente.

Halldis tem um poema para todos.

Ele para ao ver o colosso de tijolos amarelos no alto da Urtegata. As pessoas acham que o enorme logotipo da Securitas na parede significa que a firma de segurança ocupa o bloco comercial inteiro, mas várias empresas privadas e órgãos públicos se localizam aqui. Como a www.123nyheter.no, onde Henning trabalha, um jornal digital que se anuncia com o *slogan* '1-2-3 News — fácil como 1-2-3!'.

Ele não acha o *slogan* lá essas coisas — o que não faz a menor diferença. Eles foram legais, deram-lhe tempo para se recuperar, tempo para arrumar a cabeça.

Uma cerca de três metros de altura com lanças de metal pretas circunda o edifício. O portão faz parte da cerca e lentamente se abre para deixar sair uma van Loomis. Ele passa por uma guarita de vigilância pequena e deserta e tenta abrir a porta de entrada. Não consegue. Olha pela porta de vidro. Ninguém. Aperta um botão de aço escovado sob uma placa que diz RECEPÇÃO. Uma voz áspera feminina responde 'sim'.

— Oi — diz ele, pigarreando. — Quer me deixar entrar, por favor?

— Quem está procurando?

— Eu trabalho aqui.

Segue-se uma pausa de silêncio.

— Esqueceu o cartão magnético?

Ele franze a testa. Que cartão?

— Não, eu não recebi cartão nenhum.

— Todo mundo tem cartão magnético.

— Eu não tenho.

Novo silêncio. Ele aguarda uma continuação que não vem.

— Quer me deixar entrar, por favor?

Um zumbido estridente o faz dar um salto. A porta destrava. Desajeitadamente, ele a empurra, entra e examina o teto. Seus olhos rapidamente identificam um detector de fumaça. Ele espera até que o detector fique verde.

O piso cinza de ardósia é novo. Olhando em volta, ele nota que muitas coisas mudaram. Há plantas enormes em vasos mais enormes ainda no chão, as paredes foram pintadas de branco e decoradas com obras de arte que ele não entende. Vê que agora há uma cantina, à esquerda, atrás de uma porta de vidro. A recepção fica do lado oposto, também atrás de uma porta de vidro. Ele a abre e entra. Há um detector de fumaça no teto. Ótimo. Atrás do balcão, a mulher de cabelo vermelho preso em um rabo de cavalo parece preocupada. Martela freneticamente o teclado. A luz do monitor se reflete em seu rosto irritado. Atrás dela há escaninhos abarrotados de papéis, folhetos, encomendas e embrulhos. Uma tela de TV conectada a um computador está instalada na parede. A primeira página do jornal clama por atenção e ele lê a manchete:

MULHER ENCONTRADA MORTA

Em seguida, lê a chamada:

Mulher encontrada morta em barraca em Ekeberg Common. Polícia suspeita de assassinato.

Ele sabe que o pessoal ainda tem que cobrir a matéria, já que título e chamada repetem a mesma informação. Nenhum repórter esteve na cena do crime. O texto é acompanhado por uma foto do arquivo, com uma faixa policial isolando um local totalmente diferente.

Interessante.

Henning aguarda que a recepcionista note sua presença. Ela não nota. Ele chega mais perto e diz oi. Ela, finalmente, ergue os olhos. Primeiro encara-o fixamente como se ele tivesse lhe dado um tapa. Depois vem a reação inevitável. Seu queixo cai, seus olhos o examinam, o rosto, as queimaduras, as cicatrizes. Não são grandes, não embaraçosamente grandes, mas o suficiente para que as pessoas o olhem um tempinho a mais.

— Parece que preciso de um cartão magnético — diz ele com a maior delicadeza que é capaz de demonstrar. Ela continua a olhá-lo fixamente, mas se obriga a sair da bolha em que se refugiara. Começa a revirar papéis.

— Hã, sim. Hã... qual o seu nome?

— Henning Juul.

Ela fica imobilizada e ergue novamente os olhos, desta vez bem devagar. Passa-se uma eternidade antes que diga:

— Ah, é você.

Ele faz que sim com a cabeça, meio constrangido. Ela abre uma gaveta, revira mais alguns papéis até encontrar uma capinha plástica e um cartão magnético.

— Você vai ter que ficar com um temporário. Leva tempo para fazer um novo e ele precisa ser registrado na guarita lá de fora para que você possa abrir o portão e, bem, sabe como é. A senha é 1221. Fácil de guardar, né?

Ela lhe entrega o cartão magnético.

— E vou precisar bater uma foto sua.

Ele a olha.

— Foto minha?

— É. Para o cartão. E para sua identificação no jornal. Vamos matar dois coelhos com uma só cajadada, certo? Ha-ha.

Ela esboça um sorriso, mas seus lábios tremem ligeiramente.

— Eu fiz um curso de fotografia — diz ela, antecipando-se a um eventual protesto. — É só ficar aí que eu faço o resto.

Surge uma câmera debaixo do balcão. É montada sobre um tripé. Ela a ajeita. Sem saber para onde olhar, Henning mira ao longe.

— Está ótimo. Procure sorrir.

Sorrir. Ele não consegue se lembrar da última vez que fez isso. Ela clica três vezes em uma sequência rápida.

— Perfeito. Eu me chamo Sølvi — diz ela, estendendo-lhe a mão por cima do balcão. Ele a aperta. Pele macia, gostosa. Não consegue se lembrar da última vez que sentiu uma pele macia e gostosa assim em contato com a sua. Ela aperta a mão dele, exercendo a pressão correta. Ele a olha e solta a mão.

Ao se virar para sair, fica imaginando se ela percebeu o sorriso que quase se formou em seus lábios.

CAPÍTULO 3

Da recepção ao segundo andar, Henning precisa passar seu cartão novo e reluzente nada menos do que três vezes. Embora o escritório continue onde sempre esteve, nada lembra o lugar em que ele quase fixara residência, uns dois anos atrás. Tudo é novo, inclusive o carpete. Há superfícies em cinza e branco, uma pequena copa-cozinha, e ele apostaria um bom dinheiro como há copos e canecas limpos nos armários. Telas planas estão por toda parte, sobre as mesas e nas paredes.

Ele examina a sala. Quatro detectores de fumaça. Dois extintores de espuma, possivelmente mais. Bom. Ou razoável.

A sala é grande, em formato de L. Estações de trabalho junto às janelas, mesas e cadeiras atrás de divisórias de vidro colorido. Há pequenos cubículos individuais para conversas em particular ou sem ruídos de fundo. Há banheiros, inclusive para deficientes, apesar de, na verdade, ele não ver ninguém sequer levemente adoentado. Imagina que existam regras para esse tipo de coisas. Sempre houve uma cafeteira, mas agora eles têm um modelo de última geração, que leva 29 segundos para preparar uma elegante xícara de café preto. Não mais quatro, como a antiga. Henning adora café. Ninguém é um legítimo repórter se não gostar de café.

Ele reconhece imediatamente o agito. Emissoras de TV estrangeiras, todas repetindo sem parar as mesmas notícias. Tudo é notícia de última hora. Cifras do mercado financeiro rolam na parte inferior da tela. Uma bateria de monitores mostra o que a NRK e a TV2 estão noticiando em suas páginas de texto estranhamente antiquadas, mas ainda viáveis. O canal de notícias apresenta seus destaques em *loop*. Tem, também, um teletipo que condensa qualquer notícia em uma frase. Ele escuta o estalido familiar de um rádio de polícia, como se o R2D2 do filme *Guerra nas Estrelas* fizesse contato intermitentemente de alguma galáxia muito, muito distante. Pode-se ouvir baixinho a NKR News 24 de um rádio em algum lugar.

Repórteres sonolentos batucam em teclados, telefones tocam, matérias são debatidas, ângulos são sugeridos. A um canto da sala de notícias, onde todo assunto é pesado, medido, rejeitado, aprovado, trabalhado ou totalmente editado, repousa uma montanha de jornais impressos — novos e velhos — em que os repórteres recém-chegados se debruçam bebericando o primeiro café do dia.

É o caos controlado de sempre. E, no entanto, tudo parece estranho. Aquela sensação de bem-estar após anos de trabalho nas ruas, de estar em campo, de aparecer na cena de um crime e pertencer a ela, desaparecera completamente. Tudo faz parte de outra vida, outra era.

Henning está se sentindo um foca novamente. Ou como se estivesse participando de uma peça na qual vivesse o papel da Vítima, o pobre coitado de quem todo mundo precisa cuidar, ajudar a se reerguer. E mesmo não tendo trocado uma só palavra com ninguém, exceto Sølvi, sua intuição diz que ninguém acha que vai dar certo. Henning Juul jamais será o mesmo.

Dá alguns passos hesitantes e olha em volta para ver se reconhece alguém. São todos rostos e fragmentos de um passado distante, como um episódio de *Esta é a Sua Vida*. Mas nesse momento ele vê Kåre.

Kåre Hjeltland está olhando por sobre o ombro de um repórter na sala de notícias. Ele é o editor-chefe do 123news. Um homem baixo, magro, de cabelos desalinhados e mais entusiasmado do que qualquer outro que Henning já conhecera na vida. Kåre é o próprio coelhinho da Duracell, sempre a mil, com centenas de histórias na cabeça a qualquer hora e um arsenal de pontos de vista possíveis para praticamente qualquer coisa.

É por isso que é o editor-chefe. Se dependesse dele, Kåre estaria à frente de todos os departamentos e ainda daria plantão como editor da noite. Ele tem Síndrome de Tourette, o que não é uma das coisas mais fáceis de administrar para quem está tentando dirigir uma sala de notícias e tem vida social.

Entretanto, a despeito dos seus tiques e de vários outros sintomas, Kåre consegue. Henning não sabe como, mas ele consegue.

Kåre também já o viu. Agita e levanta um dedo. Henning o cumprimenta com a cabeça e aguarda pacientemente, enquanto Kåre passa instruções ao repórter.

— E destaque isso na abertura. Esse é o gancho, ninguém está querendo saber se a barraca era branca ou se foi comprada na Maxbo em março. Entendido?

— A Maxbo não vende barracas.

— Não importa. Você sabe muito bem o que eu estou querendo dizer. E mencione que ela foi encontrada nua o mais rápido possível. Isso é importante. Enfia uma imagem sexy na cabeça das pessoas. Dá a elas algo com que se excitar.

O repórter balança a cabeça em sinal de concordância. Kåre lhe dá um tapinha no ombro e vem saltitando na direção de Henning. Quase tropeça num cabo esticado no chão, mas segue em frente. Mesmo estando a poucos metros de distância, ele grita.

— Henning, que bom vê-lo novamente! Bem-vindo!

Kåre estende a mão, mas não espera que Henning estenda a sua. Simplesmente agarra a mão de Henning e a aperta. A testa de Henning está quente.

— E aí, como vão as coisas? Pronto para correr novamente atrás de furos na web?

Henning pensa que protetores de ouvido seriam um bom investimento.

— Bom, eu estou aqui. Já é um começo.

— Super. Fantástico. Precisamos de gente como você, gente que sabe dar o que o povo quer. Ótimo. Sexo dá grana, vende que nem banana! Bunda e peito é dinheiro de respeito!

Kåre ri alto. Seu rosto começa a se contorcer, mas ele prossegue assim mesmo. Kåre cunhou uma série de *slogans* que rimam. Kåre adora rimas.

—Ahã, eu pensei que você podia se sentar ali com o restante da equipe.

Kåre pega Henning pelo braço e o leva a uma divisória de vidro vermelha. Seis computadores, três de cada lado de uma mesa quadrada, estão de costas uns para os outros. Atrás dela, uma montanha de jornais repousa sobre uma mesa redonda.

— Você deve ter notado que as coisas mudaram, mas eu não mexi na sua estação de trabalho. Está exatamente como era. Depois do que aconteceu, eu achei que você... é... gostaria de decidir sozinho se havia alguma coisa que quisesse jogar fora.

— Jogar fora?

— É. Ou reorganizar. Ou... ah, você sabe.

Henning olha em volta.

— Cadê os outros?

— Quem?

— O resto do pessoal?

— E eu sei lá desses preguiçosos de merda... Oh, sim, a Heidi está aqui. Heidi Kjus. Está por aí. Ela agora dirige as notícias nacionais, é, ela mesma.

Henning sente o peito apertar. Heidi Kjus.

Heidi foi uma das primeiras estagiárias da Escola de Jornalismo de Oslo que ele contratara um milhão de anos atrás. Jornalistas recém-formados costumam ser tão cheios de teoria que se esquecem daquilo que realmente faz um bom repórter: um ar sedutor e bom senso. Quem é curioso por natureza e não se deixa engabelar pela primeira coisa que lhe dizem, esse vai longe. Mas se quiser virar uma estrela do jornalismo, precisa também ser meio filho da puta, mandar a prudência às favas e ter fogo nas ventas para seguir adiante, enfrentar as adversidades e jamais desistir quando farejar uma boa história.

Heidi Kjus tinha tudo isso. Desde o primeiro dia. Ainda por cima, tinha uma ambição como Henning nunca vira igual. Desde o começo, nenhum assunto era muito pequeno ou muito grande para ela, e não demorou muito para conseguir fontes e contatos e também ganhar experiência. Quando se deu conta do quanto era boa, acrescentou uma generosa pitada de arrogância à maquiagem pesada com que se empoava pelas manhãs.

Alguns repórteres têm como que uma aura à sua volta, uma atitude que parece bradar: 'Meu trabalho é o que há de mais importante em todo o universo e sou melhor que todos vocês juntos.' Heidi admirava as pessoas que sabiam abrir passagem e cedo aprendeu a fazer o mesmo. Conquistou espaço, e isso quando ainda era estagiária. Fazia exigências.

Henning estava trabalhando na Nettavisen quando Heidi se formou. Era o repórter policial, mas também tinha a incumbência de treinar novos repórteres e estagiários, mostrar como as coisas funcionam e deixá-los no ponto: transformados em paus pra toda obra, sem necessidade de uma babá para produzir matérias de sucesso capazes de gerar acessos 24/7, o objetivo maior. Ele curtia esse lado do trabalho. E a Nettavisen era um ótimo primeiro emprego para jovens jornalistas, mesmo que a maioria não tivesse noção de estar dirigindo um carrro de Fórmula 1 em ruas cada vez mais congestionadas em um circo midiático que só fazia crescer. Muitos eram incompatíveis com essa vida, com esse jeito de pensar e de trabalhar. E o problema era que assim que um bom repórter *online* despontava, eles iam embora. Aceitavam ofertas de novos e melhores empregos ou contratos de tempo integral em outro lugar.

Heidi saiu após apenas quatro meses. Recebeu uma proposta irrecusável do Dagbladet. Ele não a culpou. Afinal, era o Dagbladet. Mais *status*. Mais dinheiro. Heidi queria isso tudo e queria já. E teve.

E agora ela é a minha nova chefe, ele pensou. Que diabos! Isso está fadado a terminar em lágrimas.

— Vai ser bom tê-lo de novo a bordo, Henning — Kåre se entusiasma.

Henning faz 'humm'.

— Reunião de pauta daqui a dez minutos. Você vai, não vai?

Henning novamente faz 'humm'.

— Maravilha. Maravilha. Tenho que correr. Outra reunião.

Kåre sorri, mostra o polegar para cima, e parte. Dá um tapinha no ombro de alguém, antes de desaparecer mais adiante em uma curva. Henning sacode a cabeça. Depois se senta numa cadeira que range e balança como um barco. Um *notebook* novo, vermelho, ainda na embalagem, repousa ao lado do teclado. Quatro canetas. É quase certo que nenhuma funcione. Uma pilha de velhas cópias impressas. Ele as reconhece, pesquisas para reportagens em que andara trabalhando. Um velho telefone celular ocupa uma quantidade desnecessária de espaço e ele nota uma caixa de cartões de visita. Seus cartões de visita.

Seus olhos se detêm na fotografia de um porta-retrato a um canto da mesa. É de duas pessoas, uma mulher e um garoto. Nora e Jonas. Ele olha fixamente para os dois sem vê-los com nitidez. Não sorriam. Por favor, não sorriam para mim. *Tudo vai ficar bem. Não tenha medo. Eu vou cuidar de você.* Ele estica a mão, pega o porta-retrato e o põe de novo no lugar. Virado para baixo.

CAPÍTULO 4

Reuniões de pauta. O coração de todo jornal, onde são definidos os planos de produção do dia, as tarefas são distribuídas, matérias ganham maior ou menor destaque com base em critérios como atualidade, grau de importância e — no caso da 123news — potencial de leitores.

Cada setor do jornal começa promovendo sua própria reunião de pauta. Esportes, finanças, artes e as notícias nacionais e internacionais. Listas de matérias potenciais são esboçadas. Nessa etapa, uma reunião de pauta pode ser inspiradora. Muitas vezes uma boa matéria amadurece graças à discussão, enquanto outras são descartadas — consensualmente — ou porque são ruins, ou porque um jornal concorrente já publicou algo similar duas semanas atrás. Só então os editores se reúnem para uma mútua atualização e para informar ao editor de plantão o tipo de matérias que irão explorar ao longo do dia.

A única coisa de que Henning não sentiu falta foi de reuniões. Ele sabe, antes mesmo dela começar, que essa reunião é uma absoluta perda de tempo. Ele está sempre escalado para o crime; sujeira, assassinatos, ocorrências policiais. Então, por que precisa saber que uma celebridade esportiva está fazendo outra reaparição? Ou que Bruce Springsteen vai se divorciar? Pode ler isso no jornal — mais tarde — caso se interesse, e se o repórter em questão escrever alguma coisa que valha a pena ler. O editor de finanças e o de esportes geralmente não têm a menor noção de arte e vice--versa, o que acaba com qualquer chance de uma reunião produtiva. Em segundo lugar, cada editor está excessivamente preocupado com o próprio setor para dar aos demais ideias ou sugestões valiosas. A direção do jornal, entretanto, insiste nessas reuniões, razão pela qual Henning está agora entrando numa sala com uma mesa cuja superfície reluz como um espelho recém--polido. Bem no meio, uma pilha de copos plásticos e uma jarra de água. Ele tem um palpite de que a água não é fresca.

Ele se senta numa cadeira que não foi concebida para discussões demoradas e evita fazer contato visual com os outros que estão sentando ao redor da mesa. Ele não é de conversa fiada, especialmente quando acredita que todos ali, afinal, sabem quem ele é e não se sentem totalmente à vontade com sua presença.

Por que ele está aqui?

Ele não é editor?

Ouvi dizer que teve um problema de nervos...

Kåre Hjeltland chega por último e fecha a porta.

— Ok, vamos começar — ele grita e se senta à cabeceira da mesa. Olha em torno. — Estamos esperando mais alguém?

Ninguém responde.

— Muito bem, vamos começar com o noticiário externo. Knut. O que você tem para nós hoje?

Knut Hammerstad, o editor de notícias internacionais, tosse e põe na mesa a xícara de café.

— Temos a próxima eleição na Suécia. Estamos reunindo perfis dos candidatos a primeiro-ministro, quem são, o que defendem. Um avião se espatifou na Indonésia. Suspeita de ataque terrorista. Estão procurando a caixa-preta. Quatro terroristas suspeitos foram presos em Londres. Estavam planejando mandar o Parlamento pelos ares, foi o que ouvi dizer.

— Bela manchete — Kåre urra. — Esquece a eleição sueca. E não perca muito tempo com esse acidente aéreo. Ninguém liga para isso, a não ser que algum norueguês tenha morrido.

— Estamos verificando isso, é óbvio.

— Ótimo. Dê destaque à história do terrorismo. Consiga os detalhes, planejamento, execução, quantas mortes e assim por diante.

— Já estamos nisso.

— Muito bom. O que mais?

Rikke Ringheim está sentada ao lado de Knut Hammerstad. Rikke edita as colunas de sexo e fofocas. O setor mais importante do jornal.

Kåre segue adiante.

— Rikke, o que você tem para nós hoje?

— Vamos conversar com Carrie Olson.

Rikke dá um sorriso radiante de orgulho e felicidade. Henning olha para ela perguntando-se se ela notou que seu rosto é um grande ponto de interrogação.

— Quem diabos é Carrie Olson? — Kåre quer saber.

— A autora de *Como ter 10 orgasmos por dia*. Um *best-seller* nos Estados Unidos, está na lista dos mais vendidos na Alemanha e na França. Ela está na Noruega neste exato momento.

Kåre bate palmas. A sala ecoa.

— Brilhante, brilhante!

Rikke sorri, convencida.

— E ela tem ancestrais noruegueses.

— Podia ter coisa melhor? Algo mais?

— Demos início a uma pesquisa. "Com que frequência você faz sexo?" Já está atraindo uma quantidade enorme de acessos.

— Outro chamariz. Pega o leitor. Hehe. Pega, sacou?

— E temos outro apelo virtual: uma sexóloga diz que devemos priorizar o sexo nos relacionamentos. Essa deve entrar ainda hoje, um pouco mais tarde.

Kåre aprova com a cabeça.

— Muito bom, Rikke.

Ele prossegue, a todo vapor.

— Heidi?

Até então Henning não percebera a presença de Heidi Kjus, mas agora sim. Ela continua magra, com o rosto abatido, a maquiagem em volta dos olhos apagados é excessivamente berrante e está usando um brilho labial de uma cor que lembra fogos de artifício e champanhe barato de festa de *réveillon*. Heidi se ajeita na cadeira e tosse.

— Não há muita dúvida quanto ao nosso grande assunto de hoje: o assassinato em Ekeberg Common. Fui informada de que foi mesmo assassinato. E dos mais brutais... A polícia vai dar uma coletiva mais tarde. Iver está indo e vai trabalhar na história pelo resto do dia. Já falei com ele.

— Ótimo. Henning provavelmente deveria ir com ele à coletiva. Tudo bem, Henning?

Henning se sobressalta ao som de seu nome e diz 'humm?' Sobe o tom de voz. Parece um velho de noventa anos que precisa de um aparelho auditivo.

— O assassinato em Ekeberg Common. Coletiva de imprensa hoje. Seria um bom recomeço para você, não acha?

De noventa a novato em quatro segundos. Ele pigarreia.

33

— Sim, claro.

Ouve uma voz, mas não consegue reconhecê-la como a sua.

— Super. Todos aqui conhecem Henning Juul, eu suponho. Ele não precisa de maiores apresentações. Vocês sabem o que ele tem passado, portanto, por favor, deem-lhe uma recepção calorosa. Ninguém a merece mais do que ele.

Silêncio. Seu rosto está queimando por dentro. O número de pessoas naquela sala parece ter duplicado nos últimos dez segundos e todas estão de olhos cravados nele. Quer sumir. Mas não pode. Então ergue os olhos e foca num ponto na parede, acima de todos, na esperança de que possam pensar que ele está olhando para outra pessoa.

— O tempo voa. Tenho outra reunião. Mais alguma coisa que você precise saber antes de ir à caça de cliques?

Kåre está se dirigindo ao editor de plantão, um homem de óculos escuros, que Henning nunca vira antes. O editor de plantão ia dizer algo, mas Kåre já pulou da cadeira.

— Então é isso.

E sai.

— Ole e Anders, podem me mandar suas listas, por favor? — A voz do editor de plantão é tímida. Não há resposta. Henning se empolga com o fim da reunião, até que as cadeiras são empurradas para trás e um gargalo se forma à porta. As pessoas respiram em seu pescoço, chocam-se com ele acidentalmente, sua respiração fica apertada e claustrofóbica, mas ele a controla, não empurra ninguém no caminho, não entra em pânico.

Respira aliviado quando alcança o lado de fora. Sua testa está quente.

Um assassinato assim tão rápido. Henning estava torcendo tanto para um retorno mais tranquilo, para ter um tempo para se restabelecer, ler sobre certos assuntos, verificar o que andava ocorrendo, retomar contato com velhas fontes, reaprender as ferramentas de edição, as rotinas do trabalho, descobrir onde tudo é guardado, conversar com os novos colegas, ir se ambientando aos poucos, acostumar-se a pensar numa história. Agora não teria tempo para nada disso.

CAPÍTULO 5

Ao retornar à sua mesa, Henning espera pelo pior. Heidi Kjus pareceu não tê-lo notado, até que se virou na cadeira para encará--lo assim que ele entrou. Levantou-se, deu seu sorriso Colgate mais radiante e estendeu a mão.

— Olá, Henning.

Negócios. Amabilidade. Sorrisos falsos. Ele resolveu entrar no jogo. Apertou-lhe a mão.

— Olá, Heidi.

— Que bom tê-lo de volta.

— É bom estar de volta.

— Isso é... eh, isso é bom.

Henning a examinou. Como sempre, seus olhos transmitiam sinceridade. Ela é ambiciosa, por ela e pelos outros. Ele se preparou para o discurso que ela indubitavelmente tinha ensaiado:

Henning, você já foi meu chefe. Os tempos mudaram. Agora eu
sou a sua chefe. E espero que você blablablá.
Ele fica surpreso quando a coisa não se materializa. Em vez
do discurso, ela o surpreende pela segunda vez.
— Eu senti muito quando soube... quando soube do que
aconteceu. Só quero dizer que caso você precise de alguma coisa,
se precisar de um pouco mais de tempo, é só me falar, tudo bem?
Sua voz era quente como uma parede de pedra numa tarde de
sol. Ele agradeceu a preocupação, mas pela primeira vez em mui-
to tempo sentiu vontade de ficar por dentro.
— Quer dizer que o Iver vai à coletiva de imprensa? — per-
guntou.
— É, como ele trabalhou até tarde a noite passada, vai direto
para lá.
— Quem é o Iver?
Heidi olhou-o como se ele tivesse acabado de descobrir que
a terra é mesmo achatada.
— Você está brincando?
Ele balançou a cabeça.
— Iver Gundersen? Você não sabe quem é Iver Gundersen?
— Não.
Heidi reprime a vontade de dar uma bela risada. Controla-se
como se tivesse entendido que está falando com uma criança.
— Nós tiramos o Iver da VG Nett no verão passado.
— Ah, é?
— Ele realizava grandes matérias para eles e continua a fazer
isso aqui. Eu sei que a TV2 está doida para contratá-lo, mas até
agora Iver tem sido leal.
— Estou vendo. Então vocês devem pagar muito bem a ele.
Heidi o olha como se ele tivesse blasfemado na igreja.
— Eh, essa não é minha área, mas...

Henning balançou a cabeça e fingiu ouvir os argumentos que se seguiram. Já os ouvira antes. Lealdade. Um conceito que andava bem gasto no jornalismo. sendo generoso, ele seria capaz de citar o nome de dois repórteres que descreveria como leais. Os demais são carreiristas, prontos a pular do barco toda vez que lhes for oferecido um pacote salarial mais gordo, ou então são tão inúteis que não conseguem emprego em nenhum outro lugar. Quando um repórter relativamente medíocre da VG Nett é cooptado por uma publicação *online* rival, e depois recusa uma proposta da TV2, é quase certo que se trata de dinheiro. É sempre o dinheiro.

Ele percebe que Heidi manifesta sua esperança de que ele e Iver se deem bem. Henning concorda com a cabeça e diz 'humm'. Ele é bom para fazer 'humm'.

— Vocês vão se encontrar na coletiva e lá mesmo podem decidir quem fará o que nessa matéria. É um assassinato de arrepiar.

— O que aconteceu?

— Segundo minha fonte, a vítima foi encontrada morta no interior de uma barraca, meio enterrada. Apedrejada. Suponho que a polícia tenha todo tipo de hipóteses. É óbvio que estarão considerando culturas estrangeiras...

Henning balança a cabeça em sinal de concordância, mas não lhe agradam ideias óbvias.

— Mantenham-me informada do que fizerem, por favor? — diz ela. Ele balança a cabeça mais uma vez e olha para o *notebook* sobre sua mesa, ainda na embalagem. Bruscamente, rasga o embrulho e pega uma das quatro canetas que estão ao lado. Não funciona. Tenta as outras três.

Porra.

CAPÍTULO 6

Não é longa a distância entre Urtegata e a delegacia de polícia de Grønland, onde está acontecendo a coletiva de imprensa. Henning, para passar o tempo, passeia por uma área que Sture Skipsrud, seu editor-chefe, descreveu como uma 'Meca da imprensa' quando a 123news se mudou para cá. Henning achou bem apropriado. A Nettavisen está aqui, a Dagens Næringsliv tem um conjunto de salas ultramodernas ali por perto e a Meca se revela em muitas construções nas imediações. Não fosse o asfalto e a temperatura, poderia-se dizer que era Mogadíscio. O aroma das mais variadas especiarias está em toda parte.

Henning se recorda da última vez que andara por aquelas bandas. Um homem que ele havia entrevistado resolveu se matar poucas horas depois, e tanto a polícia quanto os parentes do sujeito queriam saber se Henning abrira velhas feridas ou dissera algo que pudesse tê-lo levado ao extremo.

Henning se lembrava bem dele. Paul Erik Holmen, quarenta e poucos anos. Dois milhões de coroas tinham sumido misteriosamente da empresa onde ele trabalhava e Henning mais que insinuara que as férias extravagantes que Holmen havia tirado, associadas à reforma da casa de veraneio da família em Eggedal, podiam explicar o paradeiro do dinheiro desaparecido. Suas fontes eram confiáveis, evidentemente. A consciência culpada e o pavor de ir para a cadeia foram demais para Holmen e consequentemente Henning se viu numa das muitas salas de interrogatório da delegacia de polícia.

Ele foi logo liberado, porém uma dupla de repórteres invejosos achou que o caso merecia um ou dois parágrafos. Tudo bem, Henning diria que de certo modo aquilo valia ser noticiado, muito embora Holmen provavelmente se suicidasse de qualquer maneira, mas se livrar de histórias como essa pode ser bem complicado.

A memória humana é, na melhor das hipóteses, seletiva e, na pior, totalmente equivocada. Quando se levantam ou plantam suspeitas, não demora muito para que a especulação vire fato e a suspeita, veredicto. Ele já havia coberto muitos assassinatos em que um suspeito é levado a interrogatório (leia-se: preso), em geral algum parente próximo da vítima (leia-se: o marido), e todas as provas apontam para ele. Mais tarde, a polícia descobre o verdadeiro assassino. Nesse meio tempo, o circo da mídia já fez o possível e o impossível para desencavar alguma coisa no passado do marido que possa lançar dúvidas sobre seu caráter. Julgamento pela mídia.

A curto prazo, a verdade é boa parceira, mas a dúvida jamais desaparece. Não entre pessoas que você não conhece. As pessoas se lembram daquilo de que querem se lembrar. Henning desconfia que haja por aí quem não tenha se esquecido de seu papel no último ato de Paul Erik Holmen, mas isso não o incomoda. Não tem dificuldade alguma em viver com o que fez, muito embora a polícia o tenha desancado por ter feito o trabalho dela.

Ele já está acostumado com isso.

Ou, pelo menos, estava.

CAPÍTULO 7

É estranho estar novamente no prédio de número 44 da Grønlandsleiret. Houve uma época em que a delegacia de polícia era praticamente sua segunda casa; até os faxineiros costumavam cumprimentá-lo. Agora ele tenta ser o mais discreto possível, mas é denunciado pelas marcas de queimaduras no rosto. Percebe que os outros repórteres estão olhando para ele, mas os ignora. Seu plano é simplesmente ouvir o que a polícia tem a dizer e em seguida voltar à redação para escrever — caso haja, de fato, o que escrever a respeito.

Ele congela no momento em que entra no saguão. Nada poderia tê-lo preparado para a visão da mulher inclinada sobre um homem que dá todos os sinais de ser um repórter. Paletó preto de veludo cotelê, um ar previsivelmente arrogante, a expressão de 'viram só o furo que eu consegui ontem?' no rosto. Exibe uma bem cultivada barba por fazer, que deixa seu rosto mais pálido do que é.

Os cabelos ralos cobertos de gel estão penteados para trás. Mas é a mulher. Henning jamais imaginara que a fosse ver, aqui, em seu primeiro dia de volta ao trabalho. Nora Klemetsen. Ex-mulher de Henning. A mãe de Jonas. Ele não fala com Nora desde que ela fora visitá-lo no Centro de Reabilitação de Sunnaas. Esqueceu-se de quando foi isso. Talvez tenha reprimido. Mas nunca poderá se esquecer do rosto dela. Nora não suportava olhar para ele. Ele não a culpava. Tinha todo direito. Ele estava cuidando de Jonas, e não foi capaz de salvá-lo.

O filho deles.

Um filho adorável, adorável.

Os dois já estavam separados àquela altura. Ela só foi visitá-lo no hospital para finalizar o divórcio, colher sua assinatura. Conseguiu. Nenhum pretexto, nenhuma pergunta, nenhuma condição. De certa forma ele se sentiu aliviado. Não poderia conviver com ela pelo resto da vida — uma lembrança permanente de suas próprias fraquezas. Cada olhar, cada conversa teria tido a marca desse pincel.

Não trocaram muitas palavras. Ele estava ansioso para contar tudo, para dizer a ela o que tinha feito ou deixado de fazer, o que se lembrava daquela noite, mas toda vez que tomava fôlego e se preparava para falar, sua boca ficava seca e não era capaz de emitir uma única palavra. Mais tarde, ao fechar os olhos e devanear, ele falou sem parar; Nora balançava a cabeça, mostrando que entendia, e deixou que ele chorasse desesperadamente com a cabeça em seu colo enquanto ela corria os dedos pelos seus cabelos.

Ele já pensou em tentar de novo, na próxima vez que a visse, mas este definitivamente não é o momento. Ele está trabalhando. Ela está trabalhando. Ela está de pé, muito perto de um repórter — e ri.

Merda.

Henning conheceu Nora Klemetsen quando trabalhava no Kapital e ela havia começado sua carreira como jornalista na área de economia no Aftenposten. Os dois se encontraram numa coletiva de imprensa. Era um evento banal, nada de extraordinário, meramente o anúncio dos resultados anuais de alguma empresa com um potencial tão mínimo de manchete que mal garantiram um parágrafo no Dagens Næringsliv e uma coluninha escondida na página 17 do Finansavisen no dia seguinte. Calhou de ele se sentar ao lado de Nora. Estava ali para traçar o perfil de um dos executivos sêniores que ia se aposentar. Os dois bocejaram durante toda a apresentação, começaram a rir das respectivas e cada vez mais inúteis tentativas de disfarçar o tédio, e resolveram tomar alguma coisa após o evento para se recuperar.

Ambos eram comprometidos; ela estava vivendo — meio a sério — com um corretor, enquanto ele mantinha um caso tipo não-ata-nem-desata com uma advogada metida a besta. Mas aquela primeira tarde-noite foi tão agradável, tão descontraída que eles saíram para tomar outros drinques na vez seguinte em que se encontraram cobrindo a mesma matéria. Ele já tivera muitas namoradas, mas nunca havia conhecido alguém com quem se sentisse tão à vontade. Seus gostos eram compatíveis em tantos aspectos que chegava a assustar.

Ambos gostavam de mostarda com grãos para acompanhar as salsichas, ao invés daquela porcaria industrializada. Nenhum dos dois gostava muito de tomate, mas ambos adoravam *ketchup*. Gostavam do mesmo tipo de filmes, e nunca tinham discussões prolongadas na locadora de vídeos ou do lado de fora do cinema. Nenhum dos dois gostava de passar o verão em lugares muito quentes fora do país quando a Noruega oferecia belas paredes de escaladas naturais e camarões frescos. Sexta-feira era o Dia do

Taco. Comer outra coisa numa sexta-feira era simplesmente impensável.

E, aos poucos, os dois se deram conta de que um não podia viver sem o outro.

Três anos e meio depois estavam casados, exatamente nove meses mais tarde veio Jonas e eles eram tão felizes como duas pessoas trabalhadoras privadas de sono e beirando os trinta podem ser, quando a vida é uma prancha de madeira cheia de lascas. O sono não era suficiente, pouquíssimo descanso, mínima compreensão das necessidades mútuas — em casa e no trabalho —, brigas cada vez mais frequentes, cada vez menos tempo e energia para ficar juntos. No fim, nenhum dos dois aguentava mais.

Pais. A melhor e a pior coisa em que seres humanos podem se transformar.

E agora ela está de braços dados com outro homem. Flertar numa coletiva de imprensa não é nada profissional, ele pensa. E Nora o avista bem no meio de um acesso de riso. Para imediatamente, como se algo estivesse atravessado em sua garganta. Os dois se olham pelo que parece uma eternidade.

Ele pisca primeiro. Vidar Larsen, que trabalha na NTB, bate em seu ombro e diz: 'oi, está de volta, Henning?' Ele faz que sim com a cabeça e resolve ir atrás de Vidar; não diz nada, só quer saber de ficar o mais longe possível de Nora, sem olhar ninguém nos olhos, seguindo pés e passos por portas que poderia achar até de olhos vendados. Senta-se no fundo da sala de imprensa onde pode ver a nuca dos outros sem que ninguém veja a sua. A sala se enche rapidamente. Ele vê Nora e o Veludo Cotelê entrando juntos. Eles se sentam um ao lado do outro, bem na frente.

Ora, ora Nora, então nos encontramos de novo.

E, mais uma vez, numa coletiva de imprensa.

CAPÍTULO 8

Entram três agentes uniformizados, dois homens e uma mulher. Henning reconhece logo os dois homens: o Inspetor-chefe Arild Gjerstad e o Detetive Bjarne Brogeland.

Bjarne e Henning fizeram faculdade juntos em Kløfta. Nunca foram grandes amigos, embora fossem do mesmo ano. Isso bastaria para dar início a uma amizade na época. Mas é preciso mais. Química e compatibilidade, por exemplo.

Mais tarde, Henning também descobriu que Bjarne era um Romeu, que ambicionava levar para a cama o maior número possível de mulheres, e quando ele começou a frequentar a casa dos Juul, não foi difícil decifrar suas verdadeiras intenções. Felizmente, a irmã de Henning, Trine, colaborou e Henning não precisou fazer o papel de Irmão Mais Velho Protetor. Mas a ojeriza a Bjarne o acompanhou durante toda a adolescência.

E Bjarne agora é um policial.

Não que isso fosse novidade para Henning. Os dois fizeram concurso para a academia de polícia na década de 1990. Bjarne passou. Henning não. Foi recusado bem antes do início do processo de admissão, porque sofria de toda espécie de alergia conhecida e tivera asma quando criança. Bjarne, ao contrário, era fisicamente robusto, tinha visão absolutamente normal e grande capacidade de resistência. Fora atleta quando era mais jovem, e se saía muito bem nas competições de heptatlo. Henning se lembrava até que Bjarne saltara acima dos 4,5 metros no salto em altura.

O que Henning não sabia era que Bjarne havia começado a trabalhar na Divisão de Crimes Violentos e Sexuais. Ele achava que Bjarne era um agente à paisana, mas todo mundo precisa de uma mudança na vida de vez em quando. Ele agora está ali, em cima do tablado, examinando as pessoas presentes. Seu rosto é sério, profissional, e seu uniforme bem talhado lhe dá um ar imponente. Henning avalia que ele ainda é um homem sedutor. Baixo, cabelos escuros, já meio grisalhos sobre as orelhas, covinha no queixo, dentes alvos. Está bronzeado e de barba feita.

Vaidoso, Henning pensa.

E uma fonte em potencial.

O outro homem, o Inspetor-chefe Gjerstad, é alto e magro. Tem um bigode muito bem aparado, que alisa sem parar. Gjerstad era da divisão de homicídios quando Henning começou a cobrir crimes, e parece ter permanecido lá. Gjerstad tem horror a repórteres que se acham mais espertos que a polícia e, para ser franco, Henning pensa, provavelmente eu sou um deles.

A mulher no centro, Comissária-adjunta Pia Nøkleby, verifica se o microfone está funcionando, em seguida limpa a garganta. Os repórteres erguem as canetas à espera. Henning aguarda. Ele sabe que os primeiros minutos serão apenas de apresentações e de reiteração da informação já disponível, mas assim mesmo se propõe a ouvir atentamente.

Então alguma coisa o pega de surpresa. Sente um arrepio de expectativa. Para ele, que só sentira raiva, aversão e pena de si mesmo nos últimos dois anos, esse arrepio, essa excitação provocada pelo trabalho é algo que o Dr. Helge classificaria sem a menor dúvida como um progresso.

Ele ouve a voz alta da mulher:

— Bom dia e obrigada por terem vindo. A coletiva de imprensa de hoje se deve à descoberta de um cadáver em Ekeberg Common esta manhã. Eu sou a Comissária-adjunta Pia Nøkleby, e tenho ao meu lado o Inspetor-chefe Arild Gjerstad, que está no comando das investigações, e o Detetive Bjarne Brogeland.

Gjerstad e Brogeland acenam levemente com a cabeça para os repórteres. Nøkleby cobre a boca e tosse, antes de prosseguir:

— Como todos sabem, uma mulher foi encontrada morta numa barraca em Ekeberg Common. Nós recebemos uma ligação às 6:09 da manhã. O corpo foi encontrado por um senhor que passeava com o cachorro. A vítima é uma mulher de 23 anos moradora de Slemdal, de nome Henriette Hagerup.

Canetas riscam o papel. Nøkleby faz um gesto com a cabeça para Gjerstad que se aproxima da mesa e do microfone. Ele pigarreia.

— Estamos tratando essa morte como assassinato. Ainda não foi feita nenhuma prisão. Neste momento da investigação temos muito pouco a dizer a respeito do que foi achado na cena do crime e sobre eventuais pistas que possamos seguir, mas é possível afirmar que foi um assassinato particularmente brutal.

Henning anota a palavra 'brutal'. Na linguagem da mídia e da polícia, 'brutal' significa que existem informações que a imprensa não deveria divulgar. Tem a ver com proteger o público de saber o que certos malucos à solta por aí são capazes de fazer. Entende-se:

por que os parentes deveriam ter os detalhes de como seu filho, irmão, irmã, pai ou mãe foi assassinado expostos nos jornais para que todo mundo veja? Mas isso não quer dizer que a imprensa não possa ser informada. Fora isso, a coletiva teve pouco mais a oferecer. Não que Henning estivesse esperando muito. Não pode haver suspeitos enquanto o motivo da morte é desconhecido, e a polícia ainda está buscando provas na cena do crime. Ainda é muito cedo para que as investigações digam se os indícios darão à polícia alguma pista a seguir.

E blablablá.

O informe do Inspetor-chefe Gjerstad, se é que se pode chamá-lo assim, encerra-se em dez minutos. Como de hábito, há um tempo previsto para perguntas ao final e, como de hábito, os repórteres competem para perguntar primeiro. Henning se nega a isso todas as vezes. A Primeira Pergunta é uma fonte permanente de olhares invejosos e de tapinhas de congratulação nas costas em toda e qualquer editoria. Um repórter é visto como um verdadeiro azougue, por ele mesmo e pelos outros, quando consegue se fazer ouvir em primeiro lugar.

Henning nunca viu o menor sentido nisso e acredita que esteja relacionado com a inveja do pênis. Guri Palme, da TV2, é a vencedora desta vez. Ela não tem pênis, mas é uma loura maravilhosa que conseguiu reverter a seu favor todas as desvantagens que isso implica. Ela surpreendeu todo mundo por ser ambiciosa e inteligente, e vem galgando com êxito a escada jornalística.

— O que pode nos dizer sobre as circunstâncias que cercam o crime? Na sua apresentação, Inspetor-chefe Gjerstad, o senhor mencionou que o assassinato era especialmente brutal. O que quis dizer com isso?

Sentem-se: pronto, vamos lá...

— Não posso, e nem gostaria de comentar por enquanto — respondeu Gjerstad.

— Pode nos dizer algo sobre a vítima?

— Sabemos que era aluna da Escola de Comunicação de Westerdal. Tinha acabado de completar o segundo ano, e era considerada altamente talentosa.

— O que ela estudava?

— Cinema e televisão. Queria ser roteirista.

Três perguntas, isso foi tudo o que Guri Palme conseguiu fazer, e passa o bastão à NRK. Henning percebe o desapontamento nos olhos do jornalista que vem em segundo, embora só possa vê-lo de costas. Mas é Jørn Bendiksen, da NRK, que surpreende todo mundo.

— Há rumores de que se trata de um crime de honra?

Jornalistas. Sempre com uma afirmativa que soa como pergunta. A Comissária-adjunta Nøkleby balança a cabeça.

— Sem comentários.

— Pode confirmar se a vítima foi mesmo açoitada?

Nøkleby olha para Bendiksen antes de fixar os olhos em Gjerstad. Henning sorri internamente. Houve vazamento, conclui. E a polícia sabe. Apesar de tudo, Nøkleby continua profissional.

— Sem comentários.

Sem comentários.

É isso que se ouve umas dez vezes, pelo menos, durante uma coletiva de imprensa, especialmente nas fases iniciais de investigação. Chama-se 'considerações táticas'. A estratégia é dar a todos, inclusive ao assassino, o mínimo de informações a respeito de quaisquer pistas que a polícia esteja seguindo ou de algum indício que possa haver encontrado, de modo a ganhar tempo para reunir todas as evidências para montar um caso.

Nøkleby e Gjerstad sabem que estão jogando neste momento. A NRK obteve duas importantes peças no Grande Quebra-Cabeça: crime de honra e açoite. Bendiksen jamais teria feito tais afirmações numa coletiva de imprensa sem saber que são verdadeiras, ou quase. Nøkleby endireita os óculos. Gjerstad, agora, dá a impressão de já não estar se sentindo tão à vontade. Brogeland, que até o momento não dera uma só palavra, se remexe na cadeira à procura de uma posição mais confortável. Acontece a toda hora. Os repórteres sabem mais, muito mais, do que a polícia gostaria que soubessem, e, em muitos casos, eles atrapalham as investigações. É uma complexa dança para dois, em que cada parceiro depende do outro para obter resultados. E mais: no lado dos jornalistas existe rivalidade, uma competição desgastante com todos cobrindo o mesmo caso. Os jornais *online* publicam a uma velocidade que restringe o tempo de duração da matéria e a questão toda se resume a achar a Próxima Grande Notícia. Isso impõe uma pressão crescente sobre a polícia e a obriga a gastar mais tempo lidando com a imprensa do que fazendo o trabalho pelo qual é responsável.

Nøkleby encerra a sessão depois que a P4, a VG e o Aftenposten fazem suas perguntas, mas ainda não consegue retornar ao trabalho. As emissoras de rádio e TV exigem entrevistas especiais para dar a seus ouvintes e telespectadores a ilusão da exclusividade; as perguntas são repetidas e Nøkleby tem uma nova oportunidade de falar...

Exatamente.

Toda vez é a mesma encenação. Todos sabem que a autêntica atividade jornalística começa após a coletiva de imprensa.

Henning resolve procurar Iver Gundersen e combinar a melhor maneira de cobrir a matéria.

Afinal, supõe-se que ele esteja trabalhando novamente.

E essa simples ideia lhe causa uma grande estranheza.

CAPÍTULO 9

Os repórteres tentam fazer mais perguntas, mas são bruscamente dispensados pelo trio uniformizado e se retiram. Henning se vê cercado por gente que não quer ter por perto, alguém o empurra pelas costas e o faz esbarrar numa mulher à sua frente, ele murmura umas desculpas e deseja desesperadamente mais espaço e maiores distâncias.

Eles se espalham pelo saguão e Henning vai à procura de Iver Gundersen. Teria sido mais fácil se tivesse ideia de como ele é; há no mínimo uns cinquenta jornalistas presentes. Ele resolve perguntar a Vidar, da NTB, mas não tem tempo de fazer mais nada porque Nora surge em seu campo de visão. E ele no dela.

Ele para. Agora os dois não têm mais como evitar o contato.

Ele dá um passo em direção a ela, que faz o mesmo. Param a poucos metros um do outro. Olhos encontram olhos. Ele vê somente um rosto que guarda uma infinidade de frases que nunca tinham sido pronunciadas.

— Olá, Henning.

A voz dela é como uma lufada de vento gelado. No 'olá' sobe o tom e no 'Henning' o tom baixa. Ele sente que ela está falando com uma criatura que lhe fez uma grave injustiça, mas com a qual é forçada a se relacionar. Ele responde 'olá'. Ela não mudou, mas ele é capaz de identificar a mágoa sob suas pálpebras, de onde pode irromper a qualquer momento.

Nora é mais baixa que a média das mulheres e tenta compensar usando saltos altos. Tem cabelos curtos. Não como os de um rapaz, não são ultracurtos atrás, mas a franja é alta na testa. Ela costumava usar cabelo comprido, mas esse estilo curto lhe cai bem. A última vez que a vira, ela estava pálida. Agora sua pele e seu rosto brilham. Ele desconfia que tenha relação com o Cotelê. O brilho combina bem com ela.

E como combina, meu Deus.

Muitas expressões habitam o rosto de Nora. Quando está assustada, ela abre a boca, os dentes aparecem e ela fecha ligeiramente os olhos. Quando se zanga, ergue as sobrancelhas, franze o rosto e os lábios se afinam. E quando ela sorri, seu rosto inteiro parece explodir, se amplia, e todo mundo tem que sorrir com ela. Curiosa mudança, ele pensa. Antes, não podia imaginar a vida sem ela. Agora, seria difícil viver com ela.

— Você por aqui? — diz ele, sem conseguir disfarçar o nervoso que o faz engasgar.

Nora responde apenas:

— É.

— Muito trabalho?

Ela balança a cabeça para a esquerda, depois para a direita.

— Eu precisava de uma mudança depois que...

E deixa a frase no meio. Ele fica aliviado por ela não concluí-la. Sente uma vontade irresistível de avançar em sua direção, de abraçá-la, mas transformar intenção em gesto está totalmente fora de cogitação. Existe um muro invisível entre os dois que somente Nora pode pôr abaixo.

— Quer dizer então... que você está de volta? — diz ela.

— Hoje é o meu primeiro dia — ele diz, e tenta dar um sorriso. Ela examina seu rosto. É como se focasse nos pontos em que as chamas causaram o pior, mas não o bastante. Ele vê que o Cotelê está atrás dela. Observando os dois. Tomara que você esteja com ciúme, seu escroto.

— Como você está, Nora? — Henning pergunta, mesmo não querendo de fato saber. Não deseja ouvir que ela está feliz novamente, que afinal pode encarar o futuro com esperança. Ele sabe que nunca poderá tê-la de volta; Essa Coisa Em Que Ele Não Pensa jamais desaparecerá. Mesmo assim, não quer perdê-la.

— Estou bem — ela responde.

— Ainda está morando em Sagene?

Ela hesita. Em seguida diz:

— Sim.

Ele balança a cabeça, percebendo que ela está tentando protegê-lo de alguma coisa. Ele não quer saber o que é, muito embora tenha um pressentimento. E aí ele vem à tona.

— Você já deve estar sabendo, mas é melhor que ouça de mim — ela começa. Ele respira fundo, ergue uma barreira de aço que se derrete no instante em que ela diz:

— Eu estou com uma pessoa.

Ele a olha e balança a cabeça. Pensa que isso não deveria doer, mas sente o estômago revirar.

— Estamos juntos há seis meses.

— Humm.

Ela o olha novamente. Pela primeira vez em muito tempo, há carinho em seus olhos. Mas um carinho do tipo errado. O carinho da pena.

— Estamos pensando em morar juntos.

Ele faz 'humm' de novo.

E acrescenta em seguida:

— Espero que você fique bem.

Ela não responde; limita-se a um cauteloso balançar de cabeça. É bom vê-la sorrir, mas ele se dá conta de que não pode mais ter para si esse sorriso, e então, valendo-se do único mecanismo de defesa que lhe resta, muda de assunto.

— Por acaso você sabe quem é Iver Gundersen? — pergunta.

— Eu não conheço o sujeito, mas acho que vamos trabalhar juntos.

Nora desvia o olhar.

Ele deveria ter imaginado quando viu como ela ficou perturbada para contar que conhecera outro homem. Mas por que, se ela havia seguido em frente e fechado a porta do passado que os dois compartilharam? O futuro é onde tudo está acontecendo.

Nora dá um suspiro e ele entende o porquê quando ela se vira para o Cotelê.

— Iver Gundersen é o meu novo namorado.

CAPÍTULO 10

Ele crava o olhar no Cotelê, cujos olhos passeiam pela sala enquanto conversa distraidamente com um colega repórter. Henning imagina os dedos de Nora percorrendo os cabelos revoltos do Cotelê, acariciando suavemente sua barba espetada, lábios macios contra os dele.

Ele se lembra do jeito como ela costumava se aconchegar à noite, depois que apagavam a luz, como passava os braços em torno dele, seu prazer em dormir de conchinha. E agora é o Cotelê quem desfruta de suas mãozinhas adoráveis.

— Muito bem — diz Henning, e imediatamente se dá conta do quanto deve estar parecendo derrotado. Essa era a hora em que deveria se mostrar furioso, brigar com ela, deixá-la com a certeza absoluta de haver pisoteado, torpedeado, mastigado e cuspido fora seu coração. Você deveria tê-la chamado de vagabunda desalmada, insensível, o egoísmo em pessoa, mas não. Você apenas disse:

— Muito bem.

Ridículo. Simplesmente ridículo.

Ele não consegue olhar para ela. E agora tem que trabalhar com Iver.

Uma cruel reviravolta do destino, ele pensa. Só pode ser. Dirige-se a Gundersen. Escuta Nora pedindo: 'Não, por favor...', mas ele a ignora. Para a um metro de Gundersen e fica olhando para ele. Gundersen está no meio de uma frase, mas a interrompe e se vira.

Ele sabe quem eu sou, pensa Henning. Posso ver em seus olhos. E posso ver que isso o deixa nervoso.

— Olá — diz Gundersen. Henning estende a mão. — Henning Juul.

Relutante, Gundersen aperta a mão. Henning aperta firme.

— Iver Gun...

— Pelo que entendi, nós dois estamos cobrindo essa matéria. Como acha que deveríamos agir?

Ele sabe que deixou Gundersen numa saia justa, mas não está nem aí.

— Não sei bem.

Gundersen engole em seco, mas logo se refaz.

— Sugiro que atualizemos a reportagem que já publicamos, com trechos tirados da coletiva de imprensa — ele começa e, por sobre os ombros de Henning, olha para Nora, que está só observando o primeiro encontro dos dois.

— Pensei em averiguar melhor essa hipótese do crime de honra — prossegue Gundersen. — Ver se tem alguma coisa aí. Nesse caso, a lista de suspeitos ficará bem mais reduzida e não vai demorar muito para a polícia pegar alguém.

Henning concorda.

— Alguém já falou com os amigos dela?

Gundersen balança a cabeça.

— Então eu vou à faculdade e faço uma matéria sobre sua vida, quem era ela.

— Interesse humano.

— Humm.

Gundersen concorda com a cabeça.

— Certo, parece bom. Eu poderia tentar entrar em contato com o homem que encontrou a vítima, mas ouvi dizer que ele não quer falar com a imprensa. Então... — Gundersen dá de ombros.

Henning balança a cabeça, nota que Gundersen ainda parece pouco à vontade, que está querendo muito dizer alguma coisa. Ele respira, mas Henning é mais rápido.

— Ótimo — diz, e vai saindo. Caminhando o mais rapidamente que suas pernas prejudicadas permitem, passa por Nora, sem olhar para ela.

Bom trabalho, Henning, diz consigo mesmo. No primeiro *round* a coisa andou feia para o seu lado, mas você aguentou firme e ganhou o segundo. Esse é o problema inerente ao boxe. Vencer um *round* não quer dizer nada, a menos que se vença também o próximo. E o próximo. E o próximo. E o mais importante de tudo: o último.

Esta luta já está perdida, pensa Henning. Os juízes já decidiram. Mas ele pode, pelo menos, superar sua própria marca.

Pode não se deixar nocautear de novo.

CAPÍTULO 11

Leva alguns minutos para a frequência cardíaca voltar ao ritmo normal. Ele atravessa a Borggata, tentando esquecer o que acabara de ver e ouvir, mas é perseguido pelos olhos e o hálito gelado de Nora. Imagina a conversa entre a ex-mulher e Iver, depois que ele se foi:

Iver: Bom, correu tudo bem.

Nora: E você esperava outra coisa?

Iver: Não sei. Coitado do cara.

Nora: Não é fácil para ele, Iver. Por favor, não torne isso mais difícil para ele do que já é.

Iver: O que você quer dizer?

Nora: Exatamente o que acabo de dizer. Você acha que foi fácil para ele me ver aqui? Com você? Acho que foi muito corajoso ao tratar você da forma como fez.

Para, Henning. Você sabe que não foi assim que ela falou. O mais provável é que tenha sido:

Nora: Deixa pra lá, Iver. Ele é assim mesmo. Sempre faz o que dá na cabeça. Dane-se ele. Eu estou morrendo de fome. Vamos almoçar. É isso. Muito mais autêntico.

Ele conclui que precisa esfriar a cabeça. Esquecer Nora e se concentrar no trabalho que tem pela frente. Enquanto aguarda o sinal abrir na esquina com Tøyengata, lembra que vai precisar da sua câmera.

Passa em casa para pegá-la.

O Detetive Brogeland reduz a marcha. O carro, um dos muitos novos Passats que a polícia adquiriu, estaciona macio defronte ao número 37 da Oslogate. Ele põe a alavanca de câmbio no 'P' e olha para sua colega, a Sargento Ella Sandland.

Meu Deus, como é gostosa, ele pensa, abrangendo o uniforme masculino e tudo mais que ele esconde. Tem fantasias com ela constantemente, imagina-a sem a jaqueta de couro, a saia azul clara, a gravata, despida de tudo exceto as algemas. Incontáveis vezes já a imaginou lasciva, despudorada, entregando-se completamente a ele.

As mulheres consideram *sexy* homens de uniforme. É algo bem difundido. Brogeland, no entanto, acha que isso não é nada comparado ao contrário: mulheres usando roupas que irradiam autoridade.

Pô, mas como é gostosa.

Ella Sandland mede 1,75 metros de altura. Está em ótima forma, tem uma barriga mais lisa que uma tábua, sua bunda fica perfeitamente delineada pela calça quando ela anda; é um pouco desprovida no quesito seios, um toque rude e masculino num jeito 'você é bi ou hetero' de ser, mas isso o deixa excitado. Ele olha seus cabelos. A franja mal chega às sobrancelhas. A pele é bem esticada sob o queixo e nas maçãs do rosto; macia, sem manchas ou sinais e nem sombra de pelos faciais — graças a Deus. Ela se move graciosamente, tem um dos traseiros mais empinadinhos que Brogeland já vira, e projeta o peito ligeiramente para a frente mesmo quando está sentada, como as mulheres costumam fazer para criar a ilusão de que têm seios maiores do que de fato são. Mas no caso de Sandland, isso é simplesmente muito *sexy*.

Pô, *sexy* demais.

E ela é da Noruega Ocidental. De Ulsteinvik, ele acha, embora tenha perdido o sotaque ao longo dos anos.

Ele procura reprimir as imagens que ultimamente vêm cada vez mais confundindo sua cabeça. Eles estão defronte à casa de Mahmoud Marhoni, o namorado de Henriette Hagerup.

É uma visita residencial de rotina. Em 2007, de 32 crimes, 30 foram cometidos por alguém que a vítima conhecia ou com quem tinha um relacionamento. Estatisticamente, há uma grande probabilidade de que o assassino seja alguém próximo. Um cônjuge rejeitado, um parente. Ou um namorado. Isso torna a visita que Brogeland e Sandland estão prestes a fazer de suma importância.

— Pronta? — pergunta ele. Sandland faz que sim com a cabeça. Os dois abrem simultaneamente as portas do carro e saem.

Meu Deus, olha só como ela salta do carro.

*

Brogeland já estivera em Oslogate. Mahmoud Marhoni surgira anteriormente em seu radar, ligado a um caso em que ele havia trabalhado quando era detetive à paisana. Pelo que se pôde comprovar na época, Marhoni não estava envolvido em nada ilegal.

Brogeland é policial há tempo suficiente para saber que isso não quer dizer nada. É por essa razão que se sente especialmente excitado enquanto ambos caminham em direção ao número 37, localizam as placas junto às campainhas e encontram o nome do namorado de Henriette Hagerup à esquerda.

Não se ouve som algum quando Sandland aperta o botão. Nesse momento, uma adolescente de *hijab* abre a porta que dá acesso ao pátio. Ela olha para eles; não demonstra surpresa como Brogeland esperava, ao contrário, mantém a porta aberta para os dois. Sandland agradece e sorri para a garota. Brogeland faz um gesto discreto com a cabeça a título de agradecimento. Faz questão de entrar por último, assim pode se deliciar com a visão do traseiro da colega.

Aposto que ela sabe, pensa Brogeland. Sabe que os homens adoram ficar de olho grudado nela. E o uniforme dobra o seu poder. Ela parece inatingível porque é uma policial, e é tão desejável que pode escolher quem bem entender — dos dois lados da cerca, provavelmente. Ela pode. E isso é irresistível, dá um tremendo tesão.

Eles se encontram num pátio que revela todos os sinais de abandono. Há capim em meio às lajotas do piso, deixaram o mato crescer à vontade. Os canteiros, se é que ainda podem ser chamados assim, são uma selva de terra ressequida e raízes empoeiradas. A pintura preta do local para guardar bicicletas está descascando e as poucas bicicletas ali estacionadas estão com as correntes enferrujadas e os pneus arriados.

Há três escadarias a escolher. Brogeland sabe que Marhoni mora na escadaria B. Sandland chega primeiro, encontra o botão no quadro da parede e o aperta. Nenhum som.

Brogeland se esforça para manter os olhos longe das nádegas de Sandland e olha para o céu. Nuvens estão se formando sobre Gamlebyen. Vai chover logo. Uma andorinha pia voando de um telhado para o outro. Ele ouve passar um avião, mas não consegue vê-lo por entre as nuvens.

Marhoni mora no último andar, a janela do apartamento é alta demais para que Brogeland possa olhar para dentro. Sandland toca novamente a campainha. Dessa vez obtém uma resposta.

— Sim?

— É a polícia. Abra a porta, por favor.

Brogeland saboreia o sotaque suculento de Sandland.

— Polícia?

Brogeland percebe um ar de relutância e medo na voz. Não é Marhoni, pensa. Marhoni é osso duro.

— É, a polícia.

A voz *sexy* de Sandland agora soa mais impositiva.

— Po-por quê?

— Polícia? Não os deixe entrar.

A voz ao fundo é alta o suficiente para que Brogeland e Sandland escutem.

— Abra!

Sandland levanta a voz. Brogeland desperta da fantasia e empurra para baixo a maçaneta da porta. Ele notou que a fechadura tinha sido arrombada, e invade o local com Sandland logo atrás. Correm escada acima até o primeiro andar. Brogeland consegue escutar alguém mexendo na fechadura, mas chega primeiro, sua soberba forma física serve para alguma coisa, e escancara a porta.

Um homem que ele logo adivinha ser irmão de Marhoni o olha apavorado; Brogeland o ignora, pensando que um instante atrás poderia estar olhando diretamente para o cano de uma pistola. Move-se ágil e silenciosamente, examina o apartamento, sente um cheiro de erva, *cannabis*, abre uma porta, a cozinha, está vazia, prossegue, um quarto de dormir, não, ninguém aí também, agora chega à sala de estar, e é então que vê a lareira, alguém acendeu a lareira; porém não são as chamas que o deixam desconcertado, mas o que elas consomem com tanta voracidade, e por um momento ele é tomado pela surpresa: é um computador, um *laptop*, ele chama Sandland para vir salvá-lo do fogo enquanto vai atrás de Marhoni, percebe o quanto sua voz é rica em força, experiência, conhecimento, nervos, autoridade, tudo o que alguém necessita para tomar decisões assim, no ato. Sandland responde bem na hora em que Brogeland localiza Marhoni tentando pular da janela de um dos quartos acessíveis pela sala de estar. Marhoni se prepara, e então pula. Brogeland chega à janela logo em seguida, olha para baixo antes de subir no parapeito, repara que a queda é de menos de dois metros, salta, aterrissa suavemente e olha em torno, vê Marhoni e sai à sua caça. Você vai se arrepender de ter feito isso, seu babaca, se evadir do apartamento no mesmo dia em que sua namorada é encontrada morta, o que você acha que vai parecer, seu idiota?, pensa Brogeland.

Brogeland sabe que será fácil vencer essa corrida. Marhoni corre olhando por cima do ombro e a cada instante Brogeland ganha alguns metros. Marhoni atravessa a rua bem na esquina de Bispegata com Oslovei, sem esperar o sinal verde. Um carro freia em cima dele e toca a buzina. Brogeland o persegue. No cenário, consegue distinguir o bonde, *dring-dring*; há carros na rua, pessoas acompanham a caçada com interesse pelas janelas, provavelmente pensando o que diabos estará acontecendo, será que estão fazendo um filme ou a coisa é mesmo de verdade? Marhoni dá meia volta, depois segue reto. Brogeland acha que Marhoni deve estar querendo se exibir, se não teria fugido na direção da igreja de Aker. Ele agora está só a dez metros de Marhoni e vai ganhando terreno pouco a pouco. Quando o alcança, se atira sobre ele. Os dois rolam pelo asfalto bem diante do Ruinen Bar & Café.

Marhoni apara sua queda e Brogeland sai ileso. Há um homem sentado do lado de fora do café, fumando. Ele observa Brogeland se sentar nas costas de Marhoni e prender seus braços para trás antes de pedir auxílio.

— 19, aqui é Fox 43 Bravo, câmbio.

Recupera o fôlego, enquanto aguarda uma resposta.

— 19 na escuta, câmbio.

— Aqui é Fox 43 Bravo, estou na Praça St. Hallvard, prendi um suspeito e preciso de auxílio. Câmbio.

Ele respira fundo, olha para Marhoni que está resfolegante à procura de ar. Brogeland balança a cabeça.

— Idiota desgraçado — murmura para si mesmo.

CAPÍTULO 12

A Escola de Comunicação de Westerdal fica na Fredensborgvei, perto de St. Hanshaugen. Como sempre, quando se encontra nessa parte de Oslo, Henning pensa que fizeram uma lambança completa em termos de planejamento urbano: prédios de apartamentos da década de 1950 pintados num tom acinzentado cuja melhor descrição é o concreto, e casas pequeninas e charmosas em cores vibrantes são separados por um fio de cabelo. A ladeira de Damstredet lembra as ruelas estreitas de Bergen, enquanto os prédios ao longo da avenida que leva ao centro da cidade passam uma impressão de área administrativa municipal. Há um zumbido e uma nuvem de poeira e poluição permanentes nas ruas e nos poucos jardins dos arredores.

Mas neste exato momento, Henning não dava a menor importância a essas coisas.

Está no meio de um monte de pessoas reunidas debaixo da grande árvore à entrada da faculdade. Amigos se abraçando. Choros e soluços. Chega mais perto, vê outros fazendo o mesmo trabalho que ele, mas os ignora. Ele sabe o que os jornais de amanhã irão mostrar. Fotos, muitas fotos de gente chorando, mas sem muito texto. Agora é hora de chafurdar na tristeza, de deixar que os leitores desfrutem da sua porção de luto, de perda, de emoções; de conhecer a vítima e seus amigos. É um pacote padrão o que ele está montando. Quase seria possível escrever a matéria antes de vir aqui, mas como já fazia um bom tempo que ele não escrevia nada, resolveu começar do zero e pensar em algumas perguntas capazes de tornar o pacote um pouco menos previsível.

Opta por uma abordagem lenta e gradual, observando em silêncio antes de identificar alguém para entrevistar. Ele tem olho para esse tipo de gente. Logo se vê em meio a um rio de lágrimas e é tomado por uma reação inusitada:

Raiva. Raiva, porque só pouquíssimas pessoas aqui devem saber o que é luto de verdade, o quanto dói perder alguém com quem a gente se importa, que ama, por quem seria capaz de se atirar na frente de um ônibus por livre e espontânea vontade. Ele repara que muitos dos presentes não se lamentam da forma adequada, exageram, fingem, aproveitando a oportunidade para mostrar como são sensíveis. Mas é tudo falsidade.

Ele procura abandonar a raiva. Pega a câmera e bate algumas fotos, circula, fixando-se em rostos, em olhos. Gosta de olhos. Dizem que são o espelho da alma, mas Henning gosta de olhos porque eles revelam a verdade.

Dá um *zoom* no santuário improvisado que os amigos da vítima montaram sob a enorme árvore à direita da entrada. Três troncos grossos se entrelaçaram criando um ambiente espaçoso em forma de brócolis. Os galhos vergam ao peso das folhas. As raízes da árvore estão cercadas por uma mureta de pedras arredondadas.

Uma fotografia emoldurada de Henriette Hagerup foi encostada a um dos troncos da árvore. A foto está rodeada de flores, cartões e mensagens manuscritas. Pequenas velas em bases de metal tremulam ao vento suave que abriu caminho até aqui. Há fotografias com colegas da faculdade, amigos, em festas, filmando, atrás de uma câmera. É um luto. Luto condensado, mas ainda assim é falso. Um exemplo clássico, sem qualquer dúvida.

Ele levanta os olhos do visor da câmera e conclui que Henriette Hagerup era uma mulher extraordinariamente atraente. Ou quem sabe apenas uma criança. Havia algo de inocente nela: cabelos louros ondulados, não muito compridos, sorriso franco radiante e uma linda pele. Ele percebe charme. E algo mais importante, melhor. Inteligência. Dá para ver que Henriette Hagerup era uma moça inteligente.

Quem teria sido capaz de odiar você tanto assim?

Henning lê alguns cartões:

Nós nunca te esqueceremos, Henriette.
Descanse em paz
Johanne, Turid e Susanne.

Sinto sua falta, Henry.
Sinto demais sua falta.
Tore.

Há entre dez e vinte cartões ou bilhetes sobre ausência e pesar, e todas as mensagens têm textos parecidos. Ele as examina distraidamente quando seu celular começa a vibrar no bolso. Ele o pega, mas não reconhece o número de quem está ligando. Está trabalhando, mas assim mesmo resolve atender.

— Alô?

Afasta-se da multidão.

— Oi, Henning, é o Iver. Iver Gundersen.

Antes que tenha tempo de dizer qualquer coisa, uma rajada de ciúme atinge em cheio seu plexo solar. Seu Cotelê-Filho-de--uma-Grande-Puta... Mas consegue articular um nervoso 'oi'.

— Onde você está? — Gundersen pergunta.

Henning pigarreia:

— Na faculdade da vítima.

— Certo. Estou ligando para dizer que a polícia já fez uma prisão.

Por um instante, ele se esquece de que está tendo uma conversa com o novo romance de sua ex-mulher. Na verdade, detecta uma centelha de curiosidade.

— Rápido, hein? Quem é?

— Segundo minhas fontes, é o namorado. Ainda não sei o nome dele. Mas quem sabe algum amigo dela possa lhe dizer?

Henning ouve a voz de Iver, mas mal registra o que está sendo falado. Em meio à miríade de bilhetes, velas e olhos vermelhos, ele localiza uma mensagem que se destaca.

— Está ouvindo?

— Ah, sim. Amigos dela. Ótimo.

— É um gol de placa, acho.

— Eles têm provas?

— Acho que sim. Vou começar a trabalhar na matéria e mais tarde posso ir desenvolvendo à medida que chegarem mais informações.

— Certo.

Gundersen desliga. Henning devolve o celular ao bolso sem tirar os olhos do cartão. Pega a câmera e bate uma foto, dando *zoom* no texto:

Vou continuar seu trabalho
Vejo-a na eternidade
Anette

Ele baixa a câmera e a deixa balançando no pescoço. Relê as palavras antes de olhar para os estudantes em torno.

Cadê você, Anette?, ele se pergunta. E que trabalho é esse que pretende completar?

CAPÍTULO 13

O detetive Brogeland tira a jaqueta e a pendura num cabide em sua sala. Desce pelo corredor e bate à porta da Sargento Sandland. Esperando secretamente flagrá-la em alguma fantasia erótica com ele, não aguarda a resposta antes de abri-la. Infelizmente, até agora ela tem se limitado a reagir aos seus inúmeros assédios com, no máximo, um olhar de relance. Talvez eu tenha sido direto demais. Ou talvez seja porque sou casado, Brogeland pensa e entra.

Sandland está diante do computador, teclando. Nem ergue os olhos quando Brogeland surge.

— Você está pronta? — ele pergunta. Ela levanta um dedo, antes de retomar sua corrida pelo teclado a uma velocidade que impressionaria qualquer massagista tailandesa.

Brogeland olha em torno. Típica sala de mulher, pensa. Limpa e arrumada, os documentos organizados em arquivos, um pote com duas canetas azuis e uma vermelha, um grampeador e um furador, blocos de *post-it* ao lado deles, uma agenda aberta no dia de hoje, mas sem anotações, fichários espiralados — todos pretos — nas prateleiras atrás da mesa, publicações relacionadas ao trabalho e livros de referência numa prateleira exclusiva para eles. No chão há uma iúca, de um verde muito vivo. As rosas no vaso de cristal sobre a mesa são vivazes e de hastes longas, há maçãs e peras — perfeitamente maduras, claro — numa fruteira de madeira, ao lado de um cacto, sem a menor sombra de poeira.

Você é difícil, Sandland, pensa Brogeland, enquanto observa o ar de concentração em seu rosto. Você é sempre difícil, mas de um modo muito sedutor. Ele tenta sentir seu perfume sem que ela perceba. Ela não usa perfume. Ou talvez use, mas então é algo muito discreto.

Muitas mulheres com quem ele já dormira tinham um cheiro tão doce, tão enjoativo que o obrigava a tomar longas chuveiradas depois. Seu desejo de transar novamente com elas se evaporava assim que se lembrava do perfume delas.

Não seria assim com Sandland. Oh, não. Ele se imagina deitado ao seu lado, suado, com o corpo alegremente exausto após uma prolongada luta livre de sexo sensual e selvagem. Nada da habitual sensação de desconforto pós-coito e de achar que o táxi bem que poderia chegar logo.

Ela deve ser lésbica, ele conclui, para não querer trepar comigo.

Sandland tecla 'enter' ligeiramente mais forte que o necessário e a impressora começa a ejetar folhas de papel. Ela se levanta, vai até a máquina e recolhe a pequena pilha que foi cuspida.

— Pronto — ela diz, sem sorrir.

Droga. Brogeland abre a porta para ela. Sandland sai e os dois seguem para a sala de interrogatórios onde Mahmoud Marhoni e seu advogado aguardam.

Quibes demais e exercícios de menos — é a primeira impressão de Brogeland quando olha mais atentamente para Mahmoud Marhoni. Ele engordara bastante desde que o viu pela última vez e no entanto ainda veste uma camiseta colada ao corpo. Parece ter um pneu reserva de gordura na cintura. No dia em que não quisesse mais saber das mulheres, pensa Brogeland, seria isso precisamente que eu faria.

O rosto de Marhoni é redondo. Brogeland calcula que sua barba seja de uma semana, mas Marhoni a deixou muito bem aparada debaixo do queixo. A pele é castanho escura. Ele mede quase 1,70, mas tem uma postura que sugere que a falta de altura ou o excesso de quilos lhe é totalmente indiferente.

Marhoni parece durão e exibe uma atitude de 'que é que está olhando, seu porco'. Brogeland já a viu antes, já viu isso tudo antes. Já sabe que espécie de interrogatório será esse.

O advogado de Marhoni, Lars Indrehaug, é um cafajeste que em toda a vida só defendeu vermes. O Ministério Público o abomina e o considera um chacal que explora brechas legais para devolver às ruas estupradores, traficantes de drogas e outras escórias. É alto, magro e desengonçado. Seu cabelo cai sobre os olhos. Ele o afasta com os dedos.

Brogeland e Sandland sentam-se do lado oposto a Indrehaug e seu cliente. Brogeland toma a palavra, cumpre as formalidades e crava os olhos em Marhoni.

— Por que você correu quando nós fomos falar com você?

Marhoni dá de ombros. Continue fazendo esse joguinho, pensa Brogeland, e prossegue:

— Por que pôs fogo no *laptop*?

Mesma resposta.

— O que havia nele?

Ainda nenhuma resposta.

— Você sabe que mais cedo ou mais tarde nós vamos descobrir, não sabe? Pode tornar as coisas mais fáceis para você poupando-nos um pouco de tempo.

Marhoni olha para Brogeland com desdém. Brogeland suspira.

— O que você pode me contar sobre seu relacionamento com Henriette Hagerup?

Marhoni mal ergue os olhos. Indrehaug se inclina para ele, cochicha algo que nem Brogeland nem Sandland conseguem ouvir, antes de retornar à sua posição.

— Era minha namorada — responde Marhoni em péssimo norueguês.

— Quanto tempo vocês ficaram juntos?

— Mais ou menos um ano.

— Como se conheceram?

— Num concerto.

— Que tipo de concerto?

— A natureza do concerto certamente é irrelevante para a investigação — Indrehaug interrompe.

Brogeland crava os olhos em Indrehaug, que se mostra indignado pelo seu cliente.

— Estamos tentando estabelecer o tipo de relacionamento que seu cliente mantinha com a vítima — Sandland intervém. Dessa vez Brogeland decide não olhar para ela. Com os olhos, fulmina Indrehaug, que não se mostra nem um pouco impressionado.

— Que espécie de concerto era? — repete Brogeland.

— Noori.

— Noori?

— No Festival Mela.

— Noori é uma banda de rock paquistanesa razoavelmente famosa — explica Sandland. Desta vez Brogeland a olha, mas procura disfarçar o quanto está impressionado, porque a interrupção também o deixou irritado.

— É formada por dois irmãos de...

— Sei, já entendi.

Pela primeira vez durante o interrogatório, alguma coisa além de desdém emerge dos olhos de Marhoni. Ele olha para Sandland, agora ligeiramente mais vigilante. Brogeland percebe e faz um sinal para que ela tome a frente. Sandland se aproxima um pouco mais da mesa.

— Quando viu Henriette pela última vez?

Marhoni pensa.

— Ontem à tarde.

— Pode ser mais específico?

— Ela esteve no meu apartamento até o final da novela *Hotel Cæsar*.

— Vocês viram *Hotel Cæsar*?

— Na verdade...

O rosto de Indrehaug ganha um tom de vermelho intenso. Sandland ergue as mãos como quem se desculpa.

— Sobre o que conversaram?

— Uma coisa e outra.

— Por exemplo?

Mais uma vez Indrehaug se inclina na direção de Marhoni.

— Isso não é da sua conta.

Sandland sorri. Inclina-se para Brogeland, imitando a encenação do outro lado, mas Brogeland para de escutar assim que compreende que ela não está dizendo "vem comigo lá para casa depois que acabar esse porre de interrogatório" —, palavras que há tempos ele vem sonhando em ouvir dos lábios dela.

— Para onde ela foi depois do *Hotel Cæsar*?

— Não sei.

— Você não sabe? Não perguntou?

— Não.

— Ela passava a noite na sua casa de vez em quando, não é?

— É. De vez em quando.

— Mas você não perguntou por que ela não ia ficar ontem?

— Não.

Sandland dá um suspiro. A máscara de total insensibilidade de Marhoni permanece intacta.

— Você ouviu falar de Ekeberg Common? — ela pergunta a seguir.

— Não.

— Nunca foi lá?

— Não que eu me lembre.

— Nem pela Copa da Noruega?

— Não gosto de futebol.

— Tem algum irmão ou sobrinho que joga? Nunca esteve lá para torcer por eles?

Ele balança a cabeça e a fuzila com os olhos arrogantemente.

— Nunca foi jogar críquete lá?

Ele está prestes a dizer "não" no piloto automático, mas hesita por meio segundo. Brogeland anota "esteve em Ekeberg, mas está mentindo a respeito". Sandland lê, e prossegue:

— O senhor tem uma arma paralisante, senhor Marhoni?

A reação dele dá a entender que ela acabou de fazer a pergunta mais idiota do mundo.

— Uma o quê?

— Não me venha com essa. Você sabe muito bem o que é uma arma paralisante. Nunca foi ao cinema? Não vê programas policiais?

Ele balança novamente a cabeça e acrescenta um risinho irônico.

— Não gosto de polícia.

— Detetive, qual o sentido dessas perguntas?

76

— Estamos chegando lá, senhor Indrehaug — diz Brogeland procurando controlar a voz. Sandland está no ataque. Ela empurra uma folha de papel.

— A vítima foi encontrada com marcas no pescoço. Elas conferem com as causadas por uma arma paralisante. Também conhecida como pistola de eletrochoque, se você sabe o que isso significa. Ela estende a folha de papel e a vira sobre a mesa, de modo que eles possam vê-la. É uma foto em *close* do pescoço da vítima. Duas queimaduras irregulares, cor de ferrugem, podem ser vistas claramente. Indrehaug pega a fotografia e a examina.

— Existem muitos modelos diferentes, mas uma arma paralisante é usada quando alguém quer imobilizar e não machucar a vítima. Deixá-la indefesa. De modo a poder jogá-la numa cova e enterrá-la. — Sandland olha para Marhoni, mas ele permanece impassível e indiferente às perguntas.

— Para alguém cuja namorada acaba de ser morta de uma forma muito brutal, você não dá a impressão de estar terrivelmente transtornado ou triste — ela continua. É mais uma pergunta do que uma afirmativa. Marhoni dá de ombros mais uma vez.

— Você não ligava para ela?

Uma contração quase imperceptível corta seu rosto.

— Não a amava?

Marhoni fica ligeiramente ruborizado.

— Ela foi se encontrar com você ontem para acabar tudo. Foi por isso que você a matou?

Agora ele vai ficando furioso.

— Tinha encontrado outro? Estava cheia de você?

Marhoni faz menção de se levantar. Indrehaug põe a mão em seu braço.

— Sargento...

— Foi por isso que você a matou?

77

Marhoni crava os olhos em Sandland como se quisesse esquartejá-la.

— Você olhou para Henriette desse jeito quando pegou a pedra e esmagou sua cabeça?

— Sargento, já chega.

— Diga ao seu cliente que responda a pergunta.

Brogeland tosse e faz um gesto para Sandland se acalmar. A sala cai no silêncio. Brogeland pode ver o pulso acelerado na garganta de Marhoni. E decide bater enquanto o ferro está quente.

— Senhor Marhoni, exames preliminares realizados na cena do crime e no cadáver da vítima mostram que ela havia feito sexo muito violento pouco antes de ser morta. O senhor saberia alguma coisa sobre isso? O que pode nos dizer a respeito?

Marhoni continua a olhar para Sandland com a mesma fúria nos olhos, até que silenciosamente se vira para Brogeland. Mas não diz nada.

— Muito embora não goste de programas policiais, o senhor provavelmente sabe que sêmen é uma das melhores coisas que um assassino pode deixar na cena do crime, não? Pelo menos para a polícia. DNA. Já ouviu falar disso?

Nenhuma resposta. Tem sangue frio esse filho da puta, pensa Brogeland.

— Na noite passada, às 21:17, você recebeu uma mensagem de texto de Henriette Hagerup.

As pupilas de Marhoni se contraem levemente. Brogeland percebe.

— Lembra-se do que dizia?

Brogeland pode ver que Marhoni está pensando. Brogeland olha para uma folha de papel, que Sandland lhe passou. Leva um punho à boca e tosse novamente.

— *Desculpe. Não significou nada. ELE não significa nada. É você que eu amo, só você. Podemos conversar sobre isso? Por favor?*

Brogeland olha para Marhoni, depois para Indrehaug. Deixa que os efeitos da mensagem de texto se assentem, e só então continua.

— Quer que eu leia a mensagem que ela lhe mandou depois?

Marhoni olha para o advogado. Pela primeira vez durante o interrogatório, a fisionomia dura feito pedra está começando a rachar.

— Aparentemente Henriette foi morta entre meia-noite e duas da manhã, ou seja, apenas poucas horas depois de lhe enviar três mensagens de texto. Se eu fosse você, começaria a falar sobre o que aconteceu entre vocês dois na noite passada.

Marhoni não dá sinais de querer falar. Brogeland suspira e olha de novo para a folha de papel.

— *Prometo que vou compensar você por isso. Me dá mais uma chance, por favor?*

Marhoni balança a cabeça.

— Detetive, eu acho...

— Você ligou para ela após a segunda mensagem, mas não obteve resposta. Não é?

Brogeland já está ficando contrariado com o silêncio do filho da puta.

— *Por favor, responda! Por favor... Eu nunca mais faço isso de novo. Juro.* Este foi o terceiro texto, enviado dez minutos mais tarde.

Marhoni olha para o chão.

— O que foi que ela jurou nunca mais voltar a fazer, senhor Marhoni? O que ela fez assim de tão grave que você não é capaz de olhar no meu olho e me contar?

Nada.

— Quem é "ele"?

Marhoni ergue os olhos, mas não para Brogeland.

— Quem é esse "ele" que não significa nada para ela?

Marhoni franze os lábios. Brogeland solta um suspiro.

— Muito bem. Não é da minha conta, mas eu garanto que você vai à presença de um juiz e que ainda hoje será decretada sua prisão preventiva. Se eu fosse o seu advogado, começaria a prepará-lo para passar os próximos quinze ou vinte anos atrás das grades.

— Eu não a matei.

A voz dele é fraca, mas Brogeland já havia se levantado da cadeira. Ele se debruça sobre a mesa e aperta um botão.

— Interrogatório encerrado às 15:21.

CAPÍTULO 14

Começa a cair uma chuva fina. Henning gosta de chuva. Gosta de se molhar quando está ao ar livre, gosta de olhar para o céu, fechar os olhos e sentir os pingos caindo no rosto. Muita gente estraga um belo banho ao abrir o guarda-chuva. Um pouco de chuva agora até que se mostra bem adequado. Fornece uma oportunidade de ouro aos presentes de demonstrar que não ligam para o conforto pessoal em seu momento de tristeza; podem estar ao alcance de alguma câmera, quem sabe até aparecer nos jornais mais tarde, e assim procuram se agrupar. A chuva é como lágrimas vindas do alto, como se o próprio Deus estivesse chorando a perda de um de seus filhos.

Henning sai clicando. Sua Canon bate três fotos por segundo. Imagina uma bela fotomontagem mais tarde no jornal. Mas ele não está em busca de gente chorando. Procura alguém que esteja sozinho, refletindo em silêncio.

Aproxima-se de um rapaz de cabelo curto, ainda sem sinal de barba, com a etiqueta Björn Borg na cueca aparecendo por cima do cós da calça. Ele está sendo entrevistado por Petter Stanghelle do VG. O VG adora histórias dramáticas.

O jovem choroso fala de Henriette Hagerup, de como ela era inteligente, da enorme perda para a indústria cinematográfica norueguesa etc.. Henning continua andando, certificando-se de ficar bem distante das lentes da câmera, enquanto captura a histeria que o rodeia.

E é então que a vê. Rapidamente bate a foto. Ela está parada diante da árvore, não estava ali minutos atrás; alterna entre ler as mensagens e olhar para o chão, balançando a cabeça imperceptivelmente antes de levantar novamente os olhos. Mais disparos da Canon. Embora ele duvide que vá usar um único deles.

A moça tem cabelos escuros, na altura dos ombros. Ele bate mais fotos. Ela tem uma expressão no rosto que ele é incapaz de decifrar. Fica ali de pé, num mundo só dela. Mas há alguma coisa em seus olhos. Henning vai se aproximando, mais, mais, até se colocar praticamente a seu lado. Finge estar lendo os cartões pesarosos.

— Triste — ele diz, numa altura apenas suficiente para que ela ouça. Pode ser somente um comentário ou um convite a uma conversa. A jovem não responde. Sem que ela perceba, ele dá mais um passo em sua direção. Permanece ali por um longo tempo. Seu cabelo está começando a ficar molhado. Ele protege a câmera para evitar que ela também se molhe.

— Você a conhecia bem? — Henning pergunta, dirigindo-se a ela diretamente pela primeira vez. Ela faz que sim discretamente com a cabeça.

— Faziam o mesmo curso?

Finalmente ela o olha. Ele espera que ela se retraia ante a visão do seu rosto, mas não. Ela responde laconicamente:

— Sim.

Ele dá mais um tempo. Pode ver que ela não está muito disposta a falar, mas também não está chorando.

— Você é a Anette? — Henning pergunta, afinal.

Ela se mostra surpresa.

— Eu o conheço?

— Não.

Ele faz uma pausa, dando-lhe tempo para avaliar a situação. Não deseja assustá-la, quer despertar sua curiosidade. Dá para ver que ela o está analisando. Um estremecimento de medo a percorre, como se internamente estivesse se preparando para o que ele pudesse dizer.

— Como você sabe o meu nome?

A voz é ansiosa. Ele se vira para ela. Pela primeira vez, ela vê seu rosto inteiro, cicatrizes e tudo mais. Mas na verdade ainda não parece vê-lo de verdade. Ele resolve pôr as cartas na mesa, antes que ela seja dominada pelo medo.

— Meu nome é Henning Juul.

O rosto dela permanece inalterado.

— Trabalho no 123news.

O rosto franco dela endurece instantaneamente.

— Posso lhe fazer umas perguntas, por favor? Nada muito invasivo, impertinente, insensível, só algumas perguntinhas sobre Henriette?

O olhar apático com que ela fitava as velas bruxuleantes desapareceu.

— Como você sabe o meu nome? — ela repete, cruzando os braços em atitude defensiva.

— Adivinhei.

Ela o olha com impaciência crescente.

— Tem centenas de pessoas aqui e você me diz que simplesmente adivinhou que eu me chamo Anette?

— É.

Ela funga.

— Não tenho nada a lhe dizer.

— Apenas umas perguntinhas, e eu a deixo em paz.

— Vocês repórteres têm sempre só umas perguntinhas, mas acabam fazendo centenas delas...

— Uma, então. Deixo você em paz se me responder esta única pergunta. Tudo bem?

Ele a observa por um bom tempo. Ela o deixa ali em silêncio, antes de se esticar e relaxar os ombros. Henning tenta dar um sorriso, mas percebe que seu charme, que funciona em muitos casos, é inútil com ela. Anette joga a cabeça para o lado e suspira. Ele interpreta o gesto como um consentimento e diz:

— Qual era o trabalho que Henriette havia começado e que você pretende completar?

Ela olha para ele.

— É essa a sua pergunta?

— Sim.

— Nada de "como você se lembra de Henriette", ou "pode me dizer alguma coisa sobre Henriette capaz de comover os meus leitores?", ou qualquer bobagem desse gênero?

Ela faz a voz soar como a de uma criança irritada. Balança a cabeça. Bufa. Seus olhos encaram os dele.

Então joga novamente a cabeça para o lado, gira nos saltos altos e vai embora.

Muito bem, Henning, ele se recrimina. Que ótimo.

E pensa que a única pessoa interessante naquela paisagem de gente aos prantos acaba de sair. Ela não é muito bonita. Ele aposta que não é do tipo que se senta na primeira fila do auditório ou faz pose para fotografias. Imagina-a olhando-se no espelho e suspirando, resignada; entregando-se a rapazes já chapados de tanta cerveja, tarde da noite, e voltando para casa antes de o dia raiar.

Mas Anette, ele fala consigo mesmo, você é bem interessante. E se sente como se estivesse dizendo isso a ela.

Então ele se dá conta do que vira em seus olhos. Examina a câmera enquanto ela some na esquina de um prédio. Recupera no visor uma das primeiras fotos que fez dela e olha bem dentro dos seus olhos. E constata que estava certo.

Eureca! Henning reconhece a sensação de ter tropeçado em algo importante. Enquanto faz um zoom na fotografia e a analisa mais uma vez, se pergunta do que Anette tinha tanto medo.

CAPÍTULO 15

— Ele fede a culpa.

O Detetive Brogeland não esclarece a afirmação. Olha para o Inspetor-chefe Gjerstad, que comanda a investigação, sentado à sua frente na sala de reunião. Está repassando o texto impresso do interrogatório. A Sargento Sandland está sentada mais distante. Ela se inclina para a frente e descansa o cotovelo sobre a mesa. Suas mãos estão cruzadas.

Dois outros policiais, Fredrik Stang e Emil Hagen, se encontram presentes, além da Comissária-adjunta Nøkleby. Oficialmente, é ela quem comanda a investigação, mas sempre trabalha em dupla com Gjerstad. Os olhos de todos se voltam para Gjerstad, esperando que ele diga alguma coisa. Como sempre, quando está pensando, ele alisa o bigode com o polegar e o indicador.

— Não resta dúvida de que ele não consegue explicar sua situação — diz Gjerstad num tom de voz profundo e grave, quase um rosnado. — Mesmo assim... Gjerstad baixa o texto impresso. Tira os óculos, bota-os sobre a mesa e esfrega o rosto. Em seguida fixa os olhos em Brogeland.

— Você deveria ter prosseguido o interrogatório quando ele finalmente falou que não tinha sido ele.

— Mas...

— Eu sei por que você parou nesse ponto. Queria dar a ele algo em que pensar. Mas da forma como eu interpreto, ele estava começando a se abrir. Poderia ter falado muito mais, se você estivesse preparado para lhe dar um pouco mais de tempo.

— Isso nós não sabemos — Brogeland replica.

— Você estava com pressa?

— Com pressa?

Brogeland sente um calor no rosto. Gjerstad olha para ele.

— Da próxima vez que o interrogar, dê-lhe um pouco mais de tempo.

Brogeland se remexe na cadeira. Quer se defender, mas não diante da equipe toda; não quer correr o risco de passar por mais humilhação.

Gjerstad olha para a direita, como se estivesse vendo algo na parede.

— Existe prova circunstancial que implica Marhoni e é tentador tratar isso como crime de honra. Se a namorada era infiel, ele deve tê-la matado para reparar sua honra.

Sandland pigarreia.

— Na verdade há muito poucos elementos que sugerem ter sido crime de honra — diz ela.

Gjerstad vira-se em sua direção.

— Em alguns países, infidelidade significa uma sentença de morte. No Sudão, por exemplo, em 2007...

— Marhoni é do Paquistão.

— Eu sei, mas no Paquistão as pessoas também são apedrejadas até a morte. E em relação à tese de crime de honra, estão faltando vários elementos — Sandland continua. Gjerstad olha para ela, indicando que deve prosseguir. Nøkleby empurra os óculos para cima da ponte do nariz e se inclina para mais perto da mesa. Sua franja morena cai sobre os olhos, mas não a ponto de deixá-la irritada.

— Crimes passionais são muitas vezes cometidos depois que a vergonha já se tornou de conhecimento público — começa Sandland. — Pelo que pudemos verificar, tudo o que se sabia a respeito de Hagerup e Marhoni era que os dois estavam juntos. Em segundo lugar, crimes passionais costumam ser planejados. A decisão geralmente é tomada pela família. Ao que eu sei, Marhoni não tem família na Noruega, fora o irmão, que mora com ele. E por último, mas não menos importante: as pessoas admitem a culpa pelo que fizeram. E Marhoni nega que foi ele.

Gjerstad digere a breve aula e a aprova com a cabeça.

— O que sabemos a respeito de apedrejamento? — pergunta Emil Hagen.

Hagen é um baixinho que se formara recentemente na academia de polícia. Brogeland reconhece o tipo: todo empolgado, louco para se enturmar e alimentando o sonho de fazer a diferença para a sociedade, um bandido de cada vez. Vai pensando assim, Brogeland reflete. Daqui a pouco você cai na real, como a maioria de nós. Emil é loiro e parece uma versão adulta do personagem de mesmo nome de Astrid Lindgren. Tem até os dentes da frente bem separados.

— Oficialmente, só o Irã recorre a esse método ainda hoje — explica Sandland. — Entretanto, ele também é usado em outros países, como uma forma de linchamento. Adultério, obscenidade e blasfêmia são faltas punidas com apedrejamento. Em 2007, Jafar

Keyani foi apedrejado até a morte no Irã. Foi a primeira vez desde 2002 que o Irã admitiu oficialmente empregar essa forma de punição.

— O que foi que ele fez? — Nøkleby pergunta.

— O que ela fez, você quer dizer...

Nøkleby baixa a cabeça, constrangida com a própria ignorância.

— Teve uma relação extraconjugal.

O restante da equipe olha para Sandland. Fredrik Stang baixa seu copo d'água.

— Não entendi, nós não acabamos de fazer uma prisão? — ele diz. Stang tem cabelo escuro, cortado em estilo escovinha, e um rosto que transmite sinceridade. Gosta de usar roupas bem colantes, de maneira que as pessoas percebam que ele passou boa parte da juventude malhando na academia.

— Claro que sim, mas ele nega o assassinato e ainda é cedo demais para não seguirmos outras linhas de investigação. Além do mais, estamos tentando estabelecer uma motivação — Nøkleby assinala.

— Hagerup pulou a cerca — Stang protesta. — Pelo menos é isso que as mensagens de texto sugerem. E Marhoni é muçulmano, não é? Para mim, essa parada está mais do que resolvida.

Sandland leva uma garrafa de Coca Zero aos lábios e toma um gole.

— Certo, concordo que dê essa impressão. Mas ainda acho que nós devemos ignorar a tese do crime de honra. É mais óbvio considerar a charia.

— Charia? — Gjerstad franze a testa.

— É. Todos sabem o que é, não?

Ela olha em torno para a equipe. A maioria acena positivamente com a cabeça, mas de um modo não muito convincente. Emil Hagen se remexe na cadeira.

— Regras radicais dizendo como se deve viver, essas coisas?

Sandland sorri discretamente.

— Essa é uma forma de ver a coisa. Muita gente que ouve falar em charia pensa de imediato em mulás e fundamentalistas ensandecidos. Mas a charia é um conceito bem mais complexo. Os que se consideram entendidos no assunto vêm estudando os princípios legais da charia há anos. Estudam o Corão, os ditos e os feitos do profeta Maomé, a história muçulmana, como as diferentes escolas do direito interpretam a lei e assim por diante. Nos países muçulmanos, atualmente, a charia se aplica basicamente a questões de direito de família como divórcio e herança.

— Mas o que isso tem a ver com o assassinato de Henriette Hagerup? — Gjerstad pergunta, impaciente.

— Vou chegar lá. Não existe essa coisa de lei islâmica, e só alguns poucos países adotam um código penal baseado nela. Os países que o fazem têm o que chamam de castigos *hudud*.

— Hu-quê? — Hagen estranha.

— *Hudud*. O castigo *hudud* é um código penal no Corão que prescreve penas específicas para determinados crimes. Açoitar, por exemplo. Ou decepar a mão de alguém.

Brogeland sacode silenciosamente a cabeça em sinal de aprovação. Ele entendeu instantaneamente as implicações da informação de Sandland.

— Então, que tipos de crimes recebem essas punições? — pergunta Nøkleby, cruzando os braços à sua frente. Sandland olha para ela enquanto explica.

— Adultério, por exemplo. Uma pessoa pode receber cem chibatadas por causa disso. Se for pego roubando, pode perder a mão. Mas o grau de cumprimento dos castigos *hudud* varia de país para país e, em certos casos, as pessoas fazem justiça com as próprias mãos e justificam tais práticas repugnantes recorrendo à lei de Alá. O valor simbólico de adotar esses castigos é provavelmente mais importante, porque demonstra respeito aos mandamentos do Corão e da lei islâmica.

— Mesmo se for apenas em teoria? — Nøkleby insiste.

— Mesmo se for apenas em teoria — Sandland responde balançando afirmativamente a cabeça. — Certos países, porém, cumprem efetivamente essas leis. Em novembro de 2008, uma garota somali de 13 anos foi apedrejada até morrer por tentar denunciar um estupro. Ela foi levada a um estádio de futebol e enterrada num buraco que foi coberto de terra até a altura do seu pescoço. Em seguida, cinquenta pessoas passaram a apedrejá-la enquanto centenas de outras assistiam.

— Minha nossa! — Hagen engasga. Brogeland fica olhando em estado de êxtase para Sandland. Você bem que podia me dar uma aula qualquer hora dessas, ele pensa. Com uma palmatória e um par de algemas à mão, para quando eu errar as respostas.

Stang aperta a mão dela.

— Como você sabe isso tudo?

— Eu fiz um curso preparatório em Estudos Religiosos.

— Está tudo muito bem — Gjerstad intervém —, mas ainda não estamos nem um pouco mais perto de saber por que isso aconteceu.

— Não, assim como quem fez.

— Você não acha que foi Marhoni? — Nøkleby pergunta.

— Ainda não sei o que eu acho. Mas Marhoni não me parece um muçulmano casca-grossa, digamos assim, ou alguém assim tão atualizado em relação aos castigos *hudud*. E acho que é importante levar em conta que essa não é a forma normal de se comportar dos muçulmanos. Foi alguém de concepções radicais – e insisto, de concepções realmente muito radicais – e com uma mente deformada que provavelmente fez isso. E acho que essa descrição não confere com Marhoni.

— Não é preciso ser muçulmano para merecer esse tipo de castigo? — pergunta Brogeland.

— Precisa, sim, isso é verdade.

— Mas Hagerup era branca, como nós?

— Precisamente. Por isso é que tem muita coisa que não faz sentido.

— Ela não poderia ter se convertido? — sugere Hagen.

Sandland faz uma careta.

— Mas se ela era branca e norueguesa, o caso pode não ter relação alguma com charia ou *hudud* — Gjerstad questiona.

— Não, é...

— Talvez alguém simplesmente tenha sentido vontade de apedrejá-la até a morte. Que modo mais terrível de matar... Deve demorar uma eternidade, eu imagino, sobretudo se as pedras forem pequenas.

— É, mas nós devíamos estar procurando quem conhece castigos *hudud*.

— Que pode ser qualquer um, certo?

— Qualquer um pode ler a respeito, é verdade, seja norueguês ou muçulmano. No entanto, esse assassinato é altamente ritualístico. Açoitar, apedrejar e decepar uma das mãos dela — todas essas coisas têm um significado.

— É o que parece — Nøkleby observa.

— Hagerup era infiel? — pergunta Hagen. — Ou roubou alguma coisa?

Sandland dá de ombros.

— Não faço ideia. Podem ser as duas coisas. Ou nenhuma. Ainda não sabemos.

— Muito bem — diz Gjerstad num tom de voz destinado a dar por encerrada a reunião. Ele se levanta. — Temos que realizar uma averiguação mais detalhada dos antecedentes dos dois, Marhoni e Hagerup, descobrir quem eram e o que ela fez ou não fez, o que ela sabia, o que estudava, as pessoas que conhecia, amigos, situação familiar etc. Segundo: precisamos falar com as comunidades muçulmanas, descobrir se alguma delas aprova o açoitamen-

92

to e essa espécie de castigo e ver se tem ligação com Hagerup ou Marhoni. Emil, você que é o mago da tecnologia, verifique salas de bate-papo, *homepages*, *blogs* e essas coisas todas, levante tudo que puder sobre charia e *hudud*, e informe se chegar a quaisquer nomes que nós devamos olhar com mais atenção.

Emil faz que sim com a cabeça.

— E mais uma coisa — diz Gjerstad olhando para Nøkleby antes de prosseguir. — Isso nem precisava ser dito, mas a NRK se mostrou notavelmente bem informada na coletiva de hoje. Esse caso envolve tantos aspectos que nós só iremos piorar as coisas se a imprensa tiver acesso ao mínimo que seja daquilo que estamos investigando. Tudo que for dito aqui deve ficar dentro dessas quatro paredes. Entendido?

Ninguém diz nada. Mas todos concordam com a cabeça.

CAPÍTULO 16

Não leva muito tempo até que dê por encerrado seu trabalho em Westerdal. Já entrevistou algumas pessoas, obteve a informação que sabe que o jornal quer dele, tirou mais fotografias e já pode voltar para casa. Está do lado de fora do Jimmy's Sushi Bar, em Fredensborgvei, quando toca o celular.

— Henning — ele atende.

— Oi, é Heidi.

Ele torce a cara e responde 'oi' sem um pingo de entusiasmo.

— Onde você está?

— Voltando para casa para escrever a matéria. Mando por *e--mail* para você à noite.

— O Dagbladet já fez uma reportagem sobre estudantes aos prantos na faculdade. Por que nós não? Por que está demorando tanto?

— Demorando tanto?

— Por que você não mandou por telefone o que tinha?

— Com certeza porque preciso escrever a matéria antes de poder mandá-la, certo?

— Quatro linhas sobre a atmosfera local, duas declarações de algum consternado presente e poderíamos ter produzido uma matéria e recheado de fotografias com mais alguns depoimentos depois. Agora estamos muuuuito atrasados...

Ele fica tentado a dizer que a expressão correta não é 'muuuuito atrasados' e sim 'muito para trás' ou 'correndo atrás', mas não o faz. Heidi solta um enorme suspiro.

— Por que alguém vai querer ler a nossa matéria de interesse humano quando já a leu em outro lugar?

— Porque a minha vai ser melhor.

— Hah! Espero que sim... E da próxima vez: mande logo a sua matéria.

Ele não tem tempo de responder antes de Heidi desligar. Faz uma careta para o celular. E trata de correr para casa.

Ele troca as pilhas dos detectores de fumaça do apartamento e se instala no sofá com o *laptop*. A caminho de casa, vinha pensando nas abordagens possíveis. Não deveria levar muito tempo para escrever a matéria. Podia até dar tempo de ir ao Dælenenga para assistir a umas sessões de treinamento antes de escurecer.

O trabalho mais demorado é o de descarregar e editar as fotografias, antes de poder enviá-las ao jornal. Não quer correr o risco de que algum copidesque as estrague.

Seis ou sete anos atrás, não está bem lembrado, uma mulher foi brutalmente assassinada em Grorud. Seu corpo foi encontrado numa lixeira. Ele tirou dezenas de fotos e mandou tudo para a editoria do Aftenposten, do jeito como estavam, porque A Velha Senhora vai para o prelo bem cedo. Indicou explicitamente quais fotos deveriam ser usadas e quais não podiam, pelo menos enquanto não se obtinha a autorização dos parentes, pois vários deles estiveram presentes atrás da fita policial. Também deixou claro para a editoria que ele deveria ser consultado antes do jornal ser impresso.

Não obteve qualquer retorno naquela noite e nem procurou saber. Na manhã seguinte, a reportagem foi publicada não só com as fotografias erradas, mas também com as legendas trocadas. Hora das explicações. Ele tentou se desculpar com os parentes da vítima, que se recusaram a falar com ele. 'É sempre assim, a culpa é da editoria', escarneceram.

Mas o jornalismo é como qualquer outra profissão. Aprende-se com os erros. Uma das primeiras coisas que um amigo dele ouviu quando começou seu curso de medicina foi que você não será um bom médico enquanto não tiver lotado um cemitério. Você aprende em serviço, desenvolve conhecimento, domina as novas tecnologias, se adapta, passa a conhecer os colegas e suas habilidades, e aprende a trabalhar com eles. É um processo contínuo.

Ele abre o Photoshop e carrega as fotografias. Tristeza, falsa tristeza e mais falsa tristeza. E então, Anette. Dá um duplo clique sobre as fotos, a sequência que fez dela. Mesmo em seu monitor de 15.6 polegadas, cada detalhe é visível. Quando visualiza as fotos em *slideshow*, aí então é que ficam mais evidentes. Anette olha em volta, como se estivesse sendo observada, mas em seguida rouba um momento com Henriette. São apenas poucos segundos, mas ele os capturou com a câmera.

Anette, pensa novamente. Do que você tem tanto medo?

Escrever a matéria e enviá-la à editoria demora mais do que ele imaginara. As frases não vêm com a facilidade esperada. Mas ele conclui que mesmo um cão velho é capaz de aprender truques novos. E torce para que Heidi esteja em casa, espumando de raiva por ele deixá-la assim, esperando.

Ele olha o relógio. 20:30. Tarde demais para ir ao Dælenenga. Dá um suspiro e se recosta no sofá. Devia ter ido ver mamãe, ele pensa. Já faz dias. Ela provavelmente está magoada. Pensando bem, não consegue se lembrar da última vez em que ela não estava sentindo pena de si mesma.

Christine Juul mora num apartamento modesto de dois quartos em Helgesensgate. Mora lá há quatro anos; é um desses novos empreendimentos, que custam uma fortuna para comprar mas perdem valor com o tempo. Há alguns desses em Grünerløkka também. Antes de Helgesensgate ela morou em Kløfta, onde Henning cresceu, mas a distância era muito grande para ele e Trine. Ela queria estar mais perto dos filhos, pura e simplesmente para que pudessem cuidar dela. Gastara quase todo o seu dinheiro num apartamento desprovido de caráter; nada nas paredes, somente superfícies planas que um dia foram brancas, descoloridas de tanta fumaça que ela exalava diariamente na sala. Mas Henning não acredita que seja por isso que ela está magoada.

Henning acha que Christine Juul estava bem satisfeita com a vida até o marido morrer. Tinha um bom emprego de auxiliar de enfermagem, um casamento aparentemente feliz, filhos aparentemente felizes e bem-sucedidos; não muitos amigos, mas dava valor aos que tinha; participava do coral local e do clube de degustação de vinhos, mas quando Jakob Juul morreu inesperadamente, ela desmoronou. Da noite para o dia.

Embora Henning e Trine fossem apenas adolescentes quando isso se deu, logo descobriram que teriam que se virar sozinhos. Tinham que fazer compras, cozinhar, cortar a grama, podar a cerca viva, lavar roupa, limpar a casa, ir sozinhos aos treinos e às partidas de futebol, à escola e à casa de veraneio na praia. Se tinham alguma pergunta a respeito da própria educação, precisavam fazê-la aos vizinhos. Ou ficar sem resposta.

Tudo porque Christine Juul arranjou um novo amiguinho. St. Hallvard é uma bebida doce feita de batatas que contém álcool suficiente para entorpecer a mente mais ansiosa. Agora, nem uma semana se passava sem que Henning tivesse que visitá-la para reabastecer seu armário de bebidas. Duas garrafas, no mínimo. Ela ficava amuada se só ganhasse uma.

Após muito refletir, ele chegara à conclusão de que se ela queria beber até morrer, longe dele tentar dissuadi-la. Ela pareceu apenas levemente interessada quando ele se casou, ficou menos de uma hora no batizado de Jonas. Sequer chorou quando Jonas morreu, apesar de ter ido ao funeral. Foi uma das últimas a chegar e não se sentou na frente com o restante da família; permaneceu de pé nos fundos da igreja e saiu assim que a cerimônia terminou. Nem quando Henning esteve internado no hospital de Haukeland, na Unidade de Queimados, ela foi visitá-lo ou ligou para saber como ele estava. Quando ele foi transferido para o Centro de Reabilitação de Sunnaas, ela fez apenas duas visitas e nunca ficou mais de meia hora. Mal olhava para ele, raramente dizia uma palavra.

Bebida, Marlboro Lights e revistas de fofocas.

Ele sente que não pode negar a ela esses prazeres, os três únicos que lhe restaram, aos 62 anos de idade. Ela mal come, embora ele encha a geladeira a intervalos regulares. Procura variar a dieta, fazê-la comer um pouco de proteína, cálcio, nutrientes essenciais, mas ela tem muito pouco apetite.

Muito de vez em quando, ele cozinha para ela e se senta à pequena mesa da cozinha para jantarem juntos. Não se falam. Apenas comem e ouvem o rádio. Henning gosta de ouvir rádio. Sobretudo quando está com a mãe.

Não entende por que ela sente tanta raiva dele, mas provavelmente é porque ele não se tornou alguém importante, diferentemente da irmã — Trine Juul-Osmundsen, que é Ministra da Justiça da Noruega. Ela sim, parece estar construindo um nome.

É muito querida, até pela polícia. Mas ele só sabe disso porque a mãe lhe contou.

Ele não tem contato com a irmã. É assim que ela quer. Ele parou de tentar faz tempo. Não sabe explicar muito bem como as coisas chegaram a esse ponto, mas em determinado momento de suas vidas, Trine deixou de falar com ele. Ela saiu de casa quando completou dezoito anos e nunca mais voltou, nem para o Natal. Mas escrevia; para a mãe, jamais para ele. Sequer o convidou para seu casamento.

A família Juul. Não exatamente uma família feliz. Mas é a única que ele tem.

CAPÍTULO 17

Ele olha para o piano. Fica encostado à parede. Gostava de tocar, mas não sabe se ainda consegue. Nada a ver com as mãos. Seus dedos funcionam muito bem, apesar das cicatrizes.

Lembra-se da noite em que Nora lhe contou que estava grávida. Foi logo depois do casamento e fora uma gravidez planejada, apesar deles ouvirem falar de muitos outros casais que tentavam durante anos sem sucesso. Henning e Nora, entretanto, ficaram grávidos na primeira tentativa. Na mosca.

Ele estava trabalhando numa reportagem quando Nora entrou no escritório. Podia apostar pela fisionomia dela que algo havia acontecido. Estava nervosa, mas excitada. Transbordando de medo e espanto diante do que os dois haviam começado, da responsabilidade que estavam assumindo.

Eu estou grávida, Henning.

Ele se recorda bem da voz dela. Cautelosa, trêmula. Do sorriso, que logo se espalhou por seu rosto, antes de dar lugar a uma insegurança que ele não tinha como não amar. Ele se levantou, a abraçou e a beijou.

Meu Deus, como a beijou.

Nora estava somente na sétima semana de gravidez naquela noite. Ele se lembra de que ela foi cedo para a cama porque estava se sentindo enjoada. Ele ficou sentado sozinho por um bom tempo, pensando, escutando o silêncio no apartamento. Depois foi para o piano. Naquela época, andava trabalhando muito e não tocava havia séculos. Mas é sempre a mesma coisa quando se senta ao teclado após um longo intervalo. Tudo que toca soa bem.

Naquela noite, compôs possivelmente a mais linda canção que jamais havia escrito. Despertou Nora e praticamente arrastou-a da cama para tocar para ela. Nauseada e magnífica, ela se postou atrás dele enquanto seus dedos iam acariciando as teclas pretas e brancas. A melodia era suave e melancólica.

Nora pousou as mãos em seus ombros, se curvou e abraçou-o por trás. Henning deu à canção o nome de 'Amiguinho'. Depois que Jonas nasceu, às vezes a tocava para ele. Jonas gostava de ouvi-la à noite, antes de ir se deitar. Henning escreveu a letra também, mas como não é muito bom letrista, tendia quase sempre a ficar só cantarolando.

Era para ele ter tocado 'Amiguinho' no funeral, mas estava numa cadeira de rodas, todo engessado e coberto de ataduras. Algum amigo poderia ter tocado, evidentemente, mas não seria a mesma coisa. Só poderia ser ele.

Henning cantarolou baixinho enquanto o pastor falava. Desde então nunca mais cantarolou.

*

Algo o estava perturbando o dia todo. Todo bom repórter policial tem suas fontes. Henning tem uma ótima. Ou tinha. Essa fonte entrara em sua vida certa noite em que ele navegava em busca de pornografia infantil para uma matéria. Queria descobrir como era fácil encontrar material de pornografia infantil na internet, quantos cliques seriam necessários, e logo caiu numa página proibida. Felizmente, a polícia já sabia dela. Mas como Henning a visitara, agora também sabiam dele. Estava ciente de que poderia acontecer, mas isso era também parte da reportagem. Verificar o quanto a polícia estava bem informada, e quão longe alguém poderia ir sem ser detido. Não se lembrava muito bem de como tivera a ideia, mas achava que tinha chegado a ela após saber que iria ser pai. Quem sabe não foi, até certo ponto, uma tentativa de arranjar problema?

Depois de visitar vários sites diferentes de pornografia infantil, ele fez amizade on-line com uma mulher que se denominava Chicketita. Ela prometeu lhe dar uns DVDs de pornografia infantil caso fosse se encontrar com ela no Parque Vaterlands às onze horas daquela mesma noite. Ele não foi.

No dia seguinte, foi detido para averiguações, teve o *laptop* confiscado e enviado à Perícia Forense para verificar se ele havia surfado anteriormente por sites de pornografia infantil. O que evidentemente ele não fizera. Foi imediatamente liberado, depois de prestar esclarecimentos aos agentes da Divisão de Crimes Sexuais. Chicketita, que se revelou uma policial de nome Elisa, se mostrou muito compreensiva. Ele teve permissão para prosseguir com o projeto. Ela era favorável a que a imprensa desse destaque ao assunto.

Alguns dias depois, ele foi contatado por 6tiermes7. De início, pensou que fosse outro policial à caça de pedófilos, mas acabou concluindo que não podia ser isso. 6tiermes7 tinha uma agenda totalmente distinta.

Ele não sabia se 6tiermes7 tinha conhecimento da sua reportagem sobre pornografia infantil, mas desconfiava que ele, ou ela, havia acompanhado seu trabalho por algum tempo ou, pelo menos, o tinha investigado para saber que ele era um cidadão responsável. Na época, Henning costumava trabalhar de forma sigilosa; denunciou vários escândalos, permitindo à polícia iniciar novas investigações ou solucionar velhos casos. E acabou recompensado. 6tiermes7 estava disposto a ajudá-lo sob a condição inegociável de que ele jamais revelasse sua fonte.

Por meio de um endereço de *e-mail*, que não podia ser rastreado até chegar ao verdadeiro nome de 6tiermes7, Henning recebeu um arquivo contendo um programa chamado FireCracker 2.0 para instalar. Henning, depois, pesquisou na internet, mas nunca encontrou nada que sugerisse que o programa estivesse à venda em algum lugar. Presumiu que fora 6tiermes7 quem o desenvolvera, mas nunca perguntou. O programa, uma vez aberto, se conectava a um servidor de modo que os dois podiam bater papo em segurança. Ou em relativa segurança.

Usavam um algoritmo criptografado que tornava qualquer mensagem teclada que um enviasse ao outro incompreensível para estranhos — a não ser que tivessem a senha. Esse fator de segurança dependia obviamente de que suas senhas não fossem gravadas antes de ser criptografadas. Afinal, é sempre possível monitorar um teclado. 6tiermes7 podia estar arriscando a própria vida, mas Henning não tinha a menor intenção de questionar os dilemas morais e éticos enfrentados por sua fonte.

6tiermes7 logo se revelou a melhor fonte que ele jamais tivera. No jornalismo, contato é tudo. Ter uma fonte confiável, que traz as matérias até você, e não o contrário, alguém que irá alimentá-lo regularmente com informações capazes de auxiliá-lo em entrevistas, conhecimento privilegiado que pode não ter utilidade em dado momento, mas que sempre vale a pena ter. Como uma vantagem, por exemplo. Ou novos avanços numa investigação, o que a polícia descobriu, que pistas está explorando, nomes de pessoas interrogadas — esse tipo de coisas.

6tiermes7 lhe proporcionava tudo isso. Ele, ou ela, era a própria Garganta Profunda, a mais profunda de todas. Nos três anos anteriores a Essa Coisa Em Que Ele Não Pensa, Henning publicara diversas reportagens fruto da parceria com 6tiermes7. 6tiermes7 o ajudava, ele, por sua vez, ajudava a polícia revelando histórias que lançavam uma nova luz sobre suas investigações, novas e antigas, e assim, juntos, todos se davam bem. *Quid pro quo*, como diria Hannibal Lecter.

Mas 6tiermes7 nunca lhe contou por que, nem como. E Henning nunca procurou desvelar a identidade de 6tiermes7. Nem tem planos de fazê-lo. Há coisas que é melhor deixar do jeito que estão.

Antes de voltar a trabalhar, fazia quase dois anos que ele não pensava em 6tiermes7. Não tem a menor ideia se 6tiermes7 ainda se encontra disponível como fonte, se ele, ou ela, passara a trabalhar com outras pessoas, ou se 6tiermes7 simplesmente evaporara do ciberespaço.

Mas está perto de descobrir.

CAPÍTULO 18

O vapor sobe e se condensa sob a capota. Uma mangueira de alta pressão varre sistematicamente um Audi A8 vermelho-escuro com rodas cromadas aro 19. Cocô de passarinho incrustado, areia, cascalhos e seixos são rapidamente lavados da carroceria. O carro está completamente molhado em segundos.

Yasser Shah recolhe a mangueira de alta pressão e gesticula para que dois homens venham trabalhar. Um terceiro abre as portas e começa a aspirar o interior. Esponjas ensaboadas rangem em contato com o carro luxuoso. O quarteto trabalha rápido e com eficiência. Os tapetes são removidos e lavados com a mangueira no chão. A mala, suja de cascas de árvore, mato e lixo, é limpa. Os bancos são secos e logo o interior, o volante, o painel, a alavanca de marcha, o sistema de som e as janelas estão brilhando. Tudo leva menos de dez minutos.

E tudo por 150 coroas.

O dono do carro, um homem de terno cinza com gravata combinando, aguarda do lado de fora. Em intervalos regulares, olha para dentro e verifica o progresso. Zaheerullah Hassan Mintroza, sentado em sua gaiola de vidro, constata a desconfiança do dono do veículo. Provavelmente é porque somos paquistaneses, ele pensa. Mas como cobramos barato, o cara está pronto a correr o risco. Babaca. Se você soubesse quem está lavando seu carro...

Hassan deixa o quarteto terminar, então aperta um botão que abre a porta. O dono não tem certeza se deve entrar. Hassan se levanta, vai lá fora e gesticula para que os quatro homens concluam o serviço à luz do dia. Yasser Shah entra e liga o carro, que ruge agressivamente no espaço acusticamente perfeito, e dá ré. Os outros acompanham com os panos de limpeza.

Hassan vai até o dono do carro e recebe o pagamento.

— Parece que ficou muito bom — comenta o dono. Hassan concorda com a cabeça, conta as oito notas de 20 coroas e omite a menção de que há dez coroas a mais. Tudo certo, pensa, já que ele preferiu o serviço expresso.

Shah sai do carro e entrega as chaves ao dono. Os outros três dão uma última enxugada no teto, nas portas e nas rodas do Audi.

— Muito obrigado — diz o dono entrando no carro. Sai dirigindo em baixa velocidade. Hassan olha para os outros e faz um sinal para que entrem. Eles obedecem e entram no escritório envidraçado de Hassan, do tamanho de um quarto de dormir. Há três cadeiras e uma televisão num canto, ligada na Al-Jazeera sem som. Uma xícara de café, um computador e pilhas de documentos e jornais estão sobre a mesa de Hassan. Uma velha foto de Nereida Gallardo Alvarez nua decora a parede atrás da cadeira barulhenta de Hassan.

— Feche a porta — ordena Hassan a Yasser Shah. Hassan aperta um botão. Uma luz vermelha se acende do lado de fora do lava-jato.

Os outros esperam. Hassan os olha. Seu cabelo é muito comprido, brilha de Brylcreem e é todo penteado para trás. Não usa rabo de cavalo, embora o cabelo seja longo o bastante para tal. Tem fiapos de barba, cuidadosamente penteados, em volta da boca e nas bochechas. Ostenta uma grossa corrente de ouro no pescoço, com brincos combinando. Está vestindo uma calça *jeans* surrada, desgastada, e um colete branco bem apertado na barriga e no peito. Hassan é magro, mas não é desproporcional. São bem visíveis os músculos em seus braços. Tem um sapo verde tatuado num braço e um escorpião negro no outro.

— Estamos com um problema — ele diz, olhando sério para um de cada vez. — Já falamos sobre isso antes, sobre o que fazer no caso de situações como essa, e sobretudo se essa situação específica surgir.

Os outros balançam a cabeça em silêncio. Yasser Shah abre ligeiramente a boca. Hassan percebe.

— Yasser, agora é com você — diz com firmeza. Quando Yasser vai falar, Hassan o interrompe.

— Precisamos mandar uma mensagem para ele. Essa é a chance de você provar que é um dos nossos, que está levando a sério sua estada aqui.

Shah olha para o chão. Ele é baixo mas de compleição forte. A barba densa forma como que um quadrado em torno da boca, tem a pele macia, e usa costeletas. Seu nariz é torto devido a uma briga em Gujrat em 1994. O lábio foi partido nessa mesma briga, e o superior tem uma cicatriz, no lado esquerdo. O brinco na orelha esquerda parece um diamante.

— Você quer ir para a cadeia?

Shah ergue os olhos novamente.

— Não — sussurra.

— Quer ver todos nós na cadeia?

— Não.

Dessa vez sua voz é ainda mais firme.

— Esse tipo de vida exige que cada um se sacrifique pelo outro — Hassan prossegue. — Não podemos correr riscos.

Os outros olham para Hassan e em seguida para Shah. Hassan espera algum tempo antes de abrir uma gaveta e tirar uma caixa preta. Ele a abre, tira de dentro dela uma pistola e um silenciador e entrega os dois para Shah.

— Muita calma e muito cuidado. Sem erros.

Shah faz que sim com a cabeça, meio relutantemente.

— Quanto a vocês. Assim que isso virar notícia, certifiquem-se de estar perto de alguma câmera de CCTV e de que haja o maior número possível de testemunhas capazes de atestar seu álibi. Os tiras podem não procurar, mas se o fizerem, será para descobrir onde vocês estavam.

Todos concordam com a cabeça. Exceto Yasser Shah, que mantém os olhos cravados no chão.

CAPÍTULO 19

Henning abre de novo o *laptop* e localiza o FireCracker 2.0 no menu de programas. Hesita durante alguns segundos antes de clicar duas vezes sobre o ícone de uma bomba em miniatura. Talvez 6tiermes7 esteja usando uma versão diferente, mais recente, talvez existam novos aplicativos que requeiram *upgrades*, mas assim mesmo ele clica. Vale a pena tentar.

O programa leva uma eternidade para carregar. Preciso comprar um computador novo, ele pensa, quando o ventilador começa a zunir. Enquanto isso, ele vai para a *homepage* do 123news verificar se sua matéria foi publicada.

Foi. Uma rápida olhada mostra que o editor fez muito poucas alterações. A matéria de capa é a deles. A reportagem de Iver Gundersen sobre a prisão pode ser acessada por um *link* na abertura. Só de olhar para as palavras de Gundersen ele já fica enjoado.

Ele então se concentra em sua manchete: '*Nós nunca te esqueceremos*'. A fotografia que acompanha o texto é a do santuário com os cartões e as mensagens para Henriette Hagerup. Um pacote-padrão. Mas já é um bom começo. Não chega bem a ser uma notícia, mas é um bom começo.

Alguém pisa firme para cima e para baixo nas escadas do prédio. Henning tenta ignorar o barulho e verifica se o FireCracker 2.0 já está rodando. Está. Mas 6tiermes7 não está. Ele aguarda mais alguns minutos. Enquanto isso, obriga-se a ler a matéria de Iver Gundersen, dizendo consigo mesmo que ela pode conter alguma informação útil. Lembra que o novo namorado de Nora lhe pedira para descobrir o nome do namorado de Hagerup, coisa que escapou completamente de sua cabeça.

Ele maldiz sua massa cinzenta inútil, antes de clicar na matéria e começar a ler:

APEDREJAMENTO: HOMEM PRESO
Um homem na faixa dos vinte anos foi preso por envolvimento no brutal assassinato de Henriette Hagerup.

Vê-se uma fotografia da cena do crime — desta vez a correta — ao lado da abertura. Henning pode ver ao fundo a grande barraca branca. Alguns curiosos aparecem em pé atrás da faixa da polícia. Ele segue lendo.

O homem foi preso após uma visita policial de rotina ao seu apartamento. Ele tentou fugir quando os policiais bateram à sua porta, mas foi rapidamente capturado.
O 123news apurou que foram encontradas provas incriminatórias no apartamento do suspeito. Ainda hoje ele irá à presença de um juiz e ficará preso preventivamente. Lars Indrehaug, advogado do suspeito, nega que seu cliente seja culpado.

Em seguida Gundersen resume a história, explica o que aconteceu, quando aconteceu e como ela se desenvolveu ao longo do dia. Também inclui uma declaração do Inspetor-chefe Gjerstad, que Henning reconhece da coletiva de imprensa.

O barulho continua vindo da escadaria. Ele verifica o FireCracker 2.0 novamente. Ainda é o único usuário conectado. Resolve não se desconectar no caso de 6tiermes7 entrar durante a noite ou de madrugada. Mas tem um mau pressentimento de que isso não irá ocorrer.

Ele suspira e fica olhando vagamente para a parede. Seu primeiro dia de volta ao trabalho acabou e foi bastante cansativo. Pensa nas pessoas que encontrou: Kåre, Heidi, Nora, Iver, Anette. Após um único dia de trabalho, ele obteve conhecimentos e estabeleceu relações que poderia, alegremente, dispensar. As lembranças estão retornando, lembranças que ele esperava que pudessem permanecer nas sombras.

Pensa em Nora, no que ela estará fazendo agora, se está com Gundersen. Claro que sim. Seu Cotelê-Filho-de-uma-Grande--Puta... Provavelmente estão jantando. Num restaurante. Trocando histórias sobre o dia, o que farão quando chegarem em casa, debaixo das cobertas, ou em cima delas, possivelmente.

Ele resolve não pensar nisso e torce para que a noite caia rapidamente.

A barulheira ainda não cessou. Ele se levanta para investigar. Um senhor de idade sobe as escadas quando Henning surge à porta. O homem está ofegante, vestindo apenas um calção. Nada na parte superior do corpo. Apesar da idade — Henning calcula que ele já deve ter passado em muito dos setenta — ainda exibe muitos músculos. Os dois se entreolham. O homem está prestes a seguir seu caminho, mas para e olha novamente para Henning.

— Você acabou de se mudar? — pergunta.

— Não — Henning responde. — Já moro aqui há seis meses.

— Ah, é mesmo? Eu moro bem embaixo de você.

— Sei.

Ele vai até Henning e estende a mão.

— Gunnar Goma. Eu fiz uma cirurgia de ponte safena. Quatro, na verdade.

Ele aponta para uma enorme cicatriz no peito. Henning faz uma saudação respeitosa com a cabeça e lhe aperta a mão.

— É por isso que eu ando sem fôlego. Mas estou voltando à minha antiga forma. Para poder satisfazer as senhoras, hehe.

— Henning Juul.

— E não uso cueca.

— Obrigado por dividir isso comigo.

— Que tal um cafezinho qualquer dia desses?

Henning concorda com a cabeça mais uma vez. Ele gosta de café, mas acha improvável que algum dia vá tomar café com Gunnar Goma. Muito embora, pensando melhor, o convite não pareça inteiramente inoportuno.

Ao entrar, ele ouve um *ping* do *laptop*. Lembra-se bem desse som. Ding-dong, feito uma campainha. Significa que alguém mandou uma mensagem via FireCracker.

6tiermes7. Só pode ser.

Senta-se rapidamente, movimenta o mouse e desperta a tela. Fecha todas as outras janelas de modo a deixar aberto apenas o FireCracker. Olha a tela. Uma pequena janela quadrada surgiu. Dentro dela ele lê:

6TIERMES7: JUIZ.

Para ter segurança absoluta de que ninguém mais poderia usar o programa, eles combinaram inúmeras senhas. Quem faz contato escreve a primeira parte. Se quem responde fornece a continuação correta, estão seguros.

Ele sorri e responde:

MAKKAPAKKA: DIABO.

É recompensado com uma carinha sorridente.

6tiermes7 e Henning costumavam bater papo sobre muitas outras coisas além de provas e casos sob investigação. Henning escolheu o apelido MakkaPakka porque 6tiermes7 sabe que ele detesta *No Jardim dos Sonhos*, um programa televisivo infantil de meia hora que a NRK transmite toda tarde antes de começar a programação para crianças mais velhas. Os personagens de *No Jardim dos Sonhos* quase não falam, só emitem sons que correspondem a seus nomes: Igglepiggle, Upsy Daisy, Makka Pakka, os Tombliboos e Ninky Nonk.

Está convencido de que 6tiermes7 adora sacaneá-lo quando os dois batem papo, não importa qual seja a motivação dele, ou dela.

MAKKAPAKKA: EU NÃO SABIA QUE VOCÊ AINDA EXISTIA.

6TIERMES7: OU SE VOCÊ EXISTIA. SENTIMOS SUA FALTA.

MAKKAPAKKA: OBRIGADO.

6TIERMES7: ENTÃO VOCÊ ESTÁ DE VOLTA? SOUBE QUE ESTEVE NA COLETIVA DE IMPRENSA HOJE.

MAKKAPAKKA: QUEM CONTOU?

6TIERMES7: O PRIMEIRO-MINISTRO. POR QUEM VOCÊ ME TOMA?

Henning manda uma carinha sorridente.

6TIERMES7: O QUE É QUE HÁ?

MAKKAPAKKA: HENRIETTE HAGERUP. POR QUEM VOCÊ ME TOMA?

Mais carinhas sorridentes.

6TIERMES7: O QUE VOCÊ QUER SABER?

MAKKAPAKKA: TUDO O QUE VOCÊ TIVER — E MAIS O QUE VOCÊ NÃO CONSEGUIU.

6TIERMES7: VOCÊ NÃO PERDE TEMPO MESMO...

MAKKAPAKKA: NÃO TENHO TEMPO A PERDER. JÁ CONSEGUIRAM ALGUMA COISA QUE VALHA A PENA? QUAL O NOME DELE?

Não obtém uma resposta imediata. Talvez eu tenha sido precipitado ou agressivo demais, pensa. Passa-se um minuto. E mais outro. Ele se deixa abater. Finalmente, pipoca uma mensagem.

6TIERMES7: DESCULPE. INTERVALO PARA O BANHEIRO...

Mais carinhas sorridentes.

6TIERMES7: O NOME É MAHMOUD MARHONI. NAMORADO DELA. FUGIU QUANDO A SARGENTO SANDLAND E O DETETIVE BROGELAND BATERAM NO APARTAMENTO. ELE TOCOU FOGO NO LAPTOP. PARECE QUE DISCUTIU COM HH NA NOITE EM QUE ELA FOI MORTA. MENSAGENS DE TEXTO COMPROMETEDORAS DELA PARA ELE.

MAKKAPAKKA: CONSEGUIRAM SALVAR O LAPTOP?

6TIERMES7: AINDA NÃO SE SABE.

MAKKAPAKKA: OK. HAGERUP FOI APEDREJADA ATÉ MORRER?

6TIERMES7: APEDREJADA, CHICOTEADA, MÃO DECEPADA. TINHA MARCAS DE ARMA PARALISANTE NO PESCOÇO.

MAKKAPAKKA: ARMA DE ELETROCHOQUE? COMO UM BASTÃO ELÉTRICO PARA CONDUZIR GADO?

6TIERMES7: ISSO.

Não está com cara de crime de honra, pensa Henning. Parece que tem mais a ver com charia e *hudud*. Alguma coisa não está batendo.

MAKKAPAKKA: ESSE MM TEM FICHA?

6TIERMES7: NÃO.

MAKKAPAKKA: O QUE O GJERSTAD ACHA?

6TIERMES7: NÃO MUITO AINDA. ACHO QUE ESTÁ SATISFEITO DE VER ALGUM PROGRESSO.

MAKKAPAKKA: MM TEM FAMÍLIA?

6TIERMES7: UM IRMÃO. TARIQ. OS DOIS DIVIDEM UM APARTAMENTO.

MAKKAPAKKA: VOCÊ DISSE ALGO SOBRE MENSAGENS DE TEXTO COMPRO-METEDORAS. COMPROMETEDORAS COMO?

6TIERMES7: ACHO QUE ELA ERA INFIEL.

MAKKAPAKKA: E POR ISSO FOI MORTA? E É POR ISSO QUE VOCÊS ESTÃO COGITANDO QUE SEJA UM CRIME DE HONRA?

6TIERMES7: NÃO SEI.

Aposto que Iver Gundersen não sabe disso, pensa Henning. Um plano está tomando forma. Ele gosta de planos. Mas não gosta de atalhos.

E tem a sensação de que a polícia está indo por esse caminho.

CAPÍTULO 20

Sonhos. Henning deseja que houvesse um botão que ele pudesse apertar para impedi-lo de ter acesso ao seu subconsciente à noite. Acaba de acordar, seus olhos se adaptam à escuridão e ele arqueja em busca de ar. Está ardendo de tão quente. Ainda não amanheceu, mas ele está bem desperto. Andou sonhando de novo.

Sonhou que tinham ido ao *playground* do Parque Sofienberg, Jonas e ele. Era inverno, fazia frio. Ele limpou a neve e a água congelada de um banco e se sentou bebendo um maravilhoso café quente num copo de plástico, e vendo o rosto sorridente, as bochechas coradas e as nuvens da respiração de Jonas sob o boné de lã azul claro que ele levava enterrado na cabeça, os olhos o tempo todo procurando os de Henning. E viu Jonas subir ao ponto mais alto do trepa-trepa. Totalmente concentrado na visão do pai, sem olhar para onde ia, ele acabou pisando em falso nas cordas, perdeu o equilíbrio, caiu para frente e de lado e bateu com o rosto e a boca num poste. Henning deu um pulo, correu, virou a cabeça do garoto para examinar a extensão do machucado, mas só conseguia ver um rosto preto, coberto de fuligem. A boca de Jonas desaparecera. Não havia dentes. As únicas coisas que não eram pretas eram seus olhos em brasa.

Henning acorda e se vê soprando, soprando desesperadamente os olhos em brasa de Jonas para apagar as chamas. Mas elas não se apagam. Os olhos de Jonas são como essas velas de aniversário que reacendem sozinhas; você pode tentar, mas jamais conseguirá apagá-las só com o sopro.

O sonho o deixa arrasado, toda vez. Quando acorda, seu pulso está acelerado, e fecha os olhos para bloquear a visão que o deixa nauseado. Visualiza o oceano. O Dr. Helge o ensinou a fazer isso, se concentrar num lugar ou numa atividade da sua preferência, sempre que tiver essas recaídas.

Henning gosta do mar. Tem lembranças felizes da água salgada. E o mar o ajuda a abrir os olhos novamente. Rola para o lado, vê, pelo relógio do celular, que dormiu cerca de três horas. Nada mal, para ele. E conclui que isso vai ter que bastar.

Ao menos por hoje.

Não há muito a fazer no meio da noite. Ele ignora os fósforos e se levanta. Vai até a sala de estar, olha para o piano, mas continua andando. O quadril está doendo, mas ainda é meio cedo para os comprimidos.

Senta-se na cozinha. Escuta a geladeira, que chia e range ruidosamente. Pensa que ela está nas últimas. Como ele.

Faz muitos, muitos anos que ele não vai lá, mas os gemidos da geladeira o fazem lembrar da casa de veraneio da família. Fica próximo a Stavern, ao lado do Camping de Anvikstranda. É despojada, simples e pequena, provavelmente não mais de 30 metros quadrados. Uma vista fantástica do mar. E um monte de cobras. Seu avô construíra o chalé da forma mais barata possível, logo após a guerra, e pelo que ele sabia, a geladeira ainda é a original. Chia e range bem parecido com a do apartamento de Henning. Ele nunca mais voltou ao chalé desde que era criança. Acha que Trine vai de vez em quando, mas não tem certeza. Talvez a geladeira ainda esteja por lá. Era de tamanho médio e eles sempre tinham que dar um chute na parte de baixo da porta depois de fechá-la. Se não, abria novamente. Estava faltando a aba do compartimento do freezer. As prateleiras da porta estavam soltas e rachadas, o que significava que itens mais pesados como leite e garrafas tinham que ficar no bloco principal da geladeira.

Mas funcionava. Ele ainda era capaz de lembrar de como o leite ficava geladinho. E conclui que tudo bem em se ficar velho ainda em condições operacionais. Ele nunca mais provou um leite tão frio, nunca mais experimentou aquela dor de cabeça que se tem ao tomar gelado como as que costumava sentir nas férias de verão no pequeno chalé de praia da família. Mas era divertido. Era aconchegante. Eles iam pegar caranguejos, jogavam futebol na quadra grande do terreno do camping, escalavam paredes rochosas, aprenderam a nadar no mar, à noitinha assavam salsichas na brasa.

A idade da inocência. Por que as coisas não podiam ter permanecido assim?

Fica imaginando se Trine se lembra daqueles verões.

Ele pensa novamente na charia. *Allah-al-Akbar*. E recorda o que Zahid Mukhtar, o chefe do Conselho Islâmico em Oslo, dissera em 2004:

Como muçulmano, você se submete à lei islâmica e, para os muçulmanos, a charia tem precedência sobre todas as outras leis. Nenhuma outra interpretação do Islã é possível.

Henning entrevistou uma antropóloga social no Instituto Christian Michaelsen pouco depois disso, e ela explicou que a maior parte das pessoas no Ocidente tem uma imagem distorcida da charia. Embora existam tradições que remontam a centenas de anos e haja algum consenso em relação a como interpretar as leis de Alá, a charia não consiste apenas em um conjunto claro de leis escritas. Sábios religiosos que interpretam o Corão e os textos do Hadith decidem o que é certo e o que é errado, e sua leitura é influenciada pela cultura que os afeta. Na Noruega, muita gente associa charia com pena de morte em países muçulmanos. E essa ignorância é deliberadamente explorada.

A antropóloga social, de cujo nome não se lembra, mostrou-lhe um site em norueguês que listava ponto por ponto a lei da charia e os castigos para quem os violasse. "É muito simplista", disse ela, apontando para a tela. "Poucas pessoas entenderão o que de fato é a charia a partir disso. Só quem não é um estudioso pode construir uma página como essa. Eles usam um conceito fluido para obter poder e influência. Muita gente não se dá conta de que no Corão os castigos *hudud* são totalmente inexpressivos. Há até alguns estudiosos que acreditam que deveriam ser completamente ignorados."

A entrevista causou forte impressão em Henning porque questionava seus próprios preconceitos contra os muçulmanos em geral e a charia em particular. E agora, quando pensa nos castigos *hudud* e os relaciona com o assassinato de Henriette Hagerup, muita coisa não faz sentido. Ela não era muçulmana nem era casada com um e, ao que se sabia, não havia roubado nada, mas mesmo assim sua mão tinha sido decepada.

Ele balança a cabeça. Alguns anos atrás, teria sido capaz de encontrar uma explicação plausível; agora, porém, está cada vez mais convencido de que isso não faz sentido. E esse é o problema. Tudo sempre faz sentido. Tem que fazer. Ele só precisa achar o denominador comum.

CAPÍTULO 21

O apartamento de Henning dá a impressão de um brechó de garagem. Ele não gosta de garagens. Não sabe bem por que, mas elas o fazem pensar em carros, motores desligados, portas fechadas e famílias aos berros. Antigamente, em Kløfta, a garagem dos Juul guardava pneus que já deveriam ter sido jogados fora há muito tempo, bicicletas velhas e inutilizáveis, ferramentas de jardinagem enferrujadas, mangueiras furadas, bolsas de telhas, esquis que ninguém jamais usara, latas de tinta, pincéis, lenha empilhada junto à parede. Ainda que o pai de Henning nunca tenha consertado um só dos carros que teve, o lugar sempre cheirava a oficina mecânica. Cheirava a óleo.

O cheiro de óleo sempre fará com que ele se lembre do pai. Não lembra muita coisa dele, só do seu cheiro. Henning tinha quinze anos quando o pai morreu de repente. Certa manhã, ele simplesmente não acordou. Henning levantara bem cedo; tinha prova de inglês naquele dia. Sua ideia era fazer uma última revisão antes que o restante da família despertasse, mas Trine já havia acordado. Estava sentada no chão do banheiro, com as pernas coladas ao peito. Ela falou:

— Ele morreu.

E apontou para a parede, a parede do quarto dos pais. Não chorava, só repetia: "Ele morreu."

Henning se lembra de ter batido à porta, embora ela estivesse aberta. A porta do quarto de dormir dos pais estava sempre fechada. E agora estava aberta. Seu pai jazia lá dentro com as mãos sobre o edredom. De olhos fechados. Parecia em paz. Sua mãe ainda dormia. Henning foi até o lado do pai na cama e olhou para ele. Parecia estar dormindo. Quando Henning o sacudiu, ele não se moveu. Henning o sacudiu novamente, mais forte dessa vez.

A mãe acordou. De início, ficou surpresa, se perguntando o que diabos Henning estava fazendo ali. Aí então olhou para o marido — e deu um berro.

Henning não se lembra muito bem do que aconteceu depois. Só se lembra do cheiro de óleo. Mesmo na morte, Jakob Juul cheirava a óleo.

Após um café da manhã consistindo de duas xícaras de café com três cubos de açúcar, Henning resolve ir para o trabalho. São só 5:30 da manhã, mas ele não vê sentido em ficar ali vagando pelo apartamento.

Ele visualiza o mar ao dobrar na Urtegata. Deveria estar se sentindo cansado, mas o café o fizera despertar de vez. Sølvi ainda não chegou, mas ele a visualiza, também, quando passa o cartão.

Há apenas uma outra pessoa no escritório quando ele chega. O editor do plantão noturno está curvado sobre o teclado, bebericando uma xícara de café. Henning o cumprimenta rapidamente com a cabeça quando seus olhos se cruzam, mas o editor de plantão retorna logo à sua tela.

Henning se deixa cair pesadamente em sua cadeira barulhenta. Percebe-se tentando adivinhar se quando Iver Gundersen chegar estará exibindo aquele ar radiante de pós-trepada, se deixará evidente para todo mundo que Nora lhe dera um belo começo de dia. Ao espantar essa fantasia autoflageladora, ele seria capaz de jurar que detectara o perfume de Nora. Um toque de coco sobre a pele quente. Ele não se recorda do nome da loção, a que ela adorava e que ele adorava que ela usasse. Mas dá para sentir o cheiro de coco no ambiente à sua volta. Ele se vira, meio que se levanta da cadeira e olha em torno. O editor de plantão e ele continuam sendo as únicas pessoas ali. E no entanto ele sente o aroma de coco. *Sniff, sniff*. Por que não consegue se lembrar do nome da loção?

O aroma desaparece tão rapidamente quanto surgiu. Ele desaba de novo na cadeira.

O mar, Henning, ele diz consigo mesmo. Foco no mar.

CAPÍTULO 22

Pesquisa é uma bela palavra. É, inclusive, uma profissão. Pesquisador. Toda série de TV tem um. Todo canal de notícias tem um, às vezes vários. Henning passa o tempo fazendo uma breve pesquisa enquanto o restante do jornal desperta. Pesquisa é importante, possivelmente seja a atividade mais importante de um jornalista quando ele não tem muito mais o que fazer. Cavar, cavar, cavar. Os fragmentos de informação mais insólitos porém definitivamente cruciais podem ser encontrados nos textos ou nos arquivos públicos mais estranhos.

Ele se recorda de uma matéria na qual trabalhara anos atrás. Era relativamente inexperiente na época, provavelmente não havia coberto mais do que dez homicídios quando um pastor, Olav Jøsrtad, sumiu no mar, na costa de Sørland. Todo mundo sabia o quanto Jøsrtad gostava de pescar, mas ele conhecia bem o mar e jamais sairia caso houvesse previsão de tempo ruim.

Por fim acharam seu barco, emborcado. Jøsrtad, no entanto, jamais foi encontrado e tudo apontava para um trágico acidente. A corrente muito provavelmente carregara o corpo para o alto mar.

Henning cobria a matéria para o Aftenposten, e se muniu do pacote-padrão, o que correspondia a entrevistar a família, vizinhos, amigos, a congregação de Jøsrtad, praticamente todo o Círculo Bíblico norueguês. Depois de debater a matéria com seu editor, Henning resolveu dar um tempo porque tinha um palpite de que estava faltando alguma coisa na imagem que todos vinham pintando de Jøsrtad. Aos olhos de seus paroquianos, Jøsrtad era um homem excepcional, um líder espiritual brilhante, que tinha o dom da palavra; alguns chegavam a afirmar que ele os havia curado, mas Henning nunca incluiu essas declarações em suas reportagens. Desconfiava que algumas delas estavam nitidamente em busca de publicidade.

No entanto, o papel de Jøsrtad como maestro e regente de coral recebia muito pouca atenção. Toda igreja tem seu coral. Os pastores são treinados em música para coral. O ilustre reverendo Jøsrtad era um apreciador da disciplina e, consequentemente, seu coral era excelente. Alguns dias depois do sumiço de Jøsrtad, quando a notícia já não era mais novidade para a mídia, coincidiu que Henning estava conversando com o filho de Jøsrtad, Lukas. Os dois falavam a respeito do coral e Henning perguntou se Lukas havia sido seu integrante. Lukas respondeu que não.

Poucas semanas depois, Henning estava tentando entrar em contato com um membro do coral, uma mulher chamada Susanne Opseth, que supostamente fora uma das últimas pessoas a ver Jøsrtad vivo. Henning fez uma pesquisa e descobriu vários recortes de jornais em que ela aparecia. E num deles, do início da década de 1990, antes portanto da internet, ele a localizou numa foto cantando no coral com o maestro Jøsrtad regendo. O que Henning não notou a princípio, mas descobriu quando examinou a fotografia mais detalhadamente, é que Lukas se alinhava na fileira de trás. Lukas mentiu quando disse a Henning que nunca cantara no coral. Por que ele mentiria sobre uma coisa tão trivial? A resposta era óbvia. Havia algo em relação àquele coral que Lukas não queria que Henning soubesse ou descobrisse.

Então Henning começou a cavar, entrevistando o restante do coral e não demorou muito para descobrir que Lukas deixara o coral num gesto de rebeldia contra o pai, para humilhá-lo publicamente. O coral não era o único lugar em que o maestro Jøsrtad exigia disciplina. Isso se manifestava em rotinas rígidas, na leitura de versículos da Bíblia, em uma educação severa e desprovida de afeto. E isso arruinou o relacionamento que se iniciava entre Lukas e uma moça da sua idade, Agnes. Jøsrtad não a aprovava e não queria que o filho perdesse tempo com ela.

Lukas deu vazão, como depois revelaram as investigações policiais, a anos de frustração e opressão quando uma noite o pai o levou para pescar. Lukas bateu na cabeça do pai com um remo, atirando-o em seguida pela borda. Depois virou o barco e nadou até a praia.

Ele era um ótimo nadador e estava disposto a enfrentar as consequências de seus atos. Qualquer coisa para se ver livre das garras do pai. Mas Lukas contou com uma inesperada ajuda da sorte: o corpo do pai nunca foi encontrado.

Henning trabalhou junto à polícia local e assim conseguiu dar o furo da prisão de Lukas no dia mesmo em que o prenderam. Não havia averiguado, mas, até onde sabia, Lukas ainda está na cadeia. E tudo por causa de uma simples fotografia publicada num jornal da região muitos e muitos anos antes.

Pesquisa. Até o mais leve sopro de vento é capaz de derrubar um castelo de cartas.

Henning gosta de pesquisar, gosta de descobrir informação sobre as pessoas. Especialmente se forem pessoas que considere interessantes ou que tenham feito alguma coisa que ele ache fascinante. A internet é uma maravilha para se pesquisar. No começo ele não gostava da internet; na verdade, resistia a ela. Mas agora não podia mais imaginar a vida sem web. Depois que dirige um Mercedes, ninguém mais volta à bicicleta.

A pesquisa que está fazendo agora não lhe dá elementos sobre como se comportar ao longo do dia. Henning ainda não bolou um plano quando Heidi Kjus e Iver Gundersen chegam juntos. Não consegue ouvir o que os dois falam, mas está de orelha em pé. Gundersen sorri e parece bem satisfeito — consigo mesmo, Henning avalia — mas Heidi está séria como sempre. Exala uma postura de "vamos botar esse bloco na rua".

Heidi raramente se permite sorrir: acha que é sinal de fraqueza. Quando ela começou a trabalhar na Nettavisen, costumava sair com o grupo para beber às sextas-feiras. Podia até ficar falante e sociável, mas visivelmente bêbada, jamais. Hoje, ele não consegue imaginá-la num bar. Heidi agora é a chefe. E chefes são sempre muito contidos. Se está cansada, ela nunca o demonstra. Controla o riso se alguém faz uma piada. É incorreto deixar-se seduzir pelo humor no horário do expediente: isso diminui seu foco.

Heidi olha para Henning enquanto conversa com Gundersen. Está agitada por algum motivo e gesticula entusiasmada. Gundersen concorda com a cabeça. Henning nota que a expressão facial de Gundersen se transforma quando vê que Henning já está em sua mesa. É como se de repente aquele homem cosmopolita, autoconfiante, vaidoso e arrogante houvesse desenvolvido acne e voltado aos quinze anos.

— Chegou cedo? — Gundersen comenta olhando para Henning. Henning balança a cabeça afirmativamente, sem responder, e olha fixamente para Heidi, que se senta sem dizer nada.

— Como foi ontem? — Gundersen pergunta.

Henning olha para ele. Seu escroto, pensa. Vai dizer que não leu a minha matéria?

— Tudo bem.

— Muita gente disposta a falar?

Gundersen se senta e liga seu computador.

— Bastante.

Gundersen dá um sorriso enviesado e olha para Heidi. Henning sabe que ela está escutando, embora finja que não. Ele volta a atenção para a tela.

Mar bravio, Henning.

Oh, isso vai ser muito engraçado.

Um pouco mais tarde Heidi diz, com voz de Chefe, que é hora de fazer uma reunião. Gundersen e Henning não falam nada, só se levantam e seguem atrás dela. Gundersen passa à frente da fila e espera 29 segundos para pegar uma xícara de café. Isso cria um momento a sós entre Henning e a Chefe. Ele prepara o espírito para outro esporro, mas Heidi diz:

— Boa matéria, Henning.

Isso ele já sabia. Mas o que não sabia é que Heidi tinha grandeza suficiente para admitir isso. Sente vontade de dizer que da próxima vez será mais ágil, mas não diz. Ela pode ser como um daqueles Comensais da Morte do Harry Potter. Quem sabe esteja diferente amanhã ou se transforme na lua cheia? Pelo amor de Deus — da última vez que teve uma reunião com Heidi, era ele quem avaliava as matérias dela. Não o contrário. Imagine Cristiano Ronaldo ensinando um garoto de oito anos a jogar futebol e depois recebendo do mesmo garoto, anos mais tarde, um tapinha nas costas por uma linda metida de bola.

Tudo bem, a metáfora é bem ruinzinha, mas realmente... Ele tem certeza de que Heidi é capaz de ler sua mente, mas aí Gundersen irrompe pela sala de reunião para salvá-lo.

— Só nós três? — ele pergunta.

— É.

— E Jørgen e Rita?

— Jørgen está de plantão, e Rita vai ficar à noite.

Gundersen balança a cabeça. Heidi se senta à cabeceira da mesa e pega uma folha de papel. Repassa as matérias de hoje. E o faz rapidamente. Henning sabe que isso é porque a editoria ou a equipe que monitora o jornal e publica as reportagens segundo um critério de atualidade é capaz de lidar com várias coisas ao mesmo tempo. Heidi tem mais um motivo para isso: quer mostrar aos dois que é a Chefe, que é ela quem manda.

Em seguida eles passam à verdadeira razão:

— Onde estamos com o apedrejamento? Alguma boa novidade hoje?

Henning olha para Gundersen. Gundersen olha para Henning. Ele está de novo no papel de novato, por isso aguarda a hora da estrela de Gundersen. Gundersen toma um gole de café e se ajeita na cadeira.

— A polícia parece convencida de que foi mesmo Marhoni. Eu tenho uma fonte confiável na delegacia que me informa sobre os interrogatórios.

Heidi balança a cabeça e faz uma rápida anotação na folha de papel.

— Mais alguma coisa?

— No momento, não. Vou verificar com minhas fontes se surgiu algo novo.

Heidi balança a cabeça mais uma vez. Em seguida olha para Henning.

— Henning, o que você conseguiu hoje?

Heidi está com a caneta preparada. Como não está habituado a fazer relatório para um superior, ele hesita um segundo antes de dar um pigarro.

— Ainda não estou bem certo.

Heidi vai escrever alguma coisa, mas se detém.

— Você ainda não está certo?

— Não. Tenho algumas ideias, mas não sei se vão dar em algo.

A verdade é que ele não sabe se pode localizar as pessoas com quem deseja falar ou se elas lhe contarão algo de útil, e não quer prometer nada na reunião que depois não possa cumprir. Melhor não falar nada.

— Que espécie de ideias, Henning? — ela sonda. Ele percebe dúvida em sua voz. E a vê espichando um olhar meio de esguelha para Gundersen.

— Quero conversar com mais algumas pessoas da faculdade de Hagerup, caso elas estejam lá hoje.

— Chega de histórias de interesse humano.

— Não se trata de interesse humano. É diferente.

— O que é então?

Ele hesita de novo, quer falar com ela sobre os olhos de Anette, sobre como a hipótese dos castigos *hudud* não faz sentido, mas não confia em Heidi nem em Gundersen. Ainda não. Sabe que são seus colegas e que precisa trabalhar com ambos, mas primeiro eles têm que fazer por merecer sua confiança. Isso não tem nada a ver com competição profissional ou ego.

— Acho que tem mais coisa por trás da vida de Hagerup, algo importante para essa matéria — ele diz. — Tenho esperança de que certas pessoas da faculdade possam jogar um pouco de luz sobre quem ela era e por que alguém resolveu pô-la fora de combate com uma arma paralisante e atirar pedras em sua cabeça até ela morrer.

Fica satisfeito com a própria resposta até se dar conta do que tinha acabado de falar.

— Arma paralisante?

Gundersen olha para ele. Henning solta um palavrão em voz baixa. E fala:

— Ahn?

Tentativa patética de ganhar tempo.

— Não me lembro de ter lido nada sobre uma arma paralisante...

Henning se cala; sente dois pares de olhos perfurando-o como alfinetes. Seu rosto se ruboriza.

— Quem lhe contou isso, Henning? — Heidi quer saber.

— Pensei ter ouvido em algum lugar que foi usada uma arma paralisante — diz Henning, percebendo instantaneamente o quanto era frágil aquela explicação. Podia ver na fisionomia de ambos que não acreditavam nele. Mas nenhum dos dois disse nada. Só ficaram olhando para ele.

Nada poderá ajudá-lo agora, Henning. É capaz de ouvir a própria respiração penosa.

— Encerramos?

Ele não olha para os dois, apenas se levanta e deixa que seus olhos encontrem os deles a caminho da saída, meio que esperando ouvir a voz aguda de Heidi mandá-lo voltar, Henning o Labrador, *sit*, mas ele alcança a maçaneta sem que nada aconteça, abre a porta e sai.

O silêncio que deixa atrás de si é como um desastre de avião em sua cabeça. Pode imaginar o que Gundersen e Heidi falam dele em sua ausência. Não que isso tenha importância.

Henning simplesmente agradece por estar fora dali.

CAPÍTULO 23

Henning caminha pelas ruas de Grønland antes que Heidi e Gundersen encerrem a reunião. A temperatura subiu vários graus desde que ele fora trabalhar e o ar está úmido. Ele olha para o alto. Nuvens, brancas e cinzentas, cruzam o céu. Já são quase nove horas. Tariq Marhoni provavelmente ainda não se levantou.

Henning não encontrou muita coisa de interessante sobre ele na internet: Tariq veio de Islamabad para a Noruega em meados da década de 1990, o irmão tinha vindo poucos anos antes, e os dois dividiram três endereços diferentes. Enquanto Mahmoud não podia ser encontrado em artigos de jornal, salas de bate-papo, páginas da internet ou cadastros de pessoas físicas, Tariq aparecia numa pesquisa do jornal VG de dois anos atrás na qual lhe perguntavam se era a favor ou contra a União Europeia.

Tariq se incluiu na categoria do 'não sei'. E isso foi tudo que Henning conseguiu. Em outras palavras, os irmãos Marhoni haviam se mantido discretos, mas Henning tinha experiência suficiente para saber que isso não queria dizer muita coisa. Tariq ainda era o mais indicado para lhe falar sobre Mahmoud, o único suspeito da polícia, que já o rotulara como culpado. Essa é a razão pela qual Henning precisa descobrir o máximo que puder a seu respeito.

Passava um pouco das nove, mas ele resolve ir ao apartamento de Tariq assim mesmo. Se ele não atender porque está dormindo ou saiu, Henning pode ir a algum café nas imediações e tomar um belo café da manhã. Deus sabe o quanto está precisando de um.

A caminho de Oslogate, passa pela delegacia de polícia onde um homem de colete refletivo corta a grama do lado de fora. Os carros passam perto. Ele segue para Middelalderparken. A região passou por um processo de rejuvenescimento nos últimos anos, fachadas foram restauradas, novos empreendimentos habitacionais haviam sido entregues tornando o bairro mais atraente. A orla de Bjørvika dista a poucos metros dali. Dá para ir andando até a nova Ópera em dez minutos sem ficar muito ofegante.

Antes de chegar ao número 37, Henning coloca o celular no modo silencioso. Muitas entrevistas são prejudicadas ou perdem impacto devido ao bipe invasivo de um *laptop* ou um bolso de paletó.

A porta que dá para o pátio está aberta, e Henning vai entrando. O corredor está escuro e vazio. Uma música típica do Oriente Médio flui de uma janela. Alguém está discutindo aos berros no mesmo apartamento. Dá para sentir um cheiro adocicado.

Ele se dirige à escadaria B, onde moram os irmãos Marhoni. Já vai apertar um botão que diz "Marhoni" quando a porta à sua frente se abre. Dela sai um homem de barba ruiva. Ele não se apercebe de Henning e não fecha a porta, de modo que Henning segura a maçaneta antes que ela bata e tranque.

Há um forte aroma de especiarias por toda a escada. Seu quadril reclama à medida que vai vencendo os degraus, maldizendo-se por não ter tomado os comprimidos pela manhã. Mas esquece todo o desconforto quando vê o nome Marhoni em uma placa em cima da porta de um apartamento do último andar. Ele para, recobra o fôlego. É sua primeira visita residencial. Você estava meio enferrujado ontem, Henning. Quem sabe hoje esteja um pouco menos?

Toca a campainha. Espera e escuta. A campainha parece estar com defeito. Ele resolve bater. Fecha o punho e dá três pancadas fortes em rápida sequência. As juntas dos dedos doem.

Algum movimento lá dentro? Parece que sim. Como o de alguém rolando na cama. Ele bate outra vez. Som de pés no chão. Ele dá um passo atrás. A porta se abre. Um Tariq Marhoni de olhos sonolentos se posta no umbral. Henning tem a impressão de que ele ainda está dormindo. Seus olhos estão apertados e ele parece cambalear. Veste apenas cuecas e um colete imundo. Seu rosto está contraído, ele tem enormes bolsas debaixo dos olhos e a barba espetada sugere que está tentando desesperadamente deixá-la crescer. Tariq é gordo, com cabelos ondulados e espessos. Parece que não toma banho há dias.

Tariq se apoia à parede.

— Olá, meu nome é Henning Juul.

Tariq não diz nada.

— Eu trabalho na 123news e...

Tariq recua um passo e bate a porta. E a tranca duas vezes. Muito bom, Henning. Bela jogada.

— Eu só preciso de dois minutos, Tariq.

Ruído de passos desaparecendo. Henning se irrita, mas bate novamente. Joga sua última cartada.

— Estou aqui porque acho que seu irmão é inocente.

Ele grita um pouco mais alto do que pretendia. O som ecoa. Ele espera. Espera. Nenhum barulho vem de dentro do apartamento. Ele se maldiz.

Isso costumava ser tiro e queda.

Deixa passar um minuto, talvez dois, antes de decidir ir embora. Está quase abrindo a porta da frente quando ouve um rangido. Ele se vira. A porta se abre. Tariq olha para ele. A apatia nos olhos tinha sumido. Henning agarra a oportunidade e ergue as mãos.

— Eu não estou aqui para enxovalhar seu irmão.

Sua voz é suave, cheia de compaixão. Tariq parece aceitar a explicação.

— Você acha que ele é inocente?

Tariq fala um norueguês capenga em um tom de voz elevado. Henning confirma com a cabeça. Tariq vacila, debate-se internamente. Sua barriga desponta sob o colete.

— Se você escrever alguma merda sobre o meu irmão...

Ele assume um ar agressivo, mas não cumpre a ameaça. Henning ergue as mãos novamente. Espera convencê-lo de estar falando sério somente com os olhos. Tariq entra, mas deixa a porta aberta. Henning o segue.

Muito bem, Henning. Você está fazendo progressos.

Henning fecha a porta e examina o teto. E encontra o que está procurando.

— Preciso me vestir — Tariq fala.

Henning explora o apartamento que o surpreende por estar limpo e arrumado. Há duas portas à direita dando para o corredor onde sapatos se alinham organizadamente junto ao rodapé. Uma porta à sua esquerda está aberta. Ele dá uma olhadela. A tampa do vaso está levantada. O aroma suave de limão paira no ambiente.

Passa pela cozinha. Há um prato com migalhas de pão e um copo com vestígios de leite na pia. Ele segue para a sala de estar, senta-se numa cadeira tão macia que o faz se perguntar se seu traseiro está tocando o chão. Dali dá para ver o corredor, os sapatos, até a porta social. Tudo está limpo.

135

Ele olha em volta, como sempre faz quando visita alguém. Detalhes, como costumava dizer seu velho mestre, Jarle Høgseth. A primeira coisa que lhe chama a atenção é a quantidade surpreendente de plantas e flores num apartamento habitado por dois irmãos. Um gerânio impressionantemente grande com flores cor de rosa instala-se sobre o peitoril da janela. Orquídeas num vaso sobre uma mesa de canto. Rosas cor de rosa. Os irmãos têm evidentemente uma queda por rosa. Dois castiçais com velas brancas. Uma televisão imensa, de 45 polegadas, pelo menos, segundo seus cálculos, fica encostada à parede. É claro que há um *home theater* — da Pioneer, com um alto-falante dos grandes de cada lado do televisor e mais dois embaixo. Henning procura o *subwoofer* e conclui que deve estar escondido sob o sofá bege-escuro. Se estivesse numa residência do West End de Oslo, provavelmente ele se arriscaria a dizer que o sofá era da Bolia.

A mesa do café é baixa e inspirada no estilo oriental, com pernas curvas e tampo quadrado. A mesa era preta originalmente, mas fora pintada de branco. No centro, um cinzeiro de cristal, limpo. Mais flores. Outro castiçal. Uma foto de uma grande família paquistanesa, a família de Islamabad, ele imagina, pende da parede cor de baunilha. Há uma lareira num canto.

Nenhuma fotografia de Henriette Hagerup.

O apartamento está começando a mexer com ele. Tinha imaginado um pardieiro, poeira, lixo e imundície por todo lado. E no entanto esse apartamento é mais arrumado do que tem sido o dele nos últimos seis meses, talvez, pelo menos.

Henning sabe que está sendo preconceituoso. Mas gosta de preconceitos, ele gosta de ter de rever ou mudar sua opinião quando aprende algo a respeito de um assunto que derruba uma ideia preconcebida. O conhecimento que adquiriu do estudo do apartamento dos irmãos Marhoni é como uma dessas balas que não parecem lá muito saborosas mas que se mostram deliciosas quando você tira o papel e as põe na boca.

Ele sorri quando Tariq surge no corredor. Tariq vestiu uma calça jeans preta e uma camisa de linho preta. Vai à cozinha. Henning o ouve abrir e fechar a geladeira rapidamente, em seguida abrir um armário e pegar um copo.

— Aceita um copo de leite? — ele pergunta.

— Eh, não, obrigado.

Leite, Henning fica matutando. Ele já fora à casa de muita gente, mas nunca ninguém jamais lhe havia oferecido leite. Escuta um barulho de copo batendo na pia seguido por um grunhido de satisfação. Tariq entra na sala e se senta à sua frente num banco de madeira. Pega um maço de cigarros e lhe oferece um amigo branco. Henning recusa, murmurando alguma coisa sobre ter parado de fumar.

— O que houve com seu rosto?

A pergunta inesperada pega Henning de surpresa. Ele responde sem pensar.

— Meu apartamento pegou fogo dois anos atrás. Meu filho morreu.

Ele não sabe se é a verdade brutal ou o jeito frio em que a expressou o que deixa Tariq pouco à vontade. Tenta dizer alguma coisa, mas se detém. Tariq manuseia o cigarro desajeitadamente, acende-o e joga o isqueiro em cima da mesa do café. Henning acompanha aquele objeto retangular dos infernos com os olhos, o vê deslizar até ser parado pelo cinzeiro.

Tariq olha para ele. Por um longo tempo. Henning não diz nada; sabe que atiçou a curiosidade de Tariq, mas não pretende bombardeá-lo com perguntas. Ainda não.

— Quer dizer que você não acha que foi o meu irmão? — Tariq pergunta dando uma tragada profunda. Faz uma cara feia, como se o cigarro cheirasse a chulé.

— Não.

— Por que não?

Ele responde francamente.

— Não sei.

Tariq dá um risinho.

— Mas acha que não foi ele?

— Exatamente.

Os dois se encaram. Henning não capitula; não tem medo do que seus olhos possam revelar.

— Então o que quer saber?

— Você se importa se eu usar isso?

Ele pega seu ditafone e o bota na mesa entre os dois. Tariq dá de ombros.

Muito poucos repórteres usam ditafone. Quando começou, Henning anotava tudo feito um louco ao mesmo tempo em que ouvia o que diziam seus entrevistados e pensava na próxima pergunta a lhes fazer. Não é preciso dizer que era uma forma inviável de conduzir uma entrevista. Você não registra tudo que está sendo falado e suas perguntas também não guardam uma lógica, porque está concentrado em duas coisas no mínimo ao mesmo tempo. Os ditafones são perfeitos.

Ele aperta 'gravar' e se recosta na cadeira com o bloco de anotações no colo. Caneta a postos. Um ditafone nunca deve substituir caneta e papel. Se a gravação falhar, você ficará agradecido por ter feito algumas anotações, ideias a desenvolver posteriormente.

Olha para Tariq e percebe que ele está transtornado com a prisão do irmão. Um suspeito de assassinato. Provavelmente ele tem se perguntado como contar isso à família ao voltar para casa. O que dirão os amigos?

— O que você pode me contar sobre o seu irmão?

Tariq o observa fixamente.

— Meu irmão é um bom homem. Sempre cuidou de mim. Foi ele que me trouxe para cá, que me tirou de Islamabad, para longe das favelas e do crime. Dizia que a vida na Noruega era boa. Pagou minha passagem, me deu um lugar para ficar.

— O que ele faz na vida?

Tariq olha para ele, mas não responde. Cedo demais, pensa Henning. Deixa o homem falar.

— No começo foi muito difícil. Não sabia falar a língua. Nossos únicos amigos eram outros paquistaneses. Mas meu irmão me arranjou umas aulas de norueguês. Conhecemos pessoas de outros países. Mulheres norueguesas...

Ele meio que cantarola as últimas palavras, sorrindo. Mas o sorriso logo desaparece. Henning não diz nada.

— Meu irmão não matou ninguém. É um bom sujeito. E ele a amava.

— Henriette?

Tariq confirma com a cabeça.

— Os dois estavam juntos há muito tempo?

— Não. Um ano, no máximo.

— Como era a relação deles?

— Boa, eu acho. Bastante... agitada.

— Você quer dizer que eles faziam muito sexo?

Tariq sorri. Henning é capaz de jurar que muita coisa está passando pela cabeça dele. Tariq faz que sim com a cabeça.

— Os dois eram fiéis?

— Por que pergunta isso?

— Você acha que a polícia ainda não fez essa pergunta ao seu irmão?

Tariq não responde, mas Henning percebe que ele está analisando.

— Era meio vai não vai.

— O que você quer dizer?

— Acho que eles terminaram várias vezes, mas sempre volta-vam. E estavam numa boa ontem à noite, bom, pelo menos eu não conheço ninguém que faça daquele jeito...

— Então eles...

Tariq balança a cabeça afirmativamente.

— Henriette fez muito barulho. Sempre fazia, mas ontem foi demais...

O sorriso some. Ele ficara quase um minuto sem fumar, mas agora dá novamente uma profunda tragada de chulé antes de amassar o cigarro no cinzeiro.

— Eles se conheceram no Mela Festival. Não aconteceu nada lá, depois eles se trombaram em um teste para um filme. Foi aí que...

O celular de Tariq toca de um ponto que Henning acredita ser um quarto de dormir. Ele ouviu o toque antes, mas não é capaz de identificá-lo. Tariq está momentaneamente absorto, mas ignora a chamada. Estende a mão em busca do isqueiro, pega-o e fica o examinando.

— Foi uma coisa horrível o que aconteceu — ele diz sem le-vantar a cabeça.

— Você faz alguma ideia de quem possa ter feito isso?

Tariq balança a cabeça.

— Henriette e seu irmão tinham amigos em comum com quem costumavam sair?

Tariq pressiona com força a rodinha do isqueiro. Uma chama imponente se mostra. Henning sente um aperto no peito.

— Nós somos do Paquistão. Temos muitos amigos.

— Algum norueguês?

— Muitos.

— E alguns eram casados?

— Casados?

— É. De aliança nos dedos e tudo?

— Não entendi a pergunta...

— Eles estiveram na igreja e...

— Ei, eu sei o que é casamento... Só não entendo por que você pergunta isso.

Tariq continua brincando com o isqueiro e olhando para Henning. Ele não sabe ao certo como formular a próxima pergunta sem revelar demais ou dizer algo que possa parecer ofensivo.

— Um dos dois era infiel?

Tariq hesita por um instante. Captura o olhar de Henning antes de desviar os olhos e olhar para o chão.

— Não sei.

Agora sua voz está mais serena. Henning acha que Tariq está lhe dizendo alguma coisa. Faz uma anotação 'ambos infiéis' no bloco.

— O que seu irmão faz para viver?

Tariq ergue de novo os olhos.

— Por que isso é tão importante para você?

Henning dá de ombros.

— Pode não ter a menor importância. Ou talvez seja a coisa mais importante de todas. Não sei. É por isso que estou perguntando, para entender melhor quem era o seu irmão. Para a maioria das pessoas, nós somos o que fazemos. Vivemos através do nosso trabalho.

— Você também?

Henning quer prosseguir enquanto a coisa está indo bem, mas a pergunta o faz parar em seco. Tenta dar uma resposta sensata, mas não consegue.

— Não.

Tariq balança a cabeça. Henning acha que consegue ver empatia nos olhos de Tariq, mas não pode garantir.

— Meu irmão é taxista.

— Trabalha por conta própria?

— Não.

— Para quem ele trabalha?

— Omar.

— Quem é?

— Um amigo.

— Tem mais algum nome além de Omar?

— Omar Rabia Rashid.

— E você, em que trabalha?

Tariq dá um olhar cansado para Henning.

— Sou fotógrafo.

— Faz *freelance* ou é empregado?

— Sou *freelancer*.

Henning procura ficar numa posição mais ereta na cadeira macia, mas se recosta novamente.

— Seu irmão se recusou a deixar a polícia entrar aqui ontem e pôs fogo no computador. Você sabe por que ele fez isso?

Henning nota que agora os olhos de Tariq demonstram preocupação. Tariq pega outro cigarro e o acende. Depois balança a cabeça.

— Não faz ideia?

Ele balança de novo a cabeça.

— Meu irmão era o único que usava aquele computador. Eu tenho o meu.

— Você nunca viu para que ele o usava?

— Não, mas provavelmente para as coisas normais. Navegar. E-mail. Terminamos? Tenho que encontrar com um amigo.

Henning concorda com a cabeça.

— Só mais umas perguntinhas, depois eu vou embora.

Nesse momento, alguém bate à porta. Três pancadas breves. Tariq parece surpreso.

— Seu amigo?

Tariq não responde, mas se levanta.

142

— Se for outro repórter, sugiro que você bata a porta na cara — Henning graceja. Tariq vai até a porta. Henning pode vê-lo do lugar onde está sentado. Tariq abre a porta com um movimento delicado.

Henning chega para frente na cadeira, desliga o ditafone e se prepara para sair. Mal põe o aparelho no bolso, ouve Tariq dizer:

— O que...

E aí Tariq é alvejado por duas balas no peito.

CAPÍTULO 24

Os tiros são silenciosos, mas suficientemente potentes para lançar Tariq Marhoni de encontro à parede. Henning percebe dois jorros vermelhos saindo do peito de Tariq e não tem tempo de reagir antes que o cano da pistola apareça do lado de dentro da porta. Um homem entra. Vê Tariq caído junto à parede e dispara outra bala direto em sua cabeça.

Meu Deus.

Henning tenta se levantar o mais discretamente possível, mas está tão enterrado na cadeira macia que isso é impossível sem que o atirador perceba. Henning vê a arma virando 90 graus em sua direção e só consegue rolar para longe antes que as costas da cadeira ganhem um buraco do tamanho de um olho, bem no ponto onde sua cabeça estivera um segundo atrás. O estofamento explode, espuma e tecido vão pelos ares. Henning ouve passos e pensa que é o fim, porra, é isso, acabou sem sequer ter começado; em pânico, olha em torno, vê uma porta na sala de estar, uma porta que leva a outro cômodo, não tem escolha, precisa ir até lá, levanta e corre o mais rapidamente de que é capaz alguém com suas pernas. Sente dor nos quadris, as pernas não querem obedecer, mas ele alcança a porta e a abre num repelão.

Escuta outro *plop* rápido, um buraco rasga a porta às suas costas, mas a bala não o atinge; está em outro aposento, uma pequena sala de estar com uma janela grande, ele procura alcançar o trinco, empurra-o para baixo, mas não é desse jeito, tem que empurrar para fora, mas a janela se abre apenas alguns centímetros antes de se negar a se mexer. Henning empurra novamente, mais forte dessa vez; o atirador ainda não o alcançou. Ele examina a janela, descobre uma trava que consegue arrebentar e abrir a janela num só movimento. Sobe no parapeito, olha para baixo, vê que a queda é só de dois metros e aí lhe sobrevém um *flashback* da varanda onde ficara com Jonas, pronto para pular. Naquele momento, ouve o atirador entrar na sala. Espera sentir a dor aguda e paralisante de uma bala nas costas, mas antes que tenha tempo de pensar já está no ar, não sente nada embaixo de si, agita os braços, com medo de olhar em volta, sabe apenas que o chão está debaixo dele. De repente está lá, seus joelhos dobram, ele cai para frente, amortece a queda com as mãos, ergue-se nas palmas, rola de lado e praticamente se vê no meio da rua, sobre os trilhos do bonde, mas o perigo da janela é muito maior, diz consigo mesmo, o matador só tem que puxar o gatilho e tudo estará terminado.

Henning se levanta, escuta um carro se aproximando e sai do caminho. Esquece essa dor nas pernas, ele ordena a si mesmo, continua correndo. Não sabe em que direção está indo, há asfalto e lixo à sua volta, vê uma casa amarela. Não tem ideia de onde está, apenas continua correndo. Dobra a esquina do prédio no momento em que duas balas se chocam contra a parede em rápida sucessão, mas não é ferido.

Ele se vê numa rua pequena, de mão única, deve ser St. Hallvardsgate, pensa, seria um golpe da mais pura ironia dramática caso ele tivesse que morrer aqui. Não quer pensar na mãe agora, o que importa é que está fora do alcance do assassino, e continua correndo. Sente o coração bombeando, a adrenalina sendo lançada diretamente na corrente sanguínea. Passa ao lado de carros estacionados, vê gente nas ruas, lampejos de cor, a rua faz uma curva, ele a segue, correndo o mais rápido que pode, sem mais sentir as próprias pernas; é como se suas pernas e seus quadris estivessem estranhamente fora de sincronia e não fossem capazes de decidir qual deles deveria fazer o que, mas não dá a mínima para isso, sabe que precisa colocar a maior distância possível entre ele e o assassino, porque o assassino está fugindo também.

Henning sabe que tem que chamar a polícia, mas a prioridade é sua própria segurança. Precisa chegar a um lugar onde possa recobrar a respiração e falar sem ofegar. Vê um espaço ao ar livre: PARQUE DE ESPORTES E LAZER GAMLEYBEN, dizem as letras pretas arredondadas de uma placa à entrada, e corre para lá, passando por um Mitsubishi vermelho. Não há ninguém por perto; sacos de lixo empilhados de encontro a um barracão abandonado, com as paredes cobertas de grafite. Seus sapatos pisam no cimento liso. Ele consegue ver uma rampa, um skate e uma cadeira velha de plástico; não é um terreno muito grande. Uma placa numa parede azul diz em letras itálicas malfeitas: SEJAM TODOS BEM-VINDOS. Letras e chamas grafitadas se entrelaçam de um modo que Henning não entende. Embaixo, na mesma placa, ele lê: NÓS CUIDAMOS UNS DOS OUTROS PORQUE NINGUÉM ESTÁ NEM AÍ. Ele olha em torno, a área é toda cercada, meu Deus, caiu numa armadilha. Há árvores em volta, mas ele vê um buraco na cerca, vai até lá e o atravessa. Seu paletó agarra em alguma coisa, mas ele dá um puxão para se soltar e ouve um rasgo. Rasteja em meio a árvores e arbustos, densos como uma selva, e topa com uma geladeira velha e enferrujada. Vê uma casa no outro lado da ladeira e percebe onde está.

Henning desce até os trilhos do trem, olhando por sobre os ombros para ver se está sendo seguido, mas não há sinal do assassino. Esconde-se atrás de uma árvore grande, senta-se e arqueja.

Respira, Henning. Pelo amor de Deus, homem, respira.

Encontra o celular, liga para a polícia e fica puxando o ar profundamente enquanto aguarda resposta. Sua ligação é rapidamente atendida. Ele se identifica e diz:

— Quero falar com o detetive Bjarne Brogeland. Agora.

CAPÍTULO 25

Quando Henning fez treze anos, teve permissão para alugar *A Testemunha*, o filme com Harrison Ford e Kelly McGillis no qual Danny Glover faz uma rápida aparição como o assassino. Depois de vê-lo, Henning passou muito tempo sem frequentar banheiros públicos.

Apesar de isso ter acontecido vinte e dois anos atrás, ele jamais esqueceu a cena no banheiro masculino em que o aterrorizado garoto *amish* chora enquanto Danny Glover abre uma porta atrás da outra para verificar se houve alguma testemunha do crime. Henning tem que admitir que Danny lhe veio à mente quando se sentou na clareira, vendo passar os trens e de ouvidos atentos para algum assassino por perto.

Agora ele está numa sala de espera. E entende por que elas são chamadas assim. É onde você presumivelmente deve esperar. E Henning espera. Deram-lhe um copo d'água. Nada para ler. É porque ele precisa pensar. Quando os guardas que o irão interrogar finalmente chegarem, sua memória deve estar o mais organizada, detalhada e precisa possível.

Normalmente ele é bastante preciso, mas se ressente de falta de prática. Pensa em Iver Gundersen e Heidi Kjus — talvez devesse ter ligado para eles também, mas antes que tenha tempo para pensar nisso, a porta da sala de espera se abre. Uma agente alta de cabelos curtos entra. Ela o olha.

— Sargento Ella Sandland — ela se apresenta e estende a mão. Henning se levanta, aperta-lhe a mão e faz uma rápida saudação com a cabeça. Bjarne Brogeland, que entra logo atrás, devora-a com os olhos, antes de ver seu velho colega de escola e abrir um largo sorriso.

— Olá, Henning.

E ei-la de novo, a sensação que sempre lhe vinha quando Bjarne estava por perto. Ojeriza. É improvável que atualmente ela tivesse algo a ver com Trine. Certas coisas simplesmente não mudam.

Ella Sandland se senta do outro lado da mesa. Brogeland vai até Henning e lhe estende a mão, também. Brogeland deve ter interrogado centenas de suspeitos, ele pensa, conhecido toda espécie de gente, mas a despeito de todo o treinamento aquela leve mudança de expressão que Henning já presenciara tantas vezes, em geral muito mais obviamente, se faz presente. É só uma fração de segundo e Brogeland procura se mostrar tranquilo, procura ser profissional, mas Henning nota que ele recua diante das cicatrizes.

Eles trocam um aperto de mãos. Firme.

— Minha nossa, Henning — diz Brogeland, sentando-se. — Já tem muito tempo. Quantos anos faz?

Seu tom de voz é cordial, caloroso, amigável. Os dois fizeram concurso para a academia de polícia ao mesmo tempo, mas já então não tinham muita coisa em comum. Henning responde:

— Uns quinze, vinte anos talvez?

— É, deve ser, no mínimo.

Silêncio. Ele geralmente gosta de silêncio, mas agora as paredes parecem clamar por som.

— É bom vê-lo de novo, Henning.

Ele simplesmente não pode dizer o mesmo em relação a Bjarne, mas responde:

— Igualmente.

— Eu só gostaria que fosse em circunstâncias diferentes. Temos muito que conversar.

Temos? Henning se pergunta. Talvez sim. Mas olha para Brogeland sem responder.

— Quem sabe nós podemos começar? — sugere Ella Sandland. Sua voz é firme. Brogeland olha para ela como se fosse almoço, jantar e lanchinho da meia-noite, tudo de uma vez. Sandland cumpre as formalidades. Henning a ouve, calcula que ela é de Sunnmøre ou de algum lugar próximo. Hareid, talvez?

— Vocês pegaram o sujeito? — ele pergunta, quando ela já ia fazer a primeira pergunta. Os dois agentes se entreolham.

— Não — responde Brogeland.

— Sabem em que direção ele fugiu?

— Na realidade, nós estamos aqui para interrogar o senhor, e não o contrário — diz Sandland.

— Tudo bem — Brogeland intervém, pondo a mão no braço de Sandland. — Claro que ele quer saber. Não, nós não sabemos onde está o assassino. Mas esperamos que você possa nos ajudar a encontrá-lo.

— Então, pode nos contar o que aconteceu? — Sandland completa a frase. Henning respira fundo e fala sobre a entrevista com Tariq Marhoni, os tiros, sua fuga. Fala com calma e controladamente, embora esteja agitado por dentro. É esquisito reviver, articular isso, sabendo que esteve a um ou dois milímetros da morte.

— O que estava fazendo na casa dos Marhoni? — Sandland pergunta.

— Fui entrevistá-lo.

— Por quê?

— Por que não? O irmão dele está preso por um crime que não cometeu. Tariq conhece, ou conhecia, o irmão melhor do que ninguém. Eu ficaria preocupado se essa ideia já não tivesse ocorrido a vocês...

— Claro que sim — diz Sandland, ofendida. —Apenas ainda não tínhamos ido tão longe.

— É verdade?

— Sobre o que falaram?

— Do irmão dele.

— Pode ser um pouco mais específico?

Ele respira fundo, teatralmente, enquanto procura se lembrar. Tem tudo no ditafone em seu bolso, mas não pretende entregá-lo.

— Eu pedi a ele que me falasse do irmão, o que fazia, qual era sua relação com Henriette Hagerup – o tipo de perguntas que se faz às pessoas sobre as quais se deseja saber um pouco mais.

— O que ele respondeu?

— Nada de muito interessante. Não tivemos tempo.

— Você falou que o irmão dele está preso por um crime que não cometeu. O que quer dizer com isso? O que o faz afirmar tal coisa?

— Porque eu realmente duvido que tenha sido ele.

— Por quê?

— Tem muito pouca coisa no passado dele que possa sugerir que seja um ardoroso adepto de castigos *hudud*, e o assassinato – até onde sei – tem ligação com isso.

Sandland permanece imóvel e o observa durante um bom tempo, antes de trocar olhares com Brogeland.

— Como sabe disso?

— Sei, simplesmente.

Sandland e Brogeland olham-se mais uma vez. Henning é capaz de adivinhar o que os dois estão pensando.

Temos um vazamento?

Sandland crava nele seus olhos azuis. Ele sente vontade de tomar um gim-tônica.

— Você parece saber de muita coisa?

Sandland diz isso como uma pergunta. Henning dá de ombros.

— Ou costumava saber. Kapital, Aftenposten, Nettavisen, 123news. Quantas reportagens de primeira página você já fez, hein, Juul? Quantos furos? Não é assim que vocês, jornalistas, chamam?

Os ombros de Henning se levantam em preparação para uma nova respiração profunda.

— Se isso puder ajudar as suas investigações, eu posso descobrir coisas.

Sandland sorri. É a primeira vez que ele a vê sorrir. Dentes perfeitos. Uma língua vermelha, convidativa. Ele supõe que Brogeland já a tenha provado.

Pensando melhor, não. Ela não é tão idiota.

— E você, mais uma vez, está no centro de uma investigação, mas dessa vez é testemunha. Como se sente?

— Por acaso você está tentando arranjar um bico na NRK Sport?

— Eu acho que esse interrogatório correria bem melhor e mais rapidamente se nós evitássemos o sarcasmo, Henning — diz Brogeland dando-lhe um olhar amigável. Henning concorda com a cabeça e, por uma vez, admite que Brogeland tem razão.

— Eu diria que é mais como uma nova experiência — ele começa, agora só um pouquinho mais educado. — Eu já testemunhei algumas coisas na vida, roubos, esfaqueamentos, dois gols contra de um mesmo jogador na mesma partida, mas é uma sensação estranha ver alguém com quem tinha acabado de falar, que acabara de me oferecer um copo de leite, ser morto com dois tiros no peito e um na cabeça.

— Leite?

— Desnatado.

Brogeland balança a cabeça e dá um sorriso.

— Você conseguiu ver o assassino?

Ele hesita.

— Foi tudo muito rápido.

— Mas, mesmo em breves lampejos, o cérebro é capaz de registrar boas doses de informação. Pense mais uma vez. Pense para valer.

Ele pensa para valer. E, de repente, a ficha cai. Ele se lembra de algo. Um rosto. Um rosto oval. Uma barba. Não cobrindo o rosto todo, só em torno da boca, num quadrado. Costeletas grossas.

Ele conta. E em seguida descreve mais alguma coisa dele: os lábios. Meio tortos do lado esquerdo. Brogeland estava certo, ele pensa. Porra, e não é que esse tremendo escroto do Bjarne Brogeland estava certo?

— Você viu que tipo de arma ele usou?

— Não.

— Tem certeza?

— Um revólver. Uma pistola? Não sei muita coisa sobre armas.

— Silenciador?

— Sim. Vocês não encontraram cápsulas de bala na cena do crime?

Sandland olha de novo para Brogeland. Claro, claro que tinham achado, pensa Henning, e neste momento sente vibrar no bolso o celular. Tenta ignorar a ligação, mas ele se nega a ser silenciado.

— Desculpem — ele sussurra, apontando para o bolso.

— Desligue o celular — Sandland ordena. Ele pega o aparelho e tem tempo de ver que é Iver Gundersen quem está tentando contato. Aperta com força a tecla de '*off*' e a mantém apertada ainda por um bom tempo.

— Você viu como ele estava vestido?

Pense. Pense.

— Calça escura. Acho que o blusão era preto. Não, não era. Era bege.

— Preto ou bege?

— Bege.

— E a cor do cabelo?

— Não me lembro, mas acho que era escuro também. O cara era escuro.

Sandland o olha com desconfiança.

— E estava de blusão bege — ele acrescenta, rapidamente.

— Imigrante? — Brogeland pergunta.

— É, eu diria que sim.

— Paquistanês? Como a vítima?

— É, é possível.

Brogeland e Sandland fazem anotações. Henning não pode vê-las, mas sabe o que dizem.

O assassino conhecia a vítima.

Ele explora a breve pausa que se instalou.

— Então, o que acham, prenderam o Marhoni errado?

Ele pega seu bloco de notas. Sandland e Brogeland se olham mais uma vez.

— Eu pensei ter deixado claro que...

Brogeland tosse e leva uma vez mais a mão ao braço de Sandland. Ela fica ruborizada.

— É muito cedo para afirmar.

— Quer dizer que vocês não descartam que o motivo seja vingança?

— Não descartamos nada.

— Então em que vocês estão baseando a investigação? Mahmoud é preso, suspeito de assassinato e menos de vinte e quatro horas depois seu irmão é morto...

— Detetive... — Sandland protesta.

— Sem comentários. E está encerrado o interrogatório — anuncia Brogeland.

— Você reconheceria o assassino caso o visse novamente? — prossegue Sandland. Henning pensa, repassa na cabeça a cena no apartamento de Marhoni e diz:

— Não sei.

— Poderia tentar?

Ele entende o que ela está propondo.

— Vocês têm fotografias para eu olhar?

Ela concorda solenemente com um gesto.

— Eu posso tentar — ele diz.

CAPÍTULO 26

— Você é sempre assim? — Brogeland pergunta ao se sentar a uma mesa e abrir um *laptop*. Eles tinham passado para uma sala menor. Henning se senta do outro lado da mesa e observa Brogeland clicar e digitar no pequeno teclado.

— Assim como? — Henning replica.

— Desrespeitoso e arrogante?

Brogeland vira o *laptop* para ele e sorri. A pergunta pega Henning de surpresa. Ele dobra os cantos da boca para baixo e balança a cabeça, primeiro para a esquerda, depois para a direita. Se pretende transformar o policial à sua frente numa fonte potencial, um comportamento arrogante e desrespeitoso não é a melhor estratégia. Então diz:

— Desculpe, não era minha intenção.

E ergue as mãos.

— Nem eu estou me reconhecendo depois do que aconteceu. Não é todo dia que testemunho um assassinato. Em geral eu não sou assim. Provavelmente é um mecanismo de defesa ou alguma coisa do gênero.

Brogeland balança a cabeça.

— Entendo.

Não é na mosca, mas pelo menos ele acerta o alvo. Brogeland empurra o computador um pouco mais para perto.

— Use as setas para avançar e retroceder. Se quiser dar mais close em alguma foto, é só clicar em cima dela.

— Todo esse pessoal é fichado?

— É. Eu selecionei criminosos com registro de imigrante. E acrescentei mais alguns critérios também.

Henning balança a cabeça e começa a passar as fotografias.

— E então, Bjarne, o que você andou fazendo desde que saiu da faculdade? — ele pergunta de olho na tela.

— Um pouco de tudo, como a maior parte das pessoas. Depois de concluir o ensino médio, me alistei no Exército. Passei um ano fora, em Kosovo, e aí fiz os três anos da Faculdade de Educação Física. Depois disso, fiz concurso para a polícia. E aqui estou desde então.

— Família?

Henning está se sentindo desprezível.

— Esposa e filha.

— Sua esposa... É alguém que eu conheço ou deveria conhecer?

— Acredito que não. Eu conheci a Anita na Faculdade de Educação Física. Ela é de Hamar.

Henning balança a cabeça enquanto segue olhando. Reconhece alguns rostos, mas apenas porque escrevera antes sobre eles ou já os vira nos jornais.

— Você gosta de ser policial? — ele puxa conversa mas sentindo vontade de vomitar.

— Muito, muito, mesmo se tratando de um trabalho duro. Não consigo ver minha filha tanto quanto gostaria. Horário de trabalho antissocial. Tem sempre uma investigação em andamento.

— Quantos anos tem a sua filha?

— Três. Três e meio — Brogeland se corrige rapidamente.

— Uma idade maravilhosa — diz Henning, logo se arrependendo de ter enveredado por esse caminho. Torce para que Brogeland não faça a pergunta que tradicionalmente se segue à sua, e diz:

— Qual o nome dela?

—Alisha.

— Bonito nome.

Henning sente a bile subindo até a garganta junto com o café de ontem.

— Minha esposa queria um nome internacional. Para que nossa filha pudesse morar no exterior sem ter que ficar soletrando o nome toda hora.

Bjarne dá um risinho. Henning também tenta rir, mas soa forçado, então para e se concentra no *laptop*. Rostos, rostos e mais rostos. Fedem a crime. Olhos raivosos, bocas sofridas. Mas nenhum assassino.

Ele deve ter ficado apertando setas durante uns quinze minutos, quando Brogeland diz:

— Você acha que o assassino conseguiu vê-lo bem?

Henning tira os olhos da tela e os fixa no detetive. Engraçado como isso nunca havia me ocorrido, pensa.

— Não sei — ele responde e revê sua própria trajetória. O assassino praticamente só o viu de costas, mas houve um momento em que seus olhos se cruzaram. E não é fácil esquecer o rosto de Henning.

158

Sim, ele me viu, conclui Henning. Deve ter visto.

Olha para Brogeland e percebe o que ele está pensando. Se a Perícia não encontrar evidências que provem que o assassino estava na cena do crime, somente Henning pode colocá-lo lá. Num possível julgamento, o testemunho de Henning transforma isso numa cobrança de pênalti sem goleiro.

Sob uma condição.

Que Henning continue vivo.

CAPÍTULO 27

Quarenta e cinco minutos depois, Henning toca ansiosamente na tela com o dedo indicador. Brogeland se levanta e dá a volta à mesa, pondo-se ao seu lado.

— Tem certeza?

Henning olha o lábio superior torto do homem.

— Tenho.

Os olhos de Brogeland brilham. Ele assume o computador, afasta-o de Henning, senta-se, digita e clica.

— Quem é ele? — pergunta Henning. Brogeland olha por cima da tela, com os olhos faiscando.

— Seu nome é Yasser Shah — responde relutantemente. — Mas não se atreva a botar isso no seu jornal.

Henning ergue as mãos.

— O que ele fez?

— Nada demais. Tem duas condenações por posse de drogas. Coisa pequena, delitos menores.

— Quer dizer que de traficantezinho pé-rapado ele passou a assassino de aluguel?

— Parece.

— Humm.

— Ele faz parte de uma gangue que se autodenomina BBI. Bad Boys Incendiários.

Henning torce o nariz.

— Que espécie de gangue é essa? Nunca ouvi falar.

— Ela chamou nossa atenção no ano passado. Está envolvida numa série de atividades criminosas. Contrabando, drogas, cobrança de dívidas com uso de força e armas, tipo... ahn... bom, armas. Acredito que os nossos colegas que lidam diretamente com o crime organizado saibam muita coisa sobre eles.

— Será que os irmãos Marhoni têm alguma coisa a ver com a BBI?

Brogeland está prestes a responder, mas para e olha para Henning. E, mais uma vez, ele sabe exatamente o que Brogeland está pensando.

Henning, você provavelmente é um cara decente, mas eu ainda não o conheço muito bem.

— Foi muito bom — Brogeland diz, em vez de responder. — Muito obrigado. Você deu uma grande ajuda.

Ambos se levantam. Brogeland estende a mão. Novo aperto firme. Henning sai da delegacia de polícia com a sensação de que a pessoa que ele mais ajudou foi provavelmente ele mesmo.

Já na rua, a manchete lhe vem à cabeça. AS ÚLTIMAS PALAVRAS DE TARIQ. Será uma grande matéria, pensa. Kåre Tourette vai quicar. Literalmente.

Ele liga novamente o celular quando dobra na Grønlandsleiret. Trinta segundos depois, as mensagens de texto começam a pipocar.

161

Várias pessoas tinham deixado mensagens em seu correio de voz. Iver Gundersen é uma delas. Henning sabe por que estão ligando, evidentemente, claro que sabe, mas não reuniu forças suficientes para responder e quando já vai acionar o botão de apagar Gundersen liga de novo. Henning suspira fundo e atende com um lacônico 'oi'.

— Onde você está?

— Na delegacia de polícia.

— Por que não ligou para nós? É uma tremenda matéria e nós deveríamos ser os primeiros a dá-la.

— Eu andei meio ocupado salvando minha vida. O que restou dela.

— Pelo amor de Deus, eu estou tentando saber de você há três horas e meia...

— Três horas e meia?

— É.

— Você cronometrou?

Gundersen respira fundo e em seguida solta o ar com tamanha força que o resfolego chega aos ouvidos de Henning.

— É absolutamente inaceitável que a NRK noticie em primeira mão que um repórter da 123news testemunhou um assassinato e ele próprio levou um tiro.

— De novo o Jørn Bendiksen?

— É.

— As fontes dele devem ser muito boas.

Henning fala isso de um jeito que não possa ser mal interpretado. Ele sabe que Gundersen vai tomar como um insulto pessoal.

— No mínimo, no mínimo, eu preciso de uma entrevista com você agora, para que me conte o que aconteceu. Nós evitamos citar a NRK e demos aos nossos leitores a impressão de que falamos com você, mas meu estômago está embrulhado. Um relato seu como testemunha ocular poria muita coisa em pratos limpos.

— Você não falseou nenhum depoimento, certo?

— Não, não. Você mesmo pode verificar quando chegar aqui, ou então lendo a matéria no celular. Quer dar a entrevista no escritório, ou por telefone?

— Não.

— O que significa esse 'não'?

— Que não — Henning repete, imitando a voz de Gundersen.

— Não vou dar entrevista nenhuma.

Silêncio absoluto.

— Você está brincando?

— Não, não.

— Por que não, porra?

— Porque duas balas zuniram bem pertinho das minhas orelhas mais ou menos umas três horas e meia atrás. E eu não tenho a menor intenção de dar mole para o assassino, caso ele tenha a ideia de tentar me achar novamente. Ele sabe que eu o vi. Ou, se não sabe, vai ficar sabendo muito em breve.

Gundersen solta outro suspiro.

— Estou indo para casa agora para transcrever a entrevista com Tariq. Quando estiver pronta, eu vou sumir de cena por uns dias — Henning continua. Porém, mal consegue completar a última frase, antes que Gundersen desligue o telefone na sua cara.

Henning exulta.

Ele vai dar uma passada no supermercado Meny quando o celular toca de novo. Não reconhece o número. Talvez seja Gundersen fingindo vender assinaturas. Henning desliga o aparelho e sonha com um, talvez dois, três ou quatro croquetes de peixe bem quentinhos.

Huuum.

CAPÍTULO 28

O estoque está acabando, mas ele ainda tem o bastante para trocar as pilhas de todos os oito detectores de fumaça ao chegar em casa. Vai até a sala de estar. Não há nenhum assassino ali à sua espera. Ele achava mesmo que não haveria, mas nunca se sabe.

Toma uma chuveirada enquanto o computador liga em velocidade de lesma. Quinze minutos mais tarde, mais limpinho que um bebê Johnson, ele entra no FireCracker 2.0. Tem uma pergunta para 6tiermes7. Dessa vez Garganta Profunda já está conectado:

MAKKAPAKKA: TURBO.

6TIERMES7: NEGRO. VOCÊ NÃO DEMOROU MUITO PARA VIRAR UM ALVO, NÃO É?

MAKKAPAKKA: QUANTO A ISSO, ESPECIFICAMENTE, NÃO ESTOU DESTREINADO.

6TIERMES7: CONTINUA INTACTO?

MAKKAPAKKA: AH, CONTINUO. AINDA BEM QUE NÃO PRECISO DORMIR À NOITE.

6TIERMES7: CONTE UNS CARNEIRINHOS. OU TOQUE UMA PUNHETA.

MAKKAPAKKA: DÁ MUITO TRABALHO.

6TIERMES7: :-)

MAKKAPAKKA: ESTOU PENSANDO EM TIRAR UNS DIAS DE FOLGA, MAS ESTOU CURIOSO.

6TIERMES7: FOLGA? VOCÊ?

MAKKAPAKKA: OS IRMÃOS MARHONI TÊM ALGO A VER COM A BBI? SÃO MEMBROS DELA?

6TIERMES7: NÃO. ESTAMOS NOS ESFORÇANDO PARA DESCOBRIR A LIGA-ÇÃO.

MAKKAPAKKA: MAS EXISTE UMA LIGAÇÃO?

6TIERMES7: VOCÊ ACHA QUE NÃO?

MAKKAPAKKA: NÃO SEI. ELES PODEM APENAS TER SE CONHECIDO SOCIAL-MENTE.

6TIERMES7: É, CERTO.

MAKKAPAKKA: VOCÊS VÃO PRA CIMA DELES LOGO?

6TIERMES7: EU AINDA NÃO SEI NADA SOBRE ISSO. MAS ESTOU SUPONDO QUE PRIMEIRO VÃO TENTAR A CASA DO YASSER SHAH.

MAKKAPAKKA: ELE PROVAVELMENTE ESTÁ ESCONDIDO.

6TIERMES7: NÃO ACHA QUE ELE PODE ATACAR VOCÊ OUTRA VEZ?

MAKKAPAKKA: VOCÊ ACHA? MESMO COM TODOS OS OLHOS EM CIMA DELE?

6TIERMES7: NÃO. ELES LHE OFERECERAM PROTEÇÃO?

MAKKAPAKKA: SIM.

6TIERMES7: ÓTIMO. MAS NUNCA SE SABE, PODE TER MAIS ALGUÉM QUE-RENDO TERMINAR O SERVIÇO.

MAKKAPAKKA: EU RECUSEI.

6TIERMES7: HUMM, É MESMO?

MAKKAPAKKA: MUITO ENGRAÇADO.

6TIERMES7: E O QUE VAI ACONTECER AGORA?

MAKKAPAKKA: ESTOU PENSANDO EM SUMIR POR ALGUNS DIAS.

6TIERMES7: PELO MENOS.

MAKKAPAKKA: MUITO BEM. POSSO TRABALHAR EM CASA. VOU VER O QUE ACONTECE.

6TIERMES7: CERTO.

MAKKAPAKKA: COMO VAI INDO A INVESTIGAÇÃO?

6TIERMES7: ESTÃO CAÇANDO PISTAS E LIGAÇÕES POR TODOS OS LADOS. MUITOS INTERROGATÓRIOS.

MAKKAPAKKA: ALGUM DETALHE QUE VOCÊ POSSA ME PASSAR?

6TIERMES7: BOM, DESISTIRAM DA TESE DO CRIME DE HONRA.

MAKKAPAKKA: MAIS ALGUMA NOVIDADE?

6TIERMES7: NÃO TENHO MUITA CERTEZA. NÃO SEI SE SIGNIFICA ALGUMA COISA, MAS UMA EMPRESA CINEMATOGRÁFICA COMPROU OS DIREITOS DE UM ROTEIRO ESCRITO POR HAGERUP.

MAKKAPAKKA: QUANDO FOI ISSO? RECENTEMENTE?

6TIERMES7: FAZ POUCO TEMPO, EU ACHO.

MAKKAPAKKA: RIVALIDADE ESTUDANTIL, TALVEZ?

6TIERMES7: NÃO FAÇO IDEIA. MAS JÁ ESTÃO CONVERSANDO COM TODOS OS AMIGOS E ORIENTADORES DELA.

MAKKAPAKKA: HAGERUP TINHA ORIENTADOR?

6TIERMES7: SIM. UM CARA CHAMADO YNGVE FOLDVIK.

MAKKAPAKKA: ESSE NOME NÃO ME É ESTRANHO.

6TIERMES7: PARA MIM NÃO SIGNIFICA NADA.

MAKKAPAKKA: VOCÊ SABE ALGUMA COISA SOBRE A TAL BARRACA EM EKEBERG COMMON?

6TIERMES7: FOI A FACULDADE QUE MONTOU. ESTAVAM NO MEIO DE UMA FILMAGEM.

MAKKAPAKKA: VOCÊS SUSPEITAM DE ALGUM COLEGA DELA DA FACULDA-DE?

6TIERMES7: NO MOMENTO, NÃO. ACHO QUE PARA ELES MAHMOUD MA-RHONI É O PRINCIPAL SUSPEITO. ELES TÊM ELEMENTOS QUE O INCRIMINAM.

MAKKAPAKKA: ELE FOI INTERROGADO EM SEGUIDA À MORTE DO IRMÃO?

6TIERMES7: NÃO. O ADVOGADO DELE USOU DE TODO O SEU PRESTÍGIO.

MAKKAPAKKA: MUITO BEM. OBRIGADO. ATÉ QUALQUER HORA.

6TIERMES7: MANTENHA-SE SAUDÁVEL.

Mantenha-se saudável.

É uma referência ao filme *Fogo contra Fogo*, com Robert De Niro e Al Pacino. O personagem de Jon Voight está sentado no carro ao lado de De Niro, planejando um arrombamento, e quando De Niro salta do carro, Voight diz a ele para se manter saudável.

6tiermes7 gosta muito desse filme. E Voight desconfia de alguma coisa. É importante manter-se saudável. E é bom saber que alguém liga para a gente, mesmo que Henning não saiba quem é esse alguém.

CAPÍTULO 29

6tiermes7 tinha razão. Não vai ser fácil passar despercebido. Há muitas perguntas rondando a cabeça de Henning e quanto mais ele pensa, mais se convence de que a faculdade e os colegas de Henriette Hagerup guardam muitas das respostas. Ele acessa a página da Westerdal e liga novamente o celular. Assim como da última vez, as mensagens se avolumam. E assim como da última vez, ele as apaga sem ler. Clicando na aba Filme da faculdade ele se depara com uma lista da equipe e depois de alguma procura localiza Yngve Foldvik. Surge uma foto com currículo e informações para contato. Henning o examina.

De onde o conhece? Cabelos escuros, repartidos para o lado esquerdo. Nariz delgado. Pele marrom-amarelada, do tipo que fica facilmente bronzeada. Barba rala salpicada de cinza. Aparenta estar já perto dos cinquenta, mas ainda é um homem atraente.

Henning desconfia que algumas alunas nutrem uma paixão secreta por ele.

Olha a hora. 17:30. As últimas palavras de Tariq vão ter que esperar. Em vez disso, liga para o celular de Foldvik. Três toques depois, ele dá sorte. Henning se apresenta. Foldvik diz 'oi' numa voz em que Henning imediatamente reconhece o tom de 'mas que merda!'.

— Eu não tenho muito que lhe dizer — ele começa, falando alto.

— Nem é isso o que eu quero — Henning contra-ataca. O silêncio se instala. Ele sabe que Foldvik não entendeu nada do que ele quis dizer. E é essa a ideia. Deixa que Foldvik espere até ficar suficientemente curioso e simplesmente se ver obrigado a perguntar:

— O que você quer?

— Se pudéssemos nos encontrar amanhã de manhã, na hora que mais lhe convier, eu poderei explicar sobre o que desejo lhe falar. Mas estaria mentindo se dissesse que não tem nada a ver com sua aluna recentemente falecida.

— Eu não sei se tenho...

— Só vai levar uns minutinhos.

— Como eu dizia, então...

— Eu gostaria que as pessoas que lessem sobre Henriette tivessem a imagem mais correta possível dela. Acho que você pode ser a pessoa mais adequada para retratá-la. Você a conhecia de um jeito diferente dos colegas de faculdade e, para ser honesto, eles têm uma tendência a dizer umas coisas meio estranhas.

Outro silêncio. Henning consegue ouvir Foldvik pensando. E isso é parte da técnica. Massagear o ego de quem se quer entrevistar de tal modo que se torne muito difícil para a pessoa dizer não.

— Está bem, dois minutos. Às dez, amanhã?

Um sorriso largo se forma nos lábios de Henning.

169

— Às dez está ótimo.

É tranquilo escrever uma entrevista quando se tem tudo gravado. Para começar, ele resolve usar tudo que Tariq falou, palavra por palavra, já que foram as suas últimas, mas abandona essa ideia assim que a entrevista toma forma no computador. Informações demasiadamente irrelevantes. E ele não deseja que as pessoas fiquem sabendo tudo que Tariq disse sobre o irmão. Afinal, Mahmoud ainda está preso e muito da investigação permanece em aberto. Ele leva meia hora para digitar tudo que Tariq Marhoni falou. Começa a editar e resolve focar na singela descrição que ele fez do irmão.

MEU IRMÃO É UM BOM HOMEM

Beira a chatice, mas é um começo. Ele prossegue:

Tariq Marhoni passou seus últimos momentos enaltecendo o irmão, que é suspeito de assassinato. Leia aqui a entrevista exclusiva.

Ele sabe que as pessoas lerão a história, mesmo que não seja assim tão excitante. Há sempre algum apelo nas últimas palavras de um homem, não importa o que ele diga. E quando se trata de uma exclusiva, como nesse caso, todo mundo que demonstre um vago interesse no assunto irá clicar nela. Outros meios de comunicação vasculharão a reportagem em busca de citações que possam usar. Isso significa '..., revelou Tariq ao 123news, minutos antes de morrer'.

Citações. Além das receitas e dos faturamentos com publicidade, ser citado por um órgão rival é o que importa para a maioria dos jornais. Ao mesmo tempo, é também, possivelmente, a maior fonte de irritação, especialmente entre publicações menores, quando o peixe grande cita a reportagem de outros sem lhes dar o crédito.

Isso acontece todos os dias. O peixe grande tem tanto medo de que o peixe pequeno cresça que chega a sacrificar tanto as boas maneiras quanto a ética jornalística nesse processo. Se não se trata de um caso de roubo declarado, frequentemente entrarão em contato com a fonte para obter as mesmas citações que lhes permitam insistir — muitas vezes com uma grande parcela de indignação — em que 'apenas calhou de termos a mesma ideia'. A NRK, por exemplo, adota uma política padrão pela qual, se uma matéria aparece pelo menos em dois veículos, não há motivo para dar crédito a qualquer um deles.

Henning não sabe se essa política mudou nos dois anos que ele passou fora de combate, mas é impossível não se fazer menção à história de Tariq. Ele supõe que Heidi Kjus ficará particularmente satisfeita com isso. Possivelmente Iver Gundersen, também.

Não, pensando melhor, não. Gundersen não.

Ele pensa na BBI. Que nome para uma gangue, Bad Boys Incendiários. Algumas gangues têm grande necessidade de mandar avisos. Caso dos Bandidos. Dos Hell's Angels. E, no entanto, Henning sente que sua curiosidade em relação à BBI é cada vez maior. Pesquisa o nome por extenso no Google e obtém centenas de entradas, em sua maioria irrelevantes e inexatas. Resenhas do filme *Bad Boys*, artigos sobre uma cantora popular sueca que fez sucesso com uma canção chamada 'Brasa' uns dois anos atrás, pessoas descritas como *bad boys* e uma gangue da região de Furuset, em Oslo, que também se intitula assim. Nada relevante.

Porém, encontra um artigo do Aftenposten de seis meses atrás sobre um confronto de gangues em Furuset, por coincidência. O link do Google não menciona textualmente a BBI, mas ele clica no artigo assim mesmo.

Fica sem ar. Foi Nora quem escreveu. Ela se aventurou por território perigoso. As gangues são geralmente associadas a drogas e cobrança de dívidas. Seus integrantes são aspirantes a delinquentes, geralmente pessoas em busca de uma identidade. Essa é uma das razões pelas quais viram hooligans. Ter um lugar de pertencimento.

A manchete de Nora é BRUTAL BRIGA DE GANGUES EM FURUSET. Passa os olhos na reportagem. Nenhuma foto da cena do crime. Apenas uma fotografia de arquivo de um machado contra um taco de beisebol. Ele supõe que Nora tenha trabalhado no turno da noite e que o Aftenposten não estivesse preparado para pagar por uma nova foto da Scanpix. Ou ainda que a Scanpix tenha tido que fazer cortes.

Seja como for, ele constata que Nora fez um excelente trabalho. Entrevistou o policial encarregado da investigação, o chefe da Operação Caça-Gangues de Oslo, chegou a duas testemunhas oculares, falou com um ex-dirigente de gangue que sabe o que está por trás desse tipo de confronto e conseguiu cinquenta linhas para um tema que normalmente só merece uma breve menção na maioria dos jornais.

As pessoas não costumam dar muita importância a brigas de gangues. Pensam assim: "Ótimo, é bom mesmo que se matem uns aos outros, assim tiram alguns idiotas das nossas ruas". Ele não sabe muito bem por que, mas resolve telefonar para ela. É possível que Nora tenha alguma informação mais recente sobre esses imbecis, mas ele desconfia que haja um motivo oculto.

Quer saber onde ela está.

Ele sabe que é uma estupidez, que não tem o menor sentido, mas não consegue evitar. Quer saber se ela está com Gundersen, se sua voz está alegre ou triste, se haverá algum vestígio de saudade ao ouvi-lo falar. Os dois não conversam pelo telefone desde o dia em que Jonas morreu. Ela ligou para perguntar se Henning poderia pegar Jonas na creche e ficar com ele até a manhã seguinte, embora, na verdade, aquela fosse a semana dela com o menino. Não estava se sentindo muito bem. E ele respondera: mas é claro, não se preocupe. E ele sabe que não é o fogo em si, ou o fato de Jonas ter morrido, o que está consumindo Nora. Ela jamais se perdoará por ter se sentido mal naquele dia e por ter pedido a ele para trocar. Se não tivesse se sentido mal, Jonas não teria ficado com Henning. E o filho deles ainda estaria vivo.

Ele está convencido de que sempre que fica meio gripada ou sente uma pontada em algum lugar, Nora considera uma coisa sem importância. Vai ficar boa. Estou bem, vou trabalhar. E toda vez o mesmo pensamento a assalta: por que eu simplesmente não reuni forças e fui buscá-lo? Será que estava realmente doente?

Pensamentos como esse podem enlouquecer uma pessoa. Quanto a ele, pensa nas três doses generosas de conhaque que tomou depois que Jonas foi dormir naquela noite. Talvez tivesse sido capaz de salvá-lo caso houvesse bebido apenas duas? Ou uma? E se tivesse ido para a cama mais cedo na noite anterior, assim não teria ficado tão exausto e adormecido diante da televisão antes que o fogo começasse?

E se.

CAPÍTULO 30

Ele deixou tocar por muito tempo. Talvez a telinha estivesse informando que é ele? Ou ela pode ter comprado um novo aparelho e não ter transferido o número do antigo. Ou quem sabe ela o tenha simplesmente desligado. Ou esteja ocupada fazendo alguma coisa. Vivendo, por exemplo.

Fica surpreso quando ela finalmente atende. Poderia e provavelmente deveria ter desligado após o décimo toque, mas não foi capaz. A voz dela é de alerta quando diz: 'oi, Henning'. Ele responde:

— Oi, Nora.

Meu Deus, como dói dizer seu nome em voz alta.

— Como você está? — ela diz. — Eu soube do que aconteceu.

— Estou bem.

— Você deve ter ficado apavorado.

— Mais para irritado, na realidade.

E é a pura verdade. Ele não está tentando se mostrar, como um herói machão qualquer de filmes de ação. Ficou irritado mesmo, sobretudo porque não queria que sua vida terminasse daquela maneira, num crescendo, no meio de algo não resolvido. Eles se calam. Costumavam ser muito bons em matéria de silêncio, os dois, mas agora é meramente incômodo. Ela não faz novas perguntas. Ele inicia uma conversa antes que a coisa se torne constrangedora demais. Imagina que ela não queira se mostrar especialmente preocupada com seu bem-estar caso Gundersen esteja por perto no quarto.

— Olha, eu estou trabalhando numa matéria e dei com um artigo que você escreveu a respeito de uma gangue, a BBI, uns seis meses atrás. Está lembrada?

Seguem-se alguns segundos de silêncio.

— Estou. Eles tiveram uma briga com outra gangue, se bem me lembro. Os Hemo Raiders, ou algo parecido.

Eles fazem uma bela dupla, ele pensa.

— Isso mesmo.

— Uns quatro ou cinco foram parar no hospital. Ferimentos de facadas e ossos quebrados.

— Isso mesmo, de novo.

— Por que você está escrevendo sobre eles?

Ele fica em dúvida se deve contar, mas aí se lembra que eles trabalham para jornais rivais e que a confiança é um capítulo encerrado no livro de memórias dos dois. Ou parcialmente encerrado, a continuar assim.

— Não estou escrevendo sobre eles. Pelo menos eu acho que não.

— Com a BBI não se brinca, Henning.

— Eu nunca brinco.

— Não é isso, o que eu quero dizer é que alguns daqueles rapazes são psicopatas. Não respeitam ninguém. Você acha que eles estão por trás do assassinato de Tariq Marhoni? Ah, Nora. Você me conhece tão bem...

— Não sei. Ainda é muito cedo.

— Se você resolver ir atrás deles, Henning, tenha cuidado, está bem? Essa gente não é legal...

— Provavelmente tudo vai correr bem — ele diz, pensando no quanto é esquisito estar discutindo novamente matérias e fontes com Nora. Jornalistas terminam, inevitavelmente, falando de trabalho. Quando vivem juntos também, a coisa se torna mais papo de trabalho. Até que tudo desmorona.

Ele trabalhava demais. Quando finalmente chegava em casa, Nora estava tão cansada que não queria ouvir mais uma palavra sequer sobre jornais. A coisa toda ficou muito exagerada. Foi culpa dele, obviamente. Isso, também. Está se tornando o padrão da minha vida. Consigo destruir até as coisas mais lindas, ele pensa.

Ele agradece a ajuda e desliga. Fica no sofá, de olhos fixos no telefone como se ela ainda estivesse do outro lado da linha. Aperta o aparelho contra o ouvido novamente. Nada, só o silêncio.

De repente ele se recorda de um duplo assassinato em Bodø que cobrira anos atrás. Antes que Nora fosse para a cama, numa das primeiras noites após a separação, ele ligou para ela. Os dois conversaram durante meia hora, talvez mais. Quando ele a ouviu bocejar, disse para ela pôr o fone em cima do travesseiro mas sem desligar. Queria ouvi-la dormir. Ele se sentou no quarto de hotel ouvindo sua respiração, que era rápida no início. Depois foi ficando cada vez mais profunda, mais profunda. Então ele também se deitou. Não se recorda de haver desligado. Mas lembra de como dormiu bem aquela noite.

CAPÍTULO 31

Zaheerullah Hassan Mintroza se inclina para diante na cadeira barulhenta de sua gaiola de vidro. Está contando dinheiro. Vivo. No lava-jato é sempre dinheiro vivo. Claro que ele mantém uma máquina de cartão, que está ligada, mas nunca a usa.

Nada supera dinheiro na mão.

Ele está muito satisfeito com o movimento do dia. Até agora foram 12 carros de passeio x 150 coroas cada = 1800 coroas. Mais 2 polimentos a 800 coroas. E 36 táxis x 100 coroas cada = 7000 no total. Nada mau. E ainda faltam duas horas para fechar.

Dar desconto para taxistas foi uma grande sacada.

Já está indo receber um novo cliente quando dois outros carros param atrás da Mercedes imunda estacionada lá fora. Duas viaturas da polícia.

Droga, pensa Hassan. Os guardas, três ao todo, saltam. Hassan dirige-se a eles. Já vira um antes.

— Você é o dono desse lava-jato? — pergunta o Detetive Brogeland, falando mais alto para vencer o barulho da mangueira de alta pressão. Hassan faz que sim com a cabeça.

— Tem um empregado de nome Yasser Shah?

Droga, Hassan pensa outra vez.

— Tenho.

— Onde ele está? Nós gostaríamos de falar com ele.

— Por quê? — Hassan quer saber.

— Ele está aqui?

— Não.

— Você sabe onde ele está?

Hassan balança a cabeça.

— Não deveria estar trabalhando hoje?

— Não.

— Você se incomoda de darmos uma olhada no seu lava-jato?

Hassan dá de ombros e fica do lado de fora enquanto os guardas entram. A Mercedes imunda vai embora.

Hassan pensa em Yasser. Que amador de merda. Ele não tinha dito "sem erros"?

O trabalho dentro do lava-jato é interrompido. Um táxi Toyota Avensis está quase pronto. Os guardas conversam com os empregados, mas Hassan não consegue ouvir o que estão falando. Vê Mohammed balançar a cabeça. Omar também.

Os guardas procuram em todos os cantos, dentro da gaiola de vidro, na frente e nos fundos do terreno. Brogeland diz alguma coisa para os dois colegas, antes de se dirigir novamente a Hassan.

— Precisamos falar urgentemente com Yasser Shah. Se você o vir, diga para entrar em contato comigo ou com a polícia o mais rápido possível.

Brogeland lhe entrega um cartão. Hassan pega com relutância, mas nem olha. Vai sonhando, seu porco.

— Nós sabemos o que você anda fazendo aqui, Hassan.

178

Hassan procura não parecer nervoso, mas seu rosto o entrega. Ele está sempre à espera da ameaça que nunca se concretiza e se dá conta de que é porque ela já foi feita. Brogeland não fala mais nada. Hassan sabe que a polícia vai manter o lava-jato sob vigilância a partir de agora para pôr as mãos em Yasser Shah e monitorar suas outras atividades.

Olha fixamente para Brogeland e os outros guardas quando eles entram nos carros. Talvez fosse bom dar desconto para a polícia, pensa Hassan ao vê-los partir. Lavagem grátis em troca de seus cadáveres no fundo do fiorde de Oslo.

Ele volta para dentro e gesticula chamando os outros. Todos se reúnem no interior da gaiola de vidro. Hassan não se senta. Olha para um de cada vez.

— Eles já sabem que foi o Yasser — diz.

— Como podem saber? — pergunta Mohammed.

— Você é burro? Yasser nos disse que tinha um homem lá. Ele deve ter visto Yasser e o identificou para a polícia. Ele pode pôr tudo a perder.

— Quem? Yasser?

Hassan dá um suspiro e balança a cabeça.

— A testemunha, seu idiota.

Mohammed se encolhe.

— Não me interessa como vocês vão fazer, mas eu quero que achem o sujeito.

Hassan olha um por um.

— Descubram tudo o que puderem através dos jornais, falem com gente conhecida, talvez alguém saiba o nome da testemunha. Yasser disse que o rosto do homem era cheio de cicatrizes. Cicatrizes de queimaduras. Isso pode facilitar o trabalho de vocês. Se a polícia não encontrar provas de que Yasser esteve no apartamento, essa testemunha é a única pessoa capaz de estragar tudo para ele e para nós. E assim que descobrirem o cara, me digam.

— Por que, o que você vai fazer? — perguntou um dos homens.

Hassan respira fundo.

— O que eu vou fazer? Que diabos você acha?

Henning termina de digitar a entrevista com Tariq e a envia por *e-mail* para a editoria do jornal. Escreve — em letras maiúsculas — que seu nome e sua foto não devem aparecer, em hipótese alguma, quando a matéria for publicada. Não tem intenção de se esconder, mas também não quer alardear seu paradeiro. Olha o relógio. Droga. A loja de bebidas está fechada. E ele não pode ir à casa da mãe sem o St. Hallvard. Resolve, então, dar uma volta. Deve ter algum treino a que eu possa assistir, pensa, e dar uma relaxada.

O sol sobre o Old Sail Loft bate em suas costas. Uma mesa e duas cadeiras foram instaladas do lado de fora do Restaurante Mr. Tang. Um cachorro debaixo da mesa fecha os olhos. Henning acha que é um setter irlandês.

Henning adorava cachorros quando criança. E os cachorros o adoravam. Seus avós tinham uma cadela chamada Bianca. Bianca tinha veneração por ele. Maior ainda depois que se tornou alérgico a ela.

Um Corsa amarelo desce a toda pela Markvei, bem na hora em que ele vai atravessar. Carros amarelos sempre o fazem se lembrar de Jonas. Uma vez, quando pegou o filho na creche, Jonas veio apontando todos os carros amarelos que via no caminho para casa. O jogo consistia em ser o primeiro a localizá-los. Os dois repetiram a brincadeira no dia seguinte. E no outro. Durante todo o verão, na verdade. Não passava um dia sem que Jonas ficasse procurando carros amarelos. E toda vez Henning ouvia a própria voz gritando: Carro amarelo! E Jonas protestando: Eu vi primeiro. Não era bem amarelo. De qualquer maneira, não vale, nós ainda não tínhamos começado.

Crianças. São capazes de transformar qualquer coisa em um jogo.

Quase não há lugar vazio na arquibancada. Jogadores de futebol, pais, bolas, carrinhos. Ele se senta em seu local costumeiro, no meio da doce-amarga. Fica vendo-os treinar e jogar; reconhece a maior parte das crianças em campo. Garotos se reúnem. Um deles carrega um saco de batatas fritas. Um loirinho com luvas de goleiro tenta plantar bananeira. A voz do treinador parece brava, diz ao menino para ficar quieto que o jogo vai começar. Os garotos estão de camisas de futebol roxas bem largas. Jonas sempre ficava bem naquelas camisas folgadas. Calções brancos e meias brancas. Henning fecha os olhos e tenta imaginar o filho dois anos mais velho. Talvez seus cabelos estivessem mais compridos. Ele gostava deles assim, compridos. Talvez desse para notar as características de um garoto mais velho, os primórdios de um rapaz. Talvez ele já estivesse começando a prestar atenção nas garotas, mas sempre negando com veemência.

Talvez.

E se.

Henning abre os olhos. As batatas fritas já foram comidas. Satisfeito, o garoto joga fora o pacote e toma um gole de Coca--Cola.

CAPÍTULO 32

Nessa noite ele sonha com pistolas. Pistolas enormes despejando balas. As balas vêm em sua direção, mas ele sempre acorda pouco antes que elas o acertem.

Como odeia dormir.

Não suporta ter que ficar trancado no apartamento, e assim que o novo dia amanhece segue para Ekeberg Common. Monta na Vespa, sua Vespa azul clara toda enferrujada, e vai zunindo pela cidade que ainda está por despertar.

Essa é uma coisa que ele costumava fazer com frequência, voltar às cenas dos crimes que cobria. Foi seu velho mestre, Jarle Høgseth, que lhe disse para fazer assim. Sentir os arredores, de preferência no horário aproximado àquele em que foi cometido o assassinato. Podem surgir informações que não apareceram em entrevistas, informes policiais e depoimentos de testemunhas. Høgseth era esperto. Menos no que diz respeito ao fumo.

Henning estaciona ao lado da pista asfaltada que corta o Common, perto da Escola de Ekeberg. A barraca ainda está ali, cercada pela faixa policial. Passa um pouco das 6 da manhã. Ele olha ao redor. Um cavalo pasta solitário próximo à Fazenda Ekeberg. Uma mulher, de cabelos louros presos num rabo-de--cavalo, dá sua corrida. Ele vê um cachorro correndo pelo gramado onde imensas bétulas cresceram dando a impressão de ser uma única árvore. O cachorro carrega um graveto na boca. Ele segue até a barraca tentando imaginar o que se passou. Henriette Hagerup no buraco no chão, abatida por uma arma paralisante. Um homem atirando pedras pesadas nela, chicoteando-a, decepando sua mão. Talvez ela só tenha começado a gritar quando já era tarde demais. Ninguém a viu ou ouviu.

Deve ter sido morta no meio da noite ou pela manhã bem cedo. E deve ter vindo aqui por vontade própria. Ninguém poderia ter carregado uma pessoa inconsciente pelo Ekeberg Common sem ser visto. Nem mesmo à noite. Ainda haveria trânsito. Isso o faz pensar que ela devia estar se encontrando com alguém conhecido. A filmagem teria algo a ver com isso?

Seus pensamentos são interrompidos pelo cachorro pulando em cima dele. Mal consegue levantar as mãos para se defender quando o cão tenta arrancar um pedaço do seu braço. Ele dá um repelão e afasta o cachorro, que não se machuca, mas começa a rosnar. O dono aparece.

— Sit.

A voz do homem é firme. O cão ainda brinca um pouco em volta dos pés de Henning antes de retornar ao dono, relutantemente.

— Desculpe — diz o senhor. — Ele só quer brincar. É muito levado, sabe. O senhor está bem? Ele não mordeu, não é?

Henning não se importa com um cão levado, mas tentativa de assassinato vai muito além disso. Quer vociferar contra a porra desse dono de cachorro imbecil que deixa uma arma letal correr solta num local público. Mas não o faz. Porque se lembra do que disse a Comissária-adjunta Pia Nøkleby na coletiva de imprensa:

O corpo foi encontrado por um senhor que passeava com o cachorro. Ele ligou para a polícia às 6:09.

Ele confere no relógio. Quase seis e dez. Respira fundo e olha para o dono do cachorro.

— Eu estou bem — diz Henning, espanando pelos invisíveis de cachorro. Com a sorte que o caracteriza, alguns deles se grudarão em suas narinas e ele terá uns dois belos dias de espirros e arquejos pela frente.

— Bicho agitado — ele diz, forçando um sorriso.

— É, parece movido a pilha. O nome dele é Kama Sutra.

Henning olha estarrecido para o homem.

— Kama Sutra?!

O homem confirma com a cabeça, todo orgulhoso. Henning resolve não fazer a pergunta óbvia.

— Saiu cedo hoje?

— Nós saímos cedo todos os dias. Eu sou madrugador, e o Kama Sutra adora começar o dia aqui. E eu também. Quando está tudo calmo e o ar é mais puro.

— É, estou vendo — responde Henning, olhando em torno novamente.

— Thorbjørn Skagestad — apresenta-se o homem, antes que Henning tenha tempo de perguntar. Estende a mão. Henning a aperta.

— Henning Juul.

Skagestad está de boné do exército norueguês, apesar de ser verão. O boné parece meio frouxo na cabeça. As botinas também são verde-oliva. As calças de combate têm bolsos na frente, atrás e nas pernas, e são reforçadas com retalhos de couro nos joelhos. Seu colete combina com as calças, tanto na cor quanto no estilo. Skagestad ficaria perfeito na capa de alguma revista do tipo Caça e Pesca. Tem a pele enrugada e os dentes revelam a paixão por café e tabaco. Apesar disso, tem um rosto simpático. Dá a impressão de poder irromper num sorriso a qualquer momento.

— Você é da polícia? — ele pergunta jogando o graveto o mais longe que pode. Kama Sutra parte atrás. Henning acompanha suas patinhas em disparada pela grama macia.

— Eu sou repórter. Trabalho num jornal on-line, o 123news.

— 123news?

— É.

— Que nome é esse?

Henning levanta as mãos.

— Não me pergunte. Não fui eu que escolhi.

— Mas o que está fazendo aqui a essa hora? Não tem mais ninguém.

— Tem você. Foi você quem a encontrou, não foi?

Skagestad cai na defensiva. Muita gente fica assim, quando percebe que vai ser entrevistada. Mas Skagestad não tem escolha a não ser responder a cada uma das perguntas de Henning. Afinal, seu cachorro acabara de avançar nele, e por isso Henning não se sente nem um pouco constrangido por estar importunando Skagestad.

— Eu não quero aparecer no jornal.

— Não vai precisar aparecer.

Kama Sutra retorna com o graveto na boca. Skagestad pega numa ponta e puxa o mais forte possível. O cachorro rosna de novo, não vai soltar mesmo e só o faz quando Skagestad vence a disputa. O cão está arfante, a língua pende do canto da boca. Kama Sutra se senta, os olhos na expectativa. Skagestad arremessa o graveto mais uma vez.

— Nunca vi nada assim.

Henning é perfeitamente capaz de acreditar.

185

— O que houve com este país? — Skagestad prossegue. — Um apedrejamento na Noruega?!

Balança a cabeça.

— Aposto que foram esses malditos imigrantes.

Henning quer dizer alguma coisa, mas se controla. Como Jarle Høgseth costumava dizer: quando as pessoas querem tirar alguma coisa do peito, deixe que elas falem. Deixe que falem até cansar. Mesmo que você não goste do que estão dizendo.

— Há muitos deles por aqui.

Skagestad balança novamente a cabeça.

— Eu não tenho nada contra ajudar pessoas que passaram maus bocados nos lugares de onde vieram, mas se vão viver aqui, elas podiam muito bem se submeter às leis norueguesas, respeitar a nossa cultura e nossa forma de viver, e fazer as coisas como nós sempre fizemos.

— Não podemos afirmar que foi um imigrante — diz Henning.

— Isso está certo? Nunca antes nós tivemos um apedrejamento na Noruega.

É cedo demais para uma discussão sobre imigração, por isso ele diz:

— Por que você entrou na barraca?

— Aí é que está. Eu não tenho certeza. Mas a barraca não estava armada no dia anterior, eu estou aqui todos os dias, como você está vendo, e fiquei curioso.

— Viu alguém?

— Geralmente vejo, mas não perto da barraca. Nada chamou minha atenção quando andei até aqui. Eu moro em Samvirkevei.

— Pode descrever a cena do crime?

— A cena do crime?

— É. O que havia dentro da barraca, percebeu alguma coisa?

Skagestad respira fundo.

— Eu já contei isso à polícia.

— Sim, mas pode não ter se lembrado de tudo. Nosso cérebro é uma coisa extraordinária. Na hora, raramente nos lembramos de todos os detalhes de uma experiência traumática. Porém, há coisas que podem vir à tona mais tarde, coisas que você não considerou importantes, mas que acabam sendo relevantes.

Eu pareço um policial, pensa Henning. Mas funciona. Dá para ver que Skagestad está vasculhando a memória.

— Pode ser qualquer coisa. Um som, um cheiro, uma cor — Henning prossegue. Algo faz com que a expressão facial de Skagestad mude. Ele fica mais alerta.

— Na realidade, tem uma coisa de que estou me lembrando neste momento — ele diz olhando para Henning. Kama Sutra está de volta. Skagestad ignora o cachorro.

— Notei quando entrei na barraca, mas depois esqueci totalmente.

— O que era? — pergunta Henning.

— O cheiro — diz Skagestad, lembrando. — Estava abafado, como em geral dentro de uma barraca. Mas havia algo mais.

Aí ele começa a rir. Henning fica intrigado.

— É meio constrangedor — ele diz.

Henning está extremamente tentado a esmurrar aquele velho.

— Que é? — ele pergunta, pacientemente.

Skagestad balança a cabeça, ainda sorrindo. Em seguida olha bem nos olhos de Henning.

— Pude sentir cheiro de loção pós-barba.

— Loção pós-barba?

— É.

— Não era perfume?

— Não. Loção pós-barba.

— Você está absolutamente seguro disso?

Ele faz que sim com a cabeça.

— Como pode ter tanta certeza?

Skagestad sorri de novo.

— Isso é que é constrangedor — ele diz, mas não aprofunda. Henning acha que o homem daria um excelente torturador em Guantânamo.

— Romance — ele diz, deixando Henning completamente perdido.

— De Ralph Lauren — Skagestad complementa.

— Como é?

— Eu uso, eu, olha só. Foi presente da minha neta. É por isso que reconheci.

— Era assim tão marcante?

— Não. Bem discreto. Mas eu tenho um olfato muito bom. E é como eu falei, às vezes eu uso essa loção, quando saio para... ahn... me encontrar com alguém...

Kama Sutra rosna mais uma vez. Skagestad joga o graveto. Ele corre, baba, morde, corre.

— Acho que as mulheres gostam.

Ele dá um sorrisinho. Dessa vez Henning não faz a menor questão de que Skagestad entre em detalhes. Skagestad fica de novo sério.

— Pobre moça.

— Você notou mais alguma coisa dentro da barraca?

— Você não acha que isso basta?

— Sim, sim. Mas qualquer coisa pode ser importante.

— Verdade. Não, acho que não havia mais nada.

Os dois ficam em silêncio.

— Você não vai escrever nada disso no seu jornal, como se chama mesmo?

— 123news. Não, não vou.

Skagestad faz um gesto com a cabeça como quem agradece. Em seguida se despede.

— Foi bom conversar com você. Mas está na minha hora de voltar para casa, tomar um café e fumar um cigarro — ele diz.

Henning acena e fica pensando que Thorbjørn Skagestad, constrangido ou não, pode ter acabado de contribuir com uma peça importante para o quebra-cabeça.

Jarle Høgseth deve estar sorrindo no túmulo.

CAPÍTULO 33

Como tem algumas horas para matar antes do encontro com Yngve Foldvik, Henning vai ao jornal. E o faz com uma sensação de que o dia de hoje começou bem. É uma sensação rara. Ele tinha falado que ficaria sem aparecer por uns dois dias, mas não sente vontade de ir para casa agora. O editor de plantão, cansado, está em sua mesa quando ele chega. Há uma moça sentada de costas para ele. O editor de plantão se endireita na cadeira quando o vê, mas não diz nada. Henning imagina que devem ter lhe contado o que aconteceu nas últimas vinte e quatro horas. E provavelmente está surpreso por vê-lo no trabalho, tão cedo.

Henning também está surpreso. Surpreso por não sentir necessidade de um descanso. Isso deve ter relação com senso de responsabilidade, algo capaz de preencher o tempo, algo que possa desviar o foco d'Essa Coisa Em Que Ele Não Pensa. E ele sempre foi assim: quando bota uma coisa na cabeça, não consegue deixar pra lá.

O Dr. Helge provavelmente ficaria preocupado, se pudesse me ver agora, Henning pensa.

Não se envolva demais, Henning, vá com calma nas duas primeiras semanas.

Ele aperta o botão para pegar uma xícara de café, aguarda 29 segundos, deixa que a máquina pare de gotejar e volta para sua mesa. Liga o computador. O lugar está silencioso. Os únicos sons são o matraquear esporádico de um teclado e vozes vindas de um televisor próximo ao editor de plantão. Parece a CNN. Muita notícia de última hora.

Um minuto depois, está na Internet. Não demora muito para constatar que nada se passou durante a noite. A entrevista com Tariq Marhoni ainda é a principal notícia do 123news. A coluna da direita da primeira página informa que a sua matéria é a mais acessada nas últimas vinte e quatro horas.

Clica para verificar se está tudo em ordem. Toma o primeiro gole de café e por pouco não cospe tudo longe. Olha fixamente para a tela. Lá estão seu nome e sua fotografia nos créditos. No corpo do texto também inseriram uma foto sua.

Henning se levanta e pisando forte vai em direção ao editor de plantão, que se surpreende quando ele surge à sua frente. Não fala nada, apenas se ajeita na cadeira.

— Foi você que publicou minha matéria? — Henning esbraveja.

— Sua matéria?

— É, a do Tariq Marhoni.

— Quando você mandou?

— Ontem à noite.

— Meu turno começou à meia-noite, portanto não pode ter sido...

Henning balança a cabeça e solta uns palavrões internamente.

— Alguma coisa errada?

— Pode apostar que sim. Eu não podia ter nem meu nome creditado, e agora até a minha cara está lá, estampada por toda a matéria...

O editor de plantão se cala. A moça sentada do outro lado continua digitando como se nada estivesse acontecendo. Henning bufa de raiva.

— Eu tenho como saber quem foi que publicou a minha matéria?

— Tem, espere um instante.

O editor de plantão clica. Henning anda de um lado para o outro, e por fim se põe atrás dele. A ferramenta de edição Escenic Content Studio está aberta. O editor de plantão abre o histórico do artigo e pigarreia.

— Foi recebida por Jørgen ontem à noite, às 20:03, editada por Jørgen às 20:06 e 20:08, antes de Heidi abri-la às 21:39 e 21:42.

— Heidi Kjus?

— É.

Ele sente o rosto em brasa. Retorna à sua mesa sem nem dizer obrigado. Heidi devia agradecer a sorte de ainda não estar aqui.

Meia hora mais tarde ela chega. Vai direto à mesa de Henning. Parece zangada. Então somos dois, Henning se enfurece.

— Por que você não responde quando eu ligo? — ela diz, jogando a bolsa em cima da mesa dele. Ele fica momentaneamente desconcertado.

— Eu...

— Quando eu ligar, você atende. Não interessa a hora. Fui clara?

— Não.

— O que você disse?

Ela põe as mãos nos quadris.

— Eu disse não. Quando não estou de serviço, eu não estou de serviço. Não tenho que ficar à sua disposição. E por que diabos você inseriu minha foto, quando eu disse expressamente que não queria crédito na matéria do Tariq?

Agora é a vez de Heidi ficar surpresa.

— Eu...

— Você se dá conta de como vai ser fácil para o assassino me achar agora, se ele quiser?

Ela percebe.

— Neste jornal, todo mundo que escreve uma matéria recebe crédito — ela começa, cautelosamente, para logo retornar ao seu padrão. — Se não temos peito para bancar o que escrevemos e botar nosso nome e nossa fotografia, então não deveríamos publicar...

Henning não tem certeza de ter ouvido direito, por isso só faz "humm" e olha para ela.

— Além do mais, seu nome e sua fotografia já estão em todos os jornais hoje, logo, se nós não pusermos, vai parecer no mínimo muito esquisito.

Ele não consegue pensar em nada para dizer. Porque ela tem razão. Porra, ele pensa, ela é que está certa.

Heidi se senta e dá início a seus rituais matinais. Liga o computador, pega o celular na bolsa, abre a agenda. Ela venceu. A cadela estava certa.

E ele achando que o dia tinha começado bem.

CAPÍTULO 34

Heidi anda de lá para cá, muda, enquanto Henning toma seu café em silêncio. Provavelmente ela tem reuniões importantes hoje, ele imagina. Toda vez que se senta ela dá uma olhada para ele, antes que seus olhos assumam novamente o ar gerencial. O relógio dá as oito sem que lorde Cotelê se digne a aparecer. Com certeza trabalhou até tarde na noite passada. Quem sabe esteja fazendo outra coisa? Ou já entregou uma matéria? Henning resolve ligar para ele, muito embora a última conversa dos dois não tenha sido lá muito amigável. Às vezes a gente precisa estender a mão amiga, engolir um sapo, essas coisas. Isso nem sempre foi o ponto mais forte de Henning.

Gundersen atende logo, mas sua voz parece de sono.

— Alô, sou eu, Henning.

— Bom dia.

Nenhum ruído de fundo. Ótimo.

— Onde você está? — ele pergunta, mesmo não querendo saber.

— Em casa. Vou chegar um pouco mais tarde. Já falei com Heidi.

— Não é por isso que estou ligando.

— Ah, é?

Gundersen parece ligeiramente mais desperto, porém uma pausa mais demorada deixa Henning com a sensação de que ambos querem dizer algo, mas nenhum dos dois quer falar primeiro. Como dois adolescentes complicados.

— Você está ocupado? — Henning pergunta, finalmente. — Algum plano para hoje?

Ele ouve Gundersen se sentando. Sua voz soa distante. Henning acende um cigarro e sopra a fumaça direto no aparelho.

— Tive uma conversinha rápida com Emil Hagen — ele diz, respirando fundo.

— Quem é?

— Um policial da investigação. Parece bem inexperiente. Meio que se segurou quando eu mencionei a arma paralisante.

Henning engole em seco.

— O que ele falou?

— Não quis comentar a respeito. Mahmoud continua negando ter feito qualquer coisa errada, mas também não disse nada para provar sua inocência, de modo que a polícia na verdade não está chegando a parte alguma. Ele não tem álibi para a noite. Você conheceu a única pessoa que poderia fornecer um a ele.

— Você acha que foi por isso que Tariq foi morto?

Ele fala num rompante. Mas agora a pergunta já foi feita, e ele conclui que foi das boas.

— Isso é difícil de saber. Pode ter sido.

195

Ele concorda. Pode perfeitamente ter sido, sim. E nesse caso, alguém não está nem aí se Mahmoud Marhoni está onde está. Mas por que Marhoni não diz alguma coisa?

— E você? Já está no trabalho?

Henning olha para Heidi.

— Estou no jornal, sim.

— Pensei ter entendido que ia dar uma descansada por uns dias...

— Eu também pensava.

Como não está muito disposto a discutir sua saúde mental com Gundersen, ele prossegue:

— Emil Hagen falou alguma coisa sobre a caçada a Yasser Shah?

— Yasser quê?

— O homem que atirou em mim ontem. Eu o reconheci numa base de dados da polícia.

— Eu perguntei o quanto eles já haviam avançado na busca ao assassino, mas ele não sabia. Não me deu a impressão de ser o gatilho mais rápido do Oeste... O Hagen, bem entendido.

Henning concorda e fica se perguntando se é a equipe da Operação Caça-Gangues que está encarregada agora da caça a Shah, uma vez que ele é membro da BBI.

— Tenho uma reunião marcada para hoje com o supervisor da vítima. Não sei se ele tem algo de interessante para nos dizer, e vou tentar falar com mais alguns amigos dela. Tem alguma coisa errada naquela faculdade.

— Parece bom. Vejo você mais tarde? — diz Gundersen em tom de pergunta. Henning não faz ideia do que irá acontecer depois de se encontrar com Foldvik, mas diz assim mesmo:

— É, provavelmente sim.

E desliga. Fica com uma estranha sensação de que essa foi a primeira conversa civilizada dos dois. Ou que era a primeira conversa entre eles que demorava mais do que o tempo de duas frases.

— Não se esqueça de que temos uma reunião da equipe hoje às duas horas.

A voz de Heidi é gelada. Ela nem olha para ele.

— Reunião de equipe?

— É. O Sture vai dar uma atualizada geral. Os negócios vão mal.

E não é sempre assim?

— Só estou lembrando porque ouvi você dizer que tem um encontro mais tarde. O comparecimento é obrigatório.

Henning pensa, claro, aposto que é, mas se controla para não dizer isso em voz alta.

Sture Skipsrud. Fundador e editor-chefe do 123news. Ele e Henning trabalharam juntos no Kapital durante dois anos. A vantagem de trabalhar num jornal especializado, que não sai diariamente, é que se tem tempo para investigar uma história em profundidade. Entrevistar diversas fontes, formar uma impressão correta e equilibrada do assunto. Boas histórias nascem nesse clima. Histórias que requerem um pouco mais de tempo.

Sture foi um grande jornalista investigativo. Ganhou o SKUP, o prêmio autolaudatório da profissão, no começo dos anos 1990, graças a uma série de denúncias contra o Ministro do Comércio que terminou com a renúncia do ministro. Sture fez o nome com isso e usou seu *status* de *superstar* para negociar melhores contratos; trabalhou no Dagens Næringsliv algum tempo, escreveu dois livros sobre os magos das finanças, associou-se à TV2 antes de sair para criar o 123news no final da década. Muita gente se perguntou por que um homem que se consagrou no jornalismo investigativo iria querer de repente enveredar pelo ramo absolutamente oposto.

Mas Henning sempre acreditou na explicação mais simples, ou seja, que Sture queria uma reação. As coisas não estavam acontecendo com a rapidez necessária. Ele queria resultados. E de preferência 1 - 2 - 3.

— Vou indo — diz Henning. Ele precisa de um bom café da manhã antes de ir falar com Yngve Foldvik.

— Você volta para a reunião da manhã?

— Você sabe muito bem o que eu vou fazer hoje.

— Sei, mas...

— Vou tentar chegar a tempo.

— É bom...

— Vou me lembrar disso quando estiver com um revólver apontado para a minha cabeça.

Ok, essa última tirada pode ter sido um tanto melodramática, mas funcionou. Heidi não diz nada e o deixa ir.

Estamos 1 a 1, ele pensa.

CAPÍTULO 35

Ele passa na delicatessen de Luca em Thorvald Meyersgate e compra um calzone de frango ao pesto. Pega também dois tabloides e uma xícara de café e vai se sentar num banco do outro lado da Biblioteca Pública de Deichmanske. O pior da hora do rush matinal já passou, mas ainda se veem carros, bondes e gente atrasada para o trabalho. Ele toma goles meticulosos do café e começa a ler o VG. A matéria de primeira página é uma história alarmista sobre uma nova bactéria letal que vem aterrorizando a Dinamarca, e que o Instituto Norueguês de Saúde Pública teme que possa chegar ao país no outono. No canto direito há uma pequena foto dele com a legenda embaixo: "Atentado à vida de jornalista".

Ele pragueja baixinho, duplamente irritado não só por causa da fotografia, mas também porque Heidi Kjus estava com a razão.

Encontra a matéria na página quatro. Petter Stanghelle é o autor. Henning passa os olhos no texto até chegar a um trecho:

"Juul teve sorte de escapar do assassino. Além dos três tiros que mataram Tariq Marhoni, outros quatro foram disparados. Nenhum atingiu o repórter", declarou o Inspetor-chefe Arild Gjerstad, que comanda a investigação, ao VG.

Quatro tiros, pensa Henning. Ele não se lembra de terem sido quatro. Continua a ler:

O VG não conseguiu entrar em contato com Henning Juul, mas sua editora, Heidi Kjus, fez o seguinte comentário sobre a dramática situação: "Estamos, é claro, profundamente gratos por Henning estar bem. Não quero nem pensar no que poderia ter acontecido."

Henning sorri para si mesmo.

Sempre se pode contar com Heidi.

Stanghelle segue especulando se existe ligação entre os assassinatos de Marhoni e de Henriette Hagerup, mas ninguém da polícia fala sobre isso.

Até aí, nenhuma surpresa.

O Dagbladet também dá o assassinato de Tariq Marhoni, mas sem mencionar Henning. Para eles, foi uma execução sumária, aparentemente realizada por um profissional. Só que Henning escapou.

Ele já está para se levantar e ir embora, quando um táxi Mercedes prateado reduz a velocidade ao passar pela de Luca. O carro para no sinal vermelho. Há dois homens dentro, ambos na frente. Os olhos de Henning são atraídos para eles, porque estão olhando para Henning. E continuam olhando, mesmo o sinal tendo ficado verde.

O bonde atrás do táxi aciona a buzina e o Mercedes acelera devagar. Os olhos de Henning seguem o táxi que vira à direita na Nordregate e desaparece por trás da biblioteca. Claro que pode não ser nada, ele pensa. Mas também pode ser exatamente o contrário. Ele engole o resto do café, joga o copo de papel numa lixeira já abarrotada e caminha rumo à esquina. Procura o Mercedes, que dobrou à esquerda na Toftesgate, mas não consegue ver a placa nem o número da licença na capota.

Henning procura tirar o incidente da cabeça, mas não é fácil. Só teve tempo de ver que os dois homens no carro eram parecidos. Ambos morenos, cabelos pretos, barbas pretas. Irmãos, possivelmente? E imigrantes.

Coincidência?

Não seria melhor seguir caminho, antes que o Mercedes prata retorne? Seu destino é a rampa íngreme entre Markvei e Fredensborgvei, onde a corrente preguiçosa do rio Aker flui por baixo da ponte, mas resolve num capricho ir à loja de bebidas. Dessa vez, não tem nada a ver com a mãe.

No interior da loja, diante da vitrine, ele se esconde atrás dos clientes e finge olhar um folheto para observar a rua. Muitas Mercedes, muitas delas prateadas, mas nenhuma com dois homens morenos.

Algum tempo depois ele sai novamente à rua, olha para a esquerda e para a direita, antes de seguir a passos largos rumo à Escola de Comunicação de Westerdal. Sua respiração está mais acelerada do que o normal. E segue olhando por sobre o ombro.

Quando finalmente o trânsito fica para trás e ele se vê de novo nas dependências da faculdade, sua respiração começa a relaxar. Conclui que se a dupla do táxi estava mesmo vigiando-o, eles não eram lá muito bons nisso, já que conseguira enganá-los tão facilmente. Ou então estavam fazendo um ótimo trabalho, pois não conseguia mais vê-los. Devem ter dado uma paradinha só para olhar melhor seu rosto. E resolve esquecer tudo. São quase dez horas, é tempo de ter uma conversinha com o supervisor de Henriette Hagerup.

CAPÍTULO 36

A área em torno da faculdade havia mudado nos últimos dois dias. As câmeras se foram e com elas os falsos chorões. O santuário de Hagerup continua lá, mas não há mais velas ardendo. Ele nota mais cartões, dois buquês de flores e rosas que já estão murchando, mas nada de alunos aos soluços diante da sua foto. As poucas pessoas do lado de fora conversam sem sinal de tristeza nos olhos. Um casal de estudantes fuma na entrada.

Talvez seja final do período, pensa Henning, talvez estejam na época das provas finais. Ou as aulas já podem ter terminado. Isso pode tornar a história consideravelmente mais difícil de investigar, ou de ter uma solução.

Henning nota que os dois fumantes o olham fixamente quando ele entra no prédio. Logo à entrada vê uma área de recepção à sua esquerda, com um balcão semicircular e duas pessoas dentro.

Elas estão se agarrando e se beijando. Ele dá uma tossidela e põe as mãos em cima do balcão.

Os dois se assustam, dão uma risadinha e se voltam para ele, trocando olhares como quem diz "por-que-a-gente-não-vai-pro--motel". Ah, ter vinte anos novamente, Henning filosofa.

— Eu tenho uma reunião com Yngve Foldvik — ele diz. O rapaz, de cabelo rastafári e barba por fazer, aponta para uma escada.

— Suba essa escada até o primeiro andar, vire à direita e de novo à direita, e vai dar direto na sala dele.

Henning agradece ao Rastafári pela ajuda e já vai saindo quando se lembra de uma coisa.

— Será que você conhece a Anette?

— Anette?

Seu idiota, ele se diz, provavelmente aqui deve ter pelo menos umas quinze Anettes.

— Eu só sei o primeiro nome dela. Era amiga de Henriette Hagerup. As duas faziam o mesmo curso.

— Ah, sei, Anette Skoppum.

— Por acaso você a viu hoje?

— Não, acho que não. Você viu? — o Rastafári pergunta à namorada, que está mexendo no celular. Ela balança a cabeça e não ergue os olhos.

— Desculpe — ele diz.

— Sem problema — Henning diz e se vai.

De repente ele é envolvido por estudantes. Passa por alguns deles nas escadas. É como se o relógio tivesse voltado no tempo, uns doze ou treze anos. Relembra os tempos de Blindern, sua vida de estudante, época de poucas responsabilidades, festas, o estresse das provas, os intervalos para o café, os olhos alertas no auditório. Ele gostava daquela vida, de ser estudante, gostava de poder assimilar o máximo possível de conhecimento.

204

A sala de Foldvik é fácil de encontrar. Henning bate à porta. Nenhuma resposta. Ele bate novamente e confere o relógio. Falta um minuto para as dez. Bate pela terceira vez e baixa a maçaneta da porta. Trancada.

Ele olha em volta. O lugar está deserto. Vê um longo corredor cheio de portas. Na maioria lê-se Estúdio de Edição ou Sala de Ensaios. Nota um telão preto e um cartaz de cinema com os dizeres *Para Elise*.

O ruído de passos nas escadas leva-o a se virar. Um homem vem vindo em sua direção. Yngve Foldvik é exatamente como na fotografia, o mesmo cabelo repartido para o lado. Henning tem mais uma vez a forte sensação de conhecer o sujeito, mas não consegue saber de onde.

Resolve esquecer isso e vai ao encontro dele. Foldvik estende a mão.

— Você deve ser Henning Juul.

Henning confirma com a cabeça.

— Yngve Foldvik. Prazer em conhecê-lo.

Henning balança a cabeça em resposta. Algumas vezes, quando conhece alguém, ele fica impressionado com o jeito de falar da pessoa, com as frases que tende a usar. Nome e sobrenome, seguidos por um "prazer em conhecê-lo", por exemplo. Nada fora do comum. Mas que sentido faz alguém dizer que tem prazer em conhecer o outro, antes de saber se tem? Será que sua mera existência é segura e automaticamente um prazer?

Nora costumava dizer "oi, Nora ligando", quando telefonava para ele. Isso toda vez o deixava irritado, embora nunca reclamasse. Achava mais do que óbvio o fato de que fosse ela ligando, dado que ele estava segurando o telefone e falando com ela.

Frases feitas, pensa Henning. Nós nos cercamos de frases assim, sem refletir sobre o que elas sugerem, como são supérfluas e o quão pouco significam. Claro que ele espera que o encontro com Yngve Foldvik seja agradável porém, estritamente falando, não foi por causa disso que veio.

— Espero não tê-lo feito esperar muito — diz Foldvik num tom de voz afável.

— Acabei de chegar — Henning responde, entrando atrás dele na sala. É um estúdio pequeno. Há um imenso monitor de computador sobre uma mesa, duas telas de TV instaladas na parede, duas cadeiras e um expositor de pôsteres de cinema. As prateleiras estão tomadas por livros de referência e biografias que ele imediatamente vê que são todas sobre cinema. Nota ainda que Foldvik possui o roteiro de *Pulp Fiction - Tempo de Violência* em formato de livro. Foldvik se senta e oferece a outra cadeira. Rola a cadeira para perto da janela e a abre.

— Nossa! Está abafado aqui dentro — ele diz. Henning tem uma vista do estacionamento. Seus olhos se detêm num carro aguardando o sinal abrir na esquina de Fredensborgvei com Rostedsgate. É uma Mercedes prata. Um táxi Mercedes prata. Dessa vez, consegue ver o número da licença na capota.

A2052.

Resolve ir verificar o número assim que tiver oportunidade.

— Então, como posso ajudá-lo? — pergunta Foldvik. Henning pega o ditafone e faz questão de mostrá-lo a Foldvik, que balança a cabeça em sinal de assentimento.

— Henriette Hagerup — diz Henning.

— Sim, eu já imaginava.

Foldvik sorri. Tudo ainda é agradável.

— O que pode me dizer sobre ela?

Foldvik respira fundo e parece dar uma peneirada na memória. Fica pensativo e balança a cabeça.

— É...

Balança novamente a cabeça. Henning espera.

— Henriette era bastante talentosa. Muitíssimo inteligente e escrevia excepcionalmente bem. Eu já lecionei para muitos alunos, mas não consigo, de verdade, me lembrar de algum outro com mais potencial que ela.

— Em que sentido?

— Era absolutamente destemida. Gostava de provocar e o fazia, mas suas provocações tinham substância, se é que você me entende.

Henning faz que sim com a cabeça.

— Ela era bem vista pelos outros alunos?

— Henriette, sim. Era muito popular.

— Social, extrovertida?

— Muito, muito mesmo. Acho que nunca disse não a uma festa.

— Como era o ambiente dela na faculdade?

— Bom. Muito bom, eu diria. Este ano vinha se saindo particularmente bem. Faz parte da nossa filosofia de ensino permitir tudo no processo criativo. Vamos lá, abaixo as inibições, dê o melhor de si. Quem tem medo de ser julgado por quem o cerca não consegue nada. Isso é o alfa e o ômega, se você pretende criar algo. Para começar, é preciso superar a timidez.

Henning está quase convencido a se matricular neste curso, mas acorda e volta à realidade.

— Em outras palavras, aqui não existe ciúme?

— Não que eu saiba. Muito embora nós, professores, não saibamos de tudo — ele diz, rindo. Mas logo Foldvik alcança as implicações da pergunta de Henning.

— Você acha que foi por isso que ela foi morta? — ele pergunta. — Digo, por ciúme?

— Por enquanto eu não acho nada.

Estou parecendo um policial, Henning pensa. De novo.

— Eu pensei que o namorado dela já havia sido preso pelo assassinato.

— Ele é apenas um dos suspeitos.

— Sim, mas com certeza foi ele. Quem mais poderia ter sido? Henning tem vontade de dizer "por que você acha que eu estou aqui?", mas se contém. Quer manter um clima bom pelo maior tempo possível. Mas percebe que Foldvik passou para a defensiva.

— Não vou negar que possa haver algum atrito entre os alunos, mas isso não é raro entre pessoas criativas que têm concepções diferentes sobre os mesmos projetos.

— Alguns dos seus alunos têm pavios mais curtos do que outros?

— Não, eu não diria isso.

— Você não quer dizer ou não sabe?

— Não sei. E não tenho certeza de que diria a você caso soubesse.

Henning sorri consigo mesmo. Não se altera pelo clima ligeiramente menos agradável que se instalou nos últimos minutos.

— Uma companhia cinematográfica adquiriu os direitos de um roteiro que ela escreveu, é verdade?

— É, é verdade.

— Qual era a companhia?

— Descubra a Diferença Produções. Uma boa empresa, séria. Henning anota.

— É normal os alunos venderem projetos a companhias cinematográficas sérias antes de se formarem?

— Acontece. Há muitos produtores desesperados por aí afora em busca de coisas novas e interessantes. Mas, para ser honesto, muitos desses roteiros são bem ruinzinhos...

— Você está dizendo que alguns dos seus alunos tentam aprender a profissão enquanto a praticam ao mesmo tempo?

— É isso mesmo. E eu estaria mentindo caso não lhe dissese que vários acham que nem deveriam estar aqui, e sim lá fora, no mundo real, dirigindo, produzindo, escrevendo filmes.

— Então estamos falando de gente com egos enormes?

— Gente ambiciosa em geral tem muito disso. É engraçado, mas os mais talentosos costumam ter os maiores egos.

Henning concorda com a cabeça. Segue-se uma pausa. Um artigo de jornal emoldurado na parede prende sua atenção. É uma reportagem do Dagsavisen, com a fotografia de um rapazola. Só pode ser filho de Foldvik, ele pensa. A mesma boca, o mesmo nariz. O garoto parece estar na adolescência. O título é Código da Vinci Light. O artigo explica que Stefan Foldvik acabara de vencer um concurso de roteiros.

— Estou vendo que o interesse pelo cinema é coisa de família — diz Henning, apontando para o quadro. Às vezes ele faz isso durante uma entrevista, introduz algo fora do assunto, preferivelmente alguma coisa pessoal, um objeto que vê de relance, por exemplo. É difícil conseguir uma boa entrevista só falando de trabalho. Claro que é possível, mas é mais fácil quando você rompe as defesas do entrevistado, encontra algo de que ele não pode falar livremente, de preferência alguma coisa com a qual você se relacione. E é sempre uma boa ideia fornecer voluntariamente informações sobre a sua própria vida, isso transforma a entrevista numa troca informal. É bom que a pessoa esqueça que está sendo entrevistada. Muitas vezes a melhor informação surge daquilo que é dito espontaneamente.

E é isso que ele espera que irá acontecer com Foldvik. Foldvik olha para o artigo e sorri.

— É, muitas vezes é isso que acontece. Stefan ganhou o concurso quando tinha dezesseis anos.

— Uau!

— É, ele não é totalmente sem talento.

— Como Henriette Hagerup?

Foldvik reflete a respeito.

— Não, o talento dela era maior. Ou pelo menos dava essa impressão.

— O que está querendo dizer?

Foldvik parece pouco à vontade.

— Bom, o Stefan atualmente não parece muito comprometido com a escrita. Sabe como é. Adolescentes.

— Garotas, cervejas e vida de estudante.

— Precisamente. Eu mal o vejo. Você tem filhos?

Henning é pego de surpresa pela pergunta. Porque tem e não tem. E fracassou no preparo de uma resposta adequada, nunca pensou em uma, mesmo sabendo que essa pergunta lhe seria feita mais cedo ou mais tarde.

Então dá a resposta mais simples possível.

— Não.

Mas seu coração dói ao dizer isso.

— Filhos às vezes podem causar muito sofrimento.

— Humm.

O olhar de Henning se detém numa foto 4 x 6, também emoldurada, sobre a mesa de Foldvik. É a foto de uma mulher. Cabelos compridos, pretos, começando a ficar grisalhos. Ela não está sorrindo. Ele calcula que ela esteja na faixa dos 45 anos. A mulher de Foldvik.

E é nesse momento que Henning se lembra de onde já vira Yngve Foldvik.

A mulher de Yngve Foldvik se chama Ingvild. Henning se lembra de tudo agora. Ingvild Foldvik fora brutalmente estuprada, alguns anos atrás, não muito longe de Cuba Bro. Ele sabe porque esteve no julgamento, cobrindo a história. Yngve não saía da sala do tribunal, ouvindo todo santo dia os detalhes mais grotescos do caso que eram ali expostos.

Henning se lembra de Ingvild Foldvik no banco de testemunhas, de como ela tremia, de como fora traumatizada pelo homem que a havia espancado e estuprado. Não fosse um homem corajoso e muito forte estar passeando com seu cachorro naquela noite, e ela teria provavelmente sido morta. Foi horrivelmente mutilada com uma faca. Pelo corpo todo. O estuprador pegou cinco anos. Ingvild, perpétua. E Henning agora pode perceber que as feridas ainda precisam sarar. Os pesadelos. E possivelmente também os gritos.

Ele arquiva a lembrança após a satisfação passageira de finalmente poder atribuir um nome a um rosto.

— O que Henriette escrevia?

— Curta-metragens, basicamente.

— Sobre o quê? Você disse que ela gostava de provocar...

— Henriette conseguiu realizar dois curtas enquanto... enquanto estava aqui. Um deles se chamava Quando o Diabo Bate à Porta e era sobre incesto; o outro se chamava Branca de Neve. A história falava de uma garota que fica viciada em cocaína. Filmes extremamente inteligentes. Ela ia fazer o terceiro.

— O que seria rodado em Ekeberg Common?

— Isso.

— Mas por que agora? Tão próximo das férias de verão?...

— Eu acho que ele se passa no começo do verão. É importante que cada detalhe seja o mais autêntico possível; isso agrega credibilidade ao filme.

— Sobre o que era?

— O terceiro filme?

— É?

— Não conheço os detalhes, só o discutimos muito rapidamente.

— Mas do que você se lembra?

Foldvik suspira.

— Acho que ela queria fazer alguma coisa sobre charia.

Henning engole em seco.

— Charia?

— É.

Ele pigarreia, procura ordenar os pensamentos que o estão bombardeando. A primeira coisa que se torna clara é a mensagem que Anette escreveu para Henriette.

— Anette Skoppum trabalhava com Henriette Hagerup neste filme?

Foldvik confirma com a cabeça.

— Henriette escreveu o roteiro e Anette iria dirigi-lo. Mas, conhecendo Anette, ela provavelmente também teve bastante influência no roteiro.

Anette, pensa Henning. Preciso encontrá-la. E se ele tem cem por cento de certeza de alguma coisa é que o filme que as duas iriam fazer tem relação com o crime.

— Você sabe se ela ainda está aqui ou se foi passar o verão em casa?

— Acho que ainda está aqui. Eu a vi ontem. E devo encontrá-la daqui a dois dias, se bem me recordo, por isso é pouco provável que já tenha ido embora.

— Você teria um número de telefone onde eu possa localizá-la?

— Tenho, mas não estou autorizado a dá-lo a você. E não sei se quero ver você infernizando meus alunos. Todo mundo está muito abalado.

Eu sei, pensa Henning. E deixa para lá.

— O roteiro do curta metragem, você teria uma cópia dele?

Foldvik dá outro suspiro.

— Como eu falei, Henriette e eu mal falamos sobre ele. Ela me disse que o mandaria por email para mim quando terminasse, mas eu nunca o vi.

— O que será do filme agora?

— Ainda não resolvemos. Mais alguma coisa? Tenho outra reunião.

Foldvik se levanta.

— Não, creio que não — responde Henning.

CAPÍTULO 37

O Rastafári continua na recepção quando Henning retorna ao térreo. Meu Deus, ele pensa, o cara está tentando ressuscitar a coitada da garota. Henning pigarreia. O Rastafári olha. O pudor da juventude, que Yngve Foldvik tanto enaltecera, tinha definitivamente desaparecido por completo.

— Muito obrigado pela ajuda — começa Henning. — Foi muito fácil encontrar a sala de Foldvik.

— Sem problema.

O Rastafári molha os lábios.

— Estava pensando se poderia lhe pedir mais um favorzinho. Sou repórter e estou trabalhando numa reportagem sobre Henriette Hagerup e seus colegas de turma, como eles conseguem ir em frente depois dessa coisa terrível que aconteceu. Não vai ser nada muito invasivo, só uma matéria mais abstrata baseada no silêncio que se segue e como um trauma assim pode afetar um grupo de alunos.

Se existisse um prêmio para embromação, Henning estaria entre os indicados, sem a menor dúvida. O Rastafári balança a cabeça para demonstrar que está entendendo.

— Em que posso ajudá-lo?

— Eu gostaria de uma lista dos colegas dela. Será que você poderia me conseguir uma aí no seu computador?

— Claro, acho que posso. Espere — ele diz e agarra o mouse. Clica e aperta algumas teclas. O brilho da tela se reflete em seus olhos.

— Quer uma cópia impressa? — pergunta o Rastafári.

Henning sorri.

— Sim, por favor. Seria ótimo.

Clica, digita. Perto deles, uma impressora entra em ação. Uma página salta. O Rastafári a pega e entrega a Henning com um ar sorridente de dever cumprido.

— Beleza. Muitíssimo obrigado — diz Henning pegando a folha de papel. Ele examina rapidamente os nomes, vinte e dois no total. Um dos cartões que lera no seu primeiro dia de visita à faculdade lhe vem logo à cabeça. *Sinto sua falta, Henry. Sinto demais sua falta. Tore.*

Tore Benjaminsen.

— Desculpe — ele diz ao seu Bom Samaritano do outro lado do balcão. O Rastafári está quase recomeçando a devorar o que restou da namoradinha, mas se volta ao som da voz de Henning.

— Sim?

— Você conhece Tore Benjaminsen?

— Tore, claro. Claro que conheço. Todo mundo conhece o Tore, hehe.

— Ele está aqui agora? Você o viu?

— Eu o vi aí fora, em algum lugar.

Henning se vira para a saída.

— Como ele é?

— Cabelos curtos, baixinho, magro. Acho que estava de jaqueta azul marinho. Como sempre.

— Obrigado por sua ajuda — diz Henning, dando um sorriso.

O Rastafári levanta a mão e faz uma leve reverência de cabeça. Henning sai e olha em torno. Só leva um segundo para localizar Tore Benjaminsen. Ele está curtindo um cigarro; era um dos fumantes por quem Henning passou ao chegar cerca de uma hora atrás.

Tore e a garota, que também está fumando, notam Henning antes que ele os alcance. Percebem que ele quer alguma coisa e param de falar.

— Você é o Tore? — Henning pergunta. Tore Benjaminsen faz que sim com a cabeça. Henning agora o reconhece. Ele foi entrevistado por Petter Stanghelle dois dias atrás, do lado de fora da faculdade, sob a garoa. Henning não leu o que Tore falou sobre a amiga morta, mas se lembra da cueca Björn Borg que ele usava.

— Henning Juul — ele se apresenta. — Trabalho no 123news. Estava pensando se nós poderíamos bater um papo?

Tore olha para a garota.

— Até daqui a pouco — ele anuncia com grandiloquência. Não vai ser difícil massagear o ego de Tore.

A mão de Tore parece de criança quando Henning a aperta, e os dois se sentam num banco ali perto. Tore pega seus cigarros, escolhe um amiguinho branco e oferece outro a Henning. Henning recusa educadamente, mas seus olhos se demoram sobre o velho conhecido.

— Eu pensei que Henriette já fosse notícia de ontem?

— Por um lado, sim. Por outro, não.

— Imagino que assassinato nunca é coisa de ontem — Tore diz acendendo o cigarro.

— Não.

Tore devolve o isqueiro ao bolso da jaqueta e inala profundamente. Henning o observa.

— Henry era uma ótima garota. De muitas maneiras. Muito carinhosa com as pessoas. Talvez até um pouco demais.

— O que quer dizer com isso? — Henning pergunta, no exato instante em que lhe ocorre que deveria ter ligado o ditafone. Agora é tarde.

— Era extremamente extrovertida e, digamos assim, quase exageradamente carinhosa com as pessoas, se você me entende.

Tore dá outra tragada e sopra a fumaça, em seguida olha ao redor. Cumprimenta uma garota que vai passando.

— Ela gostava de flertar?

Ele confirma com a cabeça.

— Acho que aqui não há ninguém com alguma coisa entre as pernas que, em algum momento, não tenha se sentido atraído...

Ele para e balança a cabeça.

— É muito triste — ele prossegue. — Ela ter morrido.

Henning concorda em silêncio.

— Você viu alguma vez o namorado dela?

— Mahmoud Marhoni?

Tore cospe o nome esticando ao máximo o "h" mudo.

— É?

— Não consigo entender o que a Henry viu naquele escroto.

— Ele era escroto?

— Um tremendo de um escroto. Dirigia por aí uma BMW imensa e se achava o maioral. Sempre jogando dinheiro fora.

— Quer dizer que ele era um esbanjador?

— É, mas de um modo totalmente equivocado. Ficava exibindo o cartão de crédito e dizia aos amigos da Henry que as bebidas eram por sua conta. Como se quisesse provar desesperadamente que era "o" cara. Não me surpreenderia se...

Ele se interrompe mais uma vez.

— O que não o surpreenderia?

— Eu já ia dizer que não me surpreenderia se ele fosse traficante de drogas, mas sei que isso soa como racismo.

— Talvez, mas e se for verdade?

— Não sei nada disso. E só porque falei, não significa que eu seja racista.

— Eu não acho que você seja racista.

— Mas ele não a merecia. Era realmente um sujeito nojento.

Tore termina o cigarro e joga a guimba no chão sem pisar em cima. O amiguinho branco fica ali caído, soltando uma fumaça cinza-azulada, junto a uma poça.

— Como era a relação dos dois?

— Tormentosa, acho que podemos dizer assim.

— Como?

— Era um grande vaivém. E Mahmoud fazia o tipo ciumento. Embora, pela maneira como Henry se comportava, desse para entender por quê.

Henning pensa novamente na charia.

— Alguma vez ela foi infiel?

— Não que eu saiba, mas não seria nenhuma surpresa. Ela era muito exibida, adorava ser o centro das atenções numa pista de dança. Usava roupas muito provocantes.

Ele desvia o olhar com uma expressão de tristeza.

— Tinha alguém com quem ela flertava mais do que com outros?

— Muitos. Havia, hã, muitos...

— Você também era louco por ela?

Henning levanta os olhos do bloco de notas e encara os olhos de Tore. Tore sorri e olha para o chão. Dá um suspiro.

— Nunca havia lugar vago à mesa de Henriette. Praticamente todo mundo do curso queria trabalhar com ela. Eu virei logo amigo dela. Tivemos bons momentos juntos, Henry e eu. Estávamos sempre flertando. Eu tinha acabado um relacionamento quando nós nos conhecemos e nós conversamos muito sobre isso. Era muito generosa, humana e afetuosa. Era do tipo que sabe ouvir. E toda vez que eu me abria com ela, me dava um abraço. Um abraço apertado. E olha que eu me abri muito com ela nesses seis meses — ele diz, rindo.

Henning é capaz de imaginar, é capaz de imaginá-la. Linda, doce, aberta, social, namoradeira. Quem não gostaria de ficar perto de um raio de sol desses?

— Era fácil confundir o carinho com outra coisa, como um convite, e um dia eu fui longe demais. Tentei beijá-la e...

Ele balança de novo a cabeça.

— Bom, o que aconteceu é que eu tinha interpretado mal os sinais. Primeiro fiquei furioso, achei que ela havia me dado corda, me prendido em sua teia para depois me rejeitar. Como se fosse esse o seu jogo. De gato e rato, cu doce. E passei umas duas semanas zangado com ela, mas superei. Uma noite, quando saímos, em grupo, conversamos a respeito. Ela só queria ser minha amiga, nada mais. Eu concluí que era melhor ser seu amigo do que ficar gastando energia curtindo rejeição e, a partir dali, viramos grandes amigos.

— Você se sentiu mal quando ela se juntou ao Mahmoud?

— Não, não mesmo. Eu sabia que ela não me queria. Mas... sentir ciúme não é crime, certo?

Henning concorda com a cabeça. Tore dá uma bela tragada, gulosa, no novo cigarro.

— Você tem alguma ideia de quem possa ter matado Henriette?

Tore olha fixamente pare ele.

— Você não acha que foi Mahmoud?

Henning para por um instante, sem saber se deve se mostrar excessivamente franco; algo lhe diz que Tore é meio fofoqueiro. Então responde:

— Bom, ele foi preso, mas nunca se sabe.

— Se não foi Mahmoud, então eu não sei quem pode ter feito isso.

— Você sabe se Henriette tinha outros amigos muçulmanos, além de Mahmoud?

— Muitos. Ela era amiga de todo mundo. E todo mundo queria ser amigo dela.

— E Anette Skoppum?

— O que tem ela?

— Trabalhava com Henriette, foi o que eu soube.

Tore confirma com a cabeça.

— Você a conhece bem?

— Não, muito pouco. Ela é o oposto completo de Henriette. Quase não fala. Ouvi dizer que sofre de epilepsia, mas nunca a vi tendo uma crise. Raramente relaxa. Pelo menos quando está sóbria. Mas quando bebe...

— Aí ela se revela?

— Bom, é uma forma de ver a coisa. Sabe o que ela costuma dizer quando fica de pileque?

— Não, o quê?

— De que adianta ser um gênio se ninguém sabe disso? — Tore imita o jeito de falar de Anette e sorri.

— Se há alguém com um bom motivo para ter problemas de autoestima é ela. Não é lá muito talentosa. E eu sei de pelo menos três caras que andaram se metendo com ela quando estava bêbada. Acho que deve ser lésbica.

— O que faz você dizer isso?

— Provavelmente eu estou sendo babaca. É só uma impressão minha. Isso nunca lhe aconteceu? Sentir que sabe coisas intuitivamente sobre uma pessoa?

— Acontece toda hora — Henning responde abrindo um sorriso.

— Ela era uma grande admiradora da Henriette, com certeza, isso era visível. Mas todo mundo era. Que desperdício — diz Tore balançando novamente a cabeça.

— Eu gostaria de falar com Anette. Por acaso você teria o número do celular dela?

Tore pega seu celular. É um Sony Ericsson azul escuro reluzente.

— Acho que sim.

Ele aperta algumas teclas e vira o aparelho para Henning, que lê os oito dígitos e anota.

— Obrigado — ele diz. — Não tenho mais nenhuma pergunta. Você gostaria de acrescentar alguma coisa?

Tore se levanta do banco.

— Não. Mas espero que a polícia tenha prendido o sujeito certo. Eu gostaria de...

E para.

— Gostaria do quê?

— Deixa pra lá. De qualquer forma, agora é tarde demais.

Tore Benjaminsen estende a mão para Henning e começa a caminhar em direção à entrada do prédio.

— Obrigado pela conversa.

— Igualmente.

Henning fica sentado olhando para ele. Tore procura bancar o durão, e anda com as calças caindo. Björn Borg está no mesmo lugar hoje.

CAPÍTULO 38

Ele continua mais algum tempo sentado no banco depois que Tore se vai. Nos últimos dias tem frequentado muitos bancos por aí. E isso é legal. Muito bom. Aqui não tem a mortal doce-amarga. Nenhum sinal de Anette. As pessoas vêm e vão. Os olhos de Henning não se cansam de observar os degraus vermelhos da entrada. E sempre se decepcionam. Resolve ligar para ela. Antes de digitar o número, vê a hora: 13:30 já. Pensa nas represálias que o aguardam caso não apareça na célebre reunião de equipe, mas aposta que Sture, em nome dos velhos tempos, lhe dará depois uma versão resumida. Além do mais, Henning tem uma clara noção do que o chefe dirá:

Devido a flutuações imprevistas no mercado publicitário, nos vemos forçados a reduzir custos. No curto prazo, não vai impactar na equipe, mas isso pode ocorrer no longo prazo, se não produzirmos mais páginas. Quanto mais páginas são lidas, mais rapidamente po-

demos revender espaços para novos patrocinadores. No entanto, como já vendemos todo o espaço publicitário disponível, temos que gerar mais páginas. Isso significa que precisamos tomar decisões em relação às matérias que escrevemos. Precisamos ser mais críticos na seleção de material. E blablablá...

Alguns encherão a boca para falar em integridade, e em "importância e relevância", e Henning sabe que Sture dirá que concorda com quase tudo isso, mas exigirá ainda mais eficiência. E ainda mais eficiência para um jornal *online* que pretende sobreviver significa mais sexo, mais tetas e bundas e mais pornografia. É isso que a maioria das pessoas deseja. Podem até dizer que não, mas elas continuam clicando nisso quando dispõem de alguns minutos, sempre querendo dar uma olhadela nos peitinhos e bundinhas usados como isca. Os jornais *online* sabem disso, eles têm números e estatísticas que provam que esse tipo de coisas gera acessos e, com base nesses critérios, a opção é simples.

Heidi provavelmente se sentirá incomodada, pensa Henning, mas ela é a gerência de nível intermediário e não tem outra escolha que não cumprir as ordens de cima. E jamais dirá qualquer coisa publicamente contrária à gerência superior ou às suas decisões insensatas. Isso ela aprendeu em sua trajetória de gerência média.

Henning telefona para Anette e espera que ela atenda. Seu celular toca onze vezes até que ela responde.

— Alô?

A voz de Anette é fraca e desconfiada.

— Anette, meu nome é Henning Juul. Trabalho no 123news. Nós nos vimos rapidamente na segunda-feira.

— Não tenho nada a lhe dizer.

— Espere, não desligue...

O telefone fica mudo. Ele se xinga, olha em volta. Um homem de macacão se aproxima. Carrega um balde.

Vou ligar de novo, pensa Henning, vou fazer isso, mesmo sendo uma estratégia de alto risco. Posso até deixá-la ainda mais arredia. Pressionar as pessoas raramente compensa, mas ela não está me dando alternativa.

De início, escuta um toque, mas logo é convidado a deixar uma mensagem. Droga, ela me bloqueou, ele pensa, enquanto vê outro homem de macacão. Decide mandar uma mensagem de texto:

EU SEI QUE VOCÊ NÃO QUER FALAR COMIGO, MAS NÃO QUERO UMA ENTREVISTA. ACHO QUE HENRIETTE FOI ASSASSINADA POR CAUSA DO FILME QUE VOCÊS ESTAVAM FAZENDO. É SOBRE ISSO QUE GOSTARIA DE CONVERSAR. PODEMOS NOS VER?

Henning aperta 'enviar' e espera. E espera. E espera. Nada de resposta. Ele xinga novamente. E agora?

Não, pensa. De jeito nenhum. Escreve outra mensagem:

SEI QUE VOCÊ ESTÁ COM MEDO, ANETTE. SOU CAPAZ DE JURAR QUE SIM. MAS EU ACHO QUE POSSO AJUDAR. POR FAVOR, ME DEIXE AJUDÁ-LA?

'Enviar' de novo. Ele tem consciência de que começa a parecer desesperado, o que não está muito longe da verdade. Tem um sobressalto quando seu celular apita, poucos segundos depois. Ele abre o texto.

NINGUÉM PODE ME AJUDAR.

Seu sangue se agita. As coisas estão ficando extremamente interessantes. Ele responde:

ISSO VOCÊ NÃO SABE, ANETTE. SE ME DEIXAR VER O ROTEIRO, TALVEZ

POSSAMOS CONTINUAR DAÍ. PROMETO SER DISCRETO. SE NÃO QUISER
ME ENCONTRAR, TALVEZ POSSA MANDAR POR E-MAIL? MEU ENDEREÇO É
HJUUL@123NEWS.NO.

'Enviar'.

A eternidade comprimida em segundos. Os quais ele ouve passar.

Não, pensa. Isso não vai dar certo. Anette se foi. Ela não quer ser uma fonte, nem mesmo confidencial. Henning tem o consolo de ter tentado. Mas não tem tempo para ficar se lamentando. Levanta-se e vai andando.

Seu celular apita novamente. Quatro bipes rápidos.

GODE CAFÉ. DAQUI A UMA HORA.

CAPÍTULO 39

Bjarne Brogeland suspira. Está lendo um documento na tela do computador, mas ficar tanto tempo espremendo os olhos já está lhe dando dor de cabeça. Preciso de um intervalo, diz consigo mesmo. Bem longo. Talvez eu pudesse perguntar a Sandland se ela não gostaria de almoçar até mais tarde em algum lugar, falar um pouco de trabalho, discutir o caso, e um pouco de sexo. Maldito cu doce. Vou ter que dar um jeito nisso logo, se não...

Os pensamentos de Brogeland são interrompidos por uma janela que surge na tela. O rosto de Ann-Mari Sara, perita forense, ocupa a tela via *webcam*. Brogeland chega para frente na cadeira e aumenta o volume.

— Fizemos algum progresso com o *laptop* — ela diz.

— O *laptop* do Marhoni?

— Não. Do Mahatma Gandhi. De quem mais seria?

— Descobriram alguma coisa?

— Ah, acho que podemos dizer que sim, com certeza.

— Ok, espere aí. Tenho que chamar a Sandland.

— Não é preciso. Vou mandar para você por e-mail o que eu descobri. Só queria saber se estava por aí.

— Ok.

Brogeland se levanta e vai até o corredor. Qualquer pretexto para bater à porta de Sandland precisa ser explorado. Ele a abre. Ela está ao telefone. Apesar disso, Brogeland sussurra pronunciando bem as palavras:

— O *laptop* do Marhoni.

Faz um gesto em direção à sua sala, embora não haja necessidade disso. Ela vai receber uma cópia do *e-mail*. Sandland diz que já está indo.

Oh, como eu quero que você venha, pensa Brogeland fechando a porta ao sair. Ele retorna à sua sala e desaba na cadeira. Abre a caixa de correspondência e vê que entrou um *e-mail* de Ann--Mari Sara. Ele clica e baixa o anexo.

Nesse exato instante Sandland entra.

— *Timing* perfeito — diz Brogeland. Sandland se posta atrás da cadeira dele e se debruça sobre seu ombro. Brogeland mal consegue se conter. Ela nunca tinha ficado assim tão pertinho. Dá para sentir seu perfume, seu...

Não. Nem é bom pensar.

Ele lê a mensagem de Ann-Mari Sara em voz alta:

O HD FOI SERIAMENTE DANIFICADO E HÁ MUITA INFORMAÇÃO, AINDA TEMOS QUE RESTAURAR. MAS ACHO QUE JÁ PODEMOS TER CHEGADO AO MAIS IMPORTANTE. CLIQUE NO ANEXO E VAI ENTENDER O QUE QUERO DIZER.

Brogeland clica no anexo e olha para a tela com grande expectativa. Quando surge a imagem, ele se vira e olha para Sandland.

Ambos sorriem. Brogeland volta a atenção para o computador, clica em 'responder' e digita:

BOM TRABALHO, AMS. MAS CONTINUE TRABALHANDO NO HD. PODE HAVER MAIS INFORMAÇÕES DE QUE PODEMOS PRECISAR.

Brogeland esfrega as mãos e pensa que está entrando na última volta.

A volta olímpica.

CAPÍTULO 40

Café geralmente faz falta, menos quando ele está tenso. Ou quando está esperando alguém. Ou quando a hora sugerida por Anette já passou faz muito tempo.

Ele escolheu uma mesa à janela no Gode Café, onde pode ficar de olho no trânsito e nas pessoas andando pela calçada, à distância de apenas um braço. Outra razão para se sentar aqui é que fica perto da saída. Caso aconteça alguma coisa.

O que está havendo, Anette? Ele se impacienta, e pensa que se isso fosse um filme, Anette jamais chegaria. Alguém a pegaria, tiraria dela aquilo que Henning estava procurando e daria um jeito para que seu corpo nunca fosse encontrado. Ou talvez nem se dessem ao trabalho de escondê-lo.

Balança a cabeça, mas na verdade está tentando espantar o pensamento de que ela já está mais de trinta minutos atrasada. Procura imaginar o que pode ter acontecido. Ela pode ter recebido alguma visita inesperada, ou quem sabe a mãe tenha ligado, ou estava esperando a máquina de lavar terminar de bater ou o entregador da Peppe's Pizza tinha ultrapassado a tradicional meia hora? Não. Pouco provável, a essa hora do dia. Talvez ela pura e simplesmente não seja pontual? Tem muita gente assim, mas Anette não dera a impressão de ser do tipo. Ela é uma dessas que tentam; que tentam fazer algo da própria vida, realizar suas ambições.

Possivelmente é um exagero tirar tais conclusões após um breve encontro, mas ele é bom em interpretar as pessoas: quem é ranzinza, quem é bonachão, quem é autêntico e não uma farsa, quem bate na mulher, quem se deixa tentar por tomar todas quando a ocasião se apresenta, quem não está nem aí para nada e quem tenta. Ele tem quase certeza de que Anette é das que tentam, e acha que ela vem tentando faz muito tempo. É por isso que ele está começando a se sentir um pouco ansioso.

Mas aí a porta do Gode Café se abre. Ele se sobressalta quando percebe que é Anette. Ela parece diferente de dois dias atrás. O medo ainda está presente em seus olhos, mas agora parece ainda mais fechada. Puxou o capuz para cima da cabeça. Não está usando maquiagem e dá a impressão de suja. Anda curvada. Carrega uma mochila. Uma mochilinha cinza sem grife, mas coberta de adesivos.

Ela o vê, corre os olhos pelo salão e vai até ele. Em nove entre dez casos, ele teria recebido um esporro. Malditos jornalistas, que não deixam em paz as pessoas, que não têm vergonha na cara. Ele já havia escutado isso tudo antes. E fizera efeito no passado, mas não agora.

Anette para diante da mesa. Não se senta. Olha para ele enquanto pega a mochila. A julgar pelos adesivos, tem viajado bastante. Ele vê nomes de cidades exóticas de países distantes. Assab

(Eritreia), Nzérékoré (Guiné), Osh (Quirguistão), Blantyre (Malawi). Ela arria com força a mochila em cima da cadeira.

— Posso pedir uma bebida para você?

— Não vou demorar.

Ela pega uma pilha de papéis da mochila, joga-a à frente dele e fecha a mochila com um movimento rápido. Põe a mochila nas costas novamente, gira nos calcanhares e vai saindo.

— Anette, espere.

A voz sai mais alta do que ele pretendia. As pessoas olham. Anette para e se volta. Tomara que ela perceba a urgência nos meus olhos, pensa Henning, ternura, sinceridade.

— Por favor, tome um café comigo.

Anette não faz nada, fica só olhando para ele.

— Tudo bem, café não, tem gosto de merda, mas e um café com leite? Um chá? Chai? *Eins, zwei, chai?*

Anette dá um passo na direção dele.

— Estamos bancando os comediantes?

Ele se sente como um garoto de doze anos que é flagrado colando na prova.

— Como eu já falei: não tenho nada a lhe dizer.

— Então por que está me dando isso? — ele pergunta, mostrando a pilha de papéis à sua frente. Na primeira página lê-se:

UMA CASTA DE CHARIA

ESCRITO POR HENRIETTE HAGERUP

DIRIGIDO POR ANETTE SKOPPUM

Ele faz um esforço para se controlar. Quer ler ali mesmo.

— Assim você vai entender.

— Mas...

— Por favor... Não tente me ajudar.

— Mas, Anette...

Ela já está indo embora. Ele tenta se levantar, mas se dá conta da inutilidade e do absurdo desse ato. Então grita para ela:

— De quem você tem medo, Anette?

Ela baixa a maçaneta da porta sem olhar para trás nem responder. Apenas sai. Ele olha na direção em que acha que ela deve estar andando, sozinha, com sua mochila, e fica se perguntando se não haveria mais alguma coisa dentro dela. Uma muda de roupa? Um filme? Um livro?

Ou quem sabe uma arma paralisante.

O pensamento surge assim, do nada. Mas ele o saboreia, agora que está ali. É um pensamento bem interessante. Afinal, quem conhece o roteiro melhor do que Anette?

Não, diz Henning para si mesmo. Se Anette tivesse algo a ver com o assassinato da amiga, por que me deixaria ler o roteiro? Por que ela me ajudaria a entender? Descarta a ideia. Uma coisa totalmente descabida. Preciso ler o roteiro, ver se ele me dá alguma pista.

Tem que haver alguma coisa.

CAPÍTULO 41

Lars Indrehaug, o advogado de Marhoni, corre os dedos pela franja e a joga para as têmporas, para longe dos olhos. Sujeito escroto, pensa Brogeland. O que eu não gostaria de fazer com você numa sala à prova de som, num dia em que as câmeras estivessem desligadas... Sonhos e realidade. Dois conceitos completamente distintos, lamentavelmente. A ideia se torna ainda mais frustrante porque a Sargento Sandland está sentada a seu lado. Brogeland olha os papéis sobre a mesa, aciona um interruptor e depois o outro. Eles prepararam o interrogatório com todo esmero, reuniram as provas e combinaram como apresentá-las. Mesmo que Sandland ainda tenha dúvidas de que Marhoni é culpado, ele precisa elaborar respostas convincentes para as perguntas que irão fazer.

Brogeland adora falar de trabalho com Sandland, sente prazer em ver seus lábios quando ela fica séria, determinada, tomada de indignação pelo bem da sociedade. Aguarda ansioso para ver a satisfação nos olhos dela quando cruzar a linha de chegada. Ah, se ela expressasse toda essa satisfação em cima dele...

Interruptor errado, Bjarne.

Mahmoud Marhoni se senta ao lado de Indrehaug. Marhoni está zangado, pensa Brogeland. Consternado com a morte do irmão, perplexo por continuar preso. Sua couraça já revela sérias rachaduras. Parece ainda mais sujo. Dois dias sem uma navalha e uma régua são suficientes para fazer isso com um rosto acostumado a toalhas quentes todas as noites.

E essas não são as únicas coisas com que você terá que se acostumar daqui em diante, Mahmoud, pensa Brogeland. Ele faz um sinal para Sandland dar início à parte formal do interrogatório: a apresentação dos presentes e as razões para estarem ali. Em seguida ela olha para Marhoni.

— Meus pêsames — diz Sandland, com uma voz bem melosa. Marhoni olha para o advogado sem entender bem.

— Lamento por seu irmão — ela acrescenta. Marhoni agradece com a cabeça.

— Obrigado — ele diz.

— Estamos fazendo todo o possível para descobrir quem fez isso. Mas talvez você já saiba?

Marhoni olha para ela.

— Não sei do que você está falando.

— Você está envolvido com os Bad Boys Incendiários, Mahmoud?

— Não.

— E com Yasser Shah?

Marhoni balança a cabeça.

— Responda à pergunta.

— Não.

— Seu irmão conhecia algum deles?

— Se eu não sei quem são, como posso saber se o meu irmão tinha algo a ver com eles?

Muito bem, Marhoni, pensa Brogeland. Escapou da armadilha.

— Nós conseguimos salvar o conteúdo do seu *laptop* — Brogeland continua e fica à espera de uma reação. Marhoni procura aparentar despreocupação, mas Brogeland nota que por dentro ele está em ebulição. Embora nós não saibamos de tudo, pensa Brogeland. Ainda não.

Mas Marhoni não sabe disso.

— Você tem certeza de que não quer mudar as respostas que acaba de dar à minha colega? — pergunta Brogeland.

— Por que iria querer?

— Para evitar mentiras.

— Eu não minto.

—Ah, não?! — Brogeland ironiza.

— Talvez seja melhor o senhor confrontar diretamente o meu cliente em vez de ficar com insinuações — diz Indrehaug. Brogeland lança um olhar dardejante na direção do advogado antes de se dirigir novamente a Marhoni.

— Quantas pessoas, além de você, usam seu *laptop*, Mahmoud?

— Ninguém.

— Você nunca o emprestou a outra pessoa?

— Não.

— Nem com você olhando?

— Não.

— E está absolutamente certo disso?

— Estou.

— Detetive...

Indrehaug ergue as mãos e dá um leve suspiro. Brogeland sorri.

— O que você fazia na caixa de *e-mails* de Henriette Hagerup no dia em que ela foi morta?

Marhoni olha para cima.

— O quê?

— Por que você estava lendo os *e-mails* da sua namorada?

Brogeland registra que Marhoni parece surpreso.

— E qual é o problema disso?

Brogeland empurra uma folha de papel para o outro lado da mesa. É uma fotografia de Henriette Hagerup atracada a um homem. Não dá para ver o rosto do homem, só a nuca. Ele tem cabelos pretos e finos. Marhoni olha a foto.

— Quem é esse, Marhoni?

Ele não responde.

— Essa fotografia foi encontrada na caixa de *e-mail* da sua falecida namorada, que foi aberta do seu *laptop* no dia em que ela morreu. Quer comentar isso?

Marhoni olha novamente a foto.

— Quem mandou o *e-mail*? — ele pergunta.

— Isso é problema nosso. Estou perguntando mais uma vez, você conhece o homem na fotografia?

Ele balança a cabeça.

— Você entende que isso não é bom para você, Mahmoud?

Marhoni ainda não tem nada a dizer. Brogeland suspira. Indrehaug olha para o seu cliente. Marhoni coça a palma da outra mão com o polegar. Sandland e Brogeland não falam nada; ficam esperando que ele desabe.

— Não fui eu — ele murmura de repente.

— O que foi que você disse?

— Eu não olhei os *e-mails* dela.

Brogeland revira os olhos como se acabasse de sofrer a maior injustiça do mundo.

— Você disse agora mesmo que era a única pessoa que usava o *laptop*. Não é mais o caso?

Marhoni balança a cabeça.

— Não pode ser.

— Quer dizer que alguém mais usou seu *laptop*, sem o seu conhecimento, para ver uma fotografia da sua namorada nos braços de outro homem? É isso que você está nos dizendo?

Marhoni confirma com a cabeça, bem devagar.

— Quem poderia ter feito isso? Seu irmão? Henriette?

— Eu não sei.

— Foi por isso que os dois morreram, Mahmoud?

— Não sei.

— Não, você não sabe.

Brogeland suspira e olha para Sandland. Ela observa o rosto de Marhoni em busca de algum sinal ou expressão reveladora.

— O que você acha da charia? — prossegue Brogeland.

— Charia?

— É. A banda paquistanesa. Tocou no Festival Mela há coisa de um ano.

— Detetive...

— Sei que não tem graça. Mas responda à pergunta: o que acha da charia, das leis da charia? Elas expressam uma concepção das mulheres com a qual você concorda, Mahmoud?

— Não.

— Você acha que apedrejar uma mulher, por exemplo, é um castigo aceitável para infidelidade? Ou decepar as mãos de quem rouba?

Brogeland não espera uma resposta. Marhoni parece confuso.

— Com quem Henriette teve um caso, Mahmoud?

— Se você é inocente e deseja se ajudar, eu recomendo fortemente que comece a falar já.

— Quem é o homem da fotografia?

Brogeland e Sandland falam ao mesmo tempo. Marhoni suspira.

— Quanto mais tempo você prolongar isso, pior vai parecer.

— Quem era o homem com quem ela teve um caso?

— Foi por isso que você a matou?

— Quem você está protegendo?

Marhoni levanta a mão.

— Vocês não estão entendendo nada.

Ele baixa os olhos, balançando a cabeça.

— Então nos ajude — diz Brogeland. Olha para Marhoni, esperando que ele se explique.

— Henriette nunca foi infiel — diz Marhoni, após pensar por um longo tempo.

— O que você disse?

— Henriette nunca me traiu.

— Então como você explica essas mensagens de texto? *Desculpe. Não significou nada. ELE não significa nada. É você que eu amo, só você. Podemos conversar sobre isso? Por favor?*

Brogeland olha duro para Marhoni.

— E quer me dizer que ela nunca foi infiel?

— É, ou, eu não sei.

— Não, você não sabe. Quem sabe se você puder dar uma resposta melhor do que essa, aí...

— Ela nunca me disse que tinha outro.

— Quer dizer então que o conteúdo das mensagens de texto não faz sentido para você?

— Não.

— Vocês nunca tiveram uma discussão como essa antes?

— Nunca.

— Desculpe, mas você vai ter um grande problema para convencer o júri. E você sabe disso, senhor Indrehaug.

Brogeland encara o advogado. Indrehaug engole em seco. Em seguida passa a mão pelos cabelos, mais uma vez.

CAPÍTULO 42

Antes de começar a ler, Henning passa um bom tempo de olhos fixos na primeira página do roteiro. Sente-se apreensivo. E um pouco nervoso também, embora não consiga explicar por quê. Talvez por que a resposta para o motivo e o modo pelos quais Henriette Hagerup foi assassinada esteja bem ali à sua frente. Ele respira fundo e começa:

INT — UMA BARRACA DE CAMPING EM EKEBERG COMMON — NOITE:
Uma mulher, MERETE WIIK (21), está de pé, de costas para a câmera. A luz se reflete na pá que ela tem na mão. Sua respiração é ofegante, está exausta. Enxuga o suor da testa. Depois enfia a pá no chão.

EXT — LADO DE FORA DA BARRACA EM EKEBERG
COMMON — NOITE:
Um carro para ao lado da barraca. O motorista desliga o motor.
Vê-se a mala abrir. MONA KALVIG (23) salta e vai até a mala.

INT — UMA BARRACA EM EKEBERG COMMON —
NOITE:
MONA KALVIG abre a barraca e entra, carregando um saco
pesado. Para em frente a um buraco no chão.

MONA
Você cavou bem fundo.
Merete limpa o suor e sorri.
MERETE
É um ótimo exercício.
MONA
Você experimentou?
MERETE
Não, o buraco é seu, por isso eu achei que você é que devia
fazer as honras.

4. INT — UMA BARRACA EM EKEBERG COMMON
— NOITE:
Close do buraco. Mona pula para dentro dele e verifica a al-
tura. Bate um pouco acima da sua cintura.
MONA
Perfeito.
MERETE
Ótimo. Você trouxe o celular?
MONA
Mas é claro.
MERETE

Hora de mandar a primeira?

Mona escala o buraco e se limpa da areia úmida. Pega um celular do bolso e vê a hora. Em seguida olha para Merete com ar cúmplice.

INT — UM APARTAMENTO EM GALGENBERG:
Um homem, YASHID IQBAL (28) está assistindo a Hotel Caesar na TV2. Seu celular dá um toque. Ele o pega e verifica suas mensagens. Franze a testa ao lê-la. O remetente é 'celular de Mona'. Vemos o que diz o texto:
Desculpe. Não significou nada. ELE não significa nada. É você que eu amo, só você. Podemos conversar sobre isso? Por favor?

INT — UMA BARRACA EM EKEBERG COMMON — ANOITECER:
As duas mulheres estão sentadas lado a lado. Dividem uma xícara de uma garrafa térmica. Sai vapor da xícara.
MERETE
Bom?
Mona sorve o chá quente fazendo barulho.
MONA
Humm.
MERETE
Eu não estava falando do chá...
MONA
Então o que você...
Mona entende a que Merete estava se referindo. Mona sorri.
MONA
Hoje foi especialmente bom. É assim que eu gosto, bem bruto.
MERETE

Talvez tenha sido assim tão bom porque você sabia que era a última vez.

MONA

Pode ser.

MERETE

Vai sentir falta?

Mona dá de ombros. Passa a xícara para Merete. As duas ficam em silêncio por alguns instantes.

MERETE

Hora de mandar mais um?

MONA

Melhor esperar. Vamos dar mais um tempinho a ele.

MERETE

Ok.

Fim da sequência de créditos e logo.

Até aqui lembra a abertura de algum filme *snuff*, pensa Henning. Segue lendo:

INT — UM APARTAMENTO EM GALGENBERG — NOITE: Yashid Iqbal está na cozinha. Abre a geladeira e pega uma caixa de leite desnatado. Quando vai apanhar um copo no armário seu celular dá um toque. Ele tira o celular do bolso. É outra mensagem de 'celular da Mona'. Ele lê:

Prometo que vou compensar você por isso. Me dê mais uma chance, por favor?

Yashid Iqbal balança a cabeça, murmura "quem diabos é essa...?", em seguida aperta 'ligar para remetente'. Irritado, fica andando pela cozinha. Mas ninguém atende. Ele joga o celular para o lado, com raiva.

INT — UMA BARRACA EM EKEBERG COMMON —
NOITE:
Mona e Merete continuam sentadas ao lado do buraco.
MERETE
Você acha que vai dar certo?
MONA
Tem que dar.
O celular de Mona vibra. A telinha mostra YASHID.
MERETE
É ele ligando.
MERETE
Vai responder?
MONA
Não.
Merete olha para Mona. Está claro que é Mona quem manda.

INT — UM APARTAMENTO EM ST. HANSHAUGEN
— NOITE:
A família GAARDER está jantando. O clima é tenso. O filho,
GUSTAV, carrancudo, belisca a comida. A mulher, CAROLINE,
olha para o marido, HARALD. Ele está comendo, mas não parece
à vontade.
GUSTAV
Com licença, posso sair da mesa?
CAROLINA
Mas você não comeu quase nada...
GUSTAV
Estou sem fome. Posso sair?
Caroline suspira, faz que sim com a cabeça e fica observando
o filho que sai da sala. Ela olha para o marido.
CAROLINE
Estamos afastando o GUSTAV de nós. Você o está afastando.

243

Harald levanta os olhos do prato.

HARALD

Eu?

CAROLINE

É, quem mais?

Harald dá um suspiro.

HARALD

Lá vem você de novo. Pensei que tínhamos dado isso por encerrado.

CAROLINE

Para você é fácil falar. Ah, é tão fácil para você "dar tudo por encerrado"...

Caroline imita o marido. Harald se irrita.

HARALD

Eu não sei o que mais você quer que eu faça. Já disse que não vou mais vê-la. Que mais você quer?

CAROLINE

Que você cumpra, quem sabe? E pare de pensar nela dia sim outro também, como agora.

Harald desvia os olhos, percebe que não consegue blefar.

HARALD

Eu não consigo evitar.

CAROLINE

(imitando o marido)

"Eu não consigo"...

Caroline suspira. Harald não responde. Segue-se uma longa pausa.

CAROLINE

Acho que nós devíamos nos separar.

HARALD

O quê?

CAROLINE

Por que não? Isso não é viver junto.

HARALD

Você não está falando sério, Caroline. E o Gustav?

CAROLINE

Ah, agora de repente você liga para ele? Não ficou nem um pouco preocupado quando...

Caroline não consegue completar a frase. Começa a soluçar. Harald cruza os talheres, conformado.

INT — UMA BARRACA EM EKEBERG COMMON — NOITE:

Close da telinha do celular de Mona. Vê-se sua mensagem de texto: *Por favor, responda! Por favor! Eu nunca mais faço isso de novo. Juro.* Ela aperta 'enviar'.

INT — UM APARTAMENTO EM GALGENBERG — NOITE:

Yashid perambula pelo apartamento. Fala com o irmão, FA-ROUK IQBAL, que está na sala, bebendo leite. Os dois conversam em norueguês capenga.

YASHID

Piranha.

FAROUK

Bem que eu tentei te avisar.

YASHID

Piranha filha da puta.

O celular de Yashid dá outro toque. Os irmãos se entreolham.

FAROUK

É ela?

YASHID

Não sei, idiota. Ainda não vi.

FAROUK

Então veja, idiota.

Yashid fuzila o irmão com os olhos. Em seguida abre a mensagem de texto e lê. Joga o celular no sofá.
YASHID
Piranha filha da puta.

É tentador achar que os personagens do roteiro são baseados em pessoas reais, pensa Henning. Mas também é conveniente demais.
A vontade louca de um café ressurge. Ele pede um ao garçom atrás do balcão, que demonstra saber muito bem que Henning acaba de pedir o primeiro e único café durante todo o tempo que já está ali. Só há mais duas pessoas no café. Elas comem suas saladinhas em silêncio.
O café chega no exato momento em que ele vai recomeçar a ler.

INT — UMA BARRACA EM EKEBERG COMMON — TARDE DA NOITE:
Close no buraco. Mona pulou para dentro dele novamente. Merete está enchendo o buraco de terra.
MERETE
Você conseguiu dar um jeito no computador dele?
MONA
Ah, claro, foi fácil. Ele foi tomar banho depois que nós transamos, nenhum problema.
MERETE
Nós lembramos de tudo?
MONA
Acho que sim. Espera — deixa eu pôr os braços pra fora.
MERETE
Ok.
Mona tira os braços do solo arenoso.

MONA

Certo. Vamos lá.

Merete continua a tapar o buraco. Logo a areia alcança as axilas de Mona. Merete baixa a pá, está ofegante.

MERETE

Tem alguma coisa que você queira dizer antes de começarmos?

Mona fica pensativa. Limpa a garganta.

MONA

(com voz solene)

Isso é em nome de todas as mulheres do mundo. Mas especialmente de nós, na Noruega.

Merete sorri. A câmera se desloca lentamente do rosto de Merete para o chão atrás dela. Vemos a pá. Vemos o saco que Mona trouxera. Está aberto. Ao seu lado uma pedra grande e pesada.

Não é possível que Henriette tenha se submetido a isso, pensa Henning, erguendo os olhos. Não é possível que ela tenha representado um papel, que tenha usado o próprio roteiro e se deixado apedrejar até a morte para passar uma mensagem política? Isso é só cinema, Henning. Ele ouve a voz da mãe e se lembra de como costumava subir para o colo dela enquanto o detetive Derrick solucionava crimes misteriosos nas noites de sexta-feira. Alguém deve ter usado o roteiro de Henriette contra ela. Para zombar dela? Para apontar o dedo para alguém?

Ele continua a ler:

Legenda sobre fundo preto: Duas semanas depois
INT — UMA SALA DE INTERROGATÓRIO NA DELEGACIA DE POLÍCIA — FINAL DA MANHÃ:
Yashid Iqbal está sentado a uma mesa. Agentes da polícia se sentam do outro lado. Os policiais têm um ar grave.

AGENTE 1

O que você fez depois que recebeu as mensagens de texto, Yashid? Foi tirar satisfações com ela?

Yashid não responde.

AGENTE 2

Nós sabemos que você tentou ligar para ela. E também que saiu do apartamento pouco depois das oito naquela noite.

AGENTE 1

Há indícios de um ataque sexual brutal, Yashid.

AGENTE 2

E estamos com seu *laptop*. Você verificou os *e-mails* dela naquela tarde. Por que fez isso?

AGENTE 1

Nós entendemos, Yashid. Você ficou zangado. É compreensível. Ela estava pulando a cerca, você se aborreceu e deu-lhe uma lição.

AGENTE 2

Você pode tornar isso muito mais fácil para você falando, Yashid. Conte-nos o que aconteceu. Vai se sentir melhor.

Yashid permanece calado.

AGENTE 1

Depois de ler as mensagens de texto, você foi ao local onde ela estava filmando, a estuprou e enterrou num buraco no chão. Depois, jogou pedras pesadas nela até ela morrer. Esse é o castigo apropriado, não é? Para quem é infiel?

Yashid olha para os policiais. O advogado se debruça e sussurra alguma coisa em seu ouvido. Yashid vem para a ponta da cadeira.

YASHID

Eu amo Mona. Sou inocente.

Os policiais se entreolham e suspiram.

Legenda sobre fundo preto: Cinco meses depois

INT — TRIBUNAL DE OSLO — MEIO-DIA:
Yashid se senta ao lado do advogado. Harald Gaarder senta-se algumas fileiras atrás dele. Parece triste e deprimido. Farouk Iqbal também está lá. Parece ansioso. O juiz entra. Todos se levantam.
JUIZ
Podem se sentar.
Todos se sentam. O juiz olha para os jurados.
JUIZ
O júri chegou a um veredito?
PRIMEIRO JURADO
Chegamos.

INT — TRIBUNAL DE OSLO — MEIO-DIA:
Close de Yashid. Ele parece abatido. Está visivelmente nervoso. A câmera faz um *zoom out*. Merete está sentada no fundo do salão. Sua imagem vai ficando mais nítida. Ela permanece em foco enquanto o primeiro jurado lê em voz alta o veredito.
PRIMEIRO JURADO
No caso contra Yashid Iqbal, este júri considera o acusado culpado.
A audiência explode de júbilo. Merete olha para Harald Gaarder e sorri para ele. Gaarder desvia o olhar e sai. Merete pega um celular. Digita uma mensagem de texto. Vemos o que ela escreve.
Um já era. Vem muito mais por aí.
Merete procura nos contatos, acha Mona e aperta 'enviar'.

FIM

Henning larga o roteiro sobre a mesa, ligeiramente desapontado, e esfrega os olhos. O *trailer* prometia um filme de suspense bem sangrento mas virou um dramalhão medíocre. O roteiro, que

249

era para ser sua caixa de Pandora, não fazia menção a armas paralisantes, açoitamentos ou mãos decepadas. Ele começa a se perguntar se há outras versões, mais brutais, do roteiro.

O argumento original até que era interessante: duas mulheres encenam um assassinato e se asseguram de que o namorado de uma delas seja preso e acusado do crime, mesmo sendo inocente. É apenas um voo da imaginação, Henning pondera, só um desejo. Transportando-se para a vida real, Mona e Merete seriam respectivamente Henriette e Anette, e Mahmoud Marhoni é Yashid Iqbal. E Tariq é Farouk. Até aí tudo bem. E, por enquanto, confere em grande parte com as teorias de Henning. Mahmoud Marhoni é inocente, e alguém está tentando incriminá-lo. Mensagens de texto, infidelidade insinuada, uma última foda selvagem beirando o estupro. Não vai ser nada fácil para um suspeito se safar de indícios desse tipo, ainda mais se mantendo calado durante os interrogatórios.

Mas, quem é Harald Gaarder? Sua família e o destino dela ganharam tanto espaço no roteiro que devem ser importantes. Mas serão importantes também na vida real? Como dizia sua mãe, é só um filme. Nem tudo precisa refletir a realidade.

De qualquer modo, ele explora a possibilidade. Harald Gaarder teve um caso com Mona — quem mais poderia ter sido — e a infidelidade é punida com apedrejamento. Mas então, por que Gaarder e Merete se olham no final? Por que ela estava sorrindo?

O personagem Gaarder da vida real deve conhecer Anette. O homem que teve um caso com Henriette deve ser conhecido das duas mulheres. O único em que Henning é capaz de pensar, com base nas pessoas que conhecera até então, é Yngve Foldvik. Mas Foldvik não leu o roteiro, portanto não pode ser ele. A menos que esteja mentindo. Mas por que Foldvik mentiria a esse respeito? Ele deve ter plena consciência de que esse tipo de acusação é fácil de averiguar, caso a polícia seja acionada. Indícios no computador, cópias do roteiro em algum lugar, em sua sala de trabalho, em casa. Se for apanhado numa mentirinha assim, é algema na certa e bem-vindo ao presídio de Ullersmo. Deve haver outros adultos, ele pensa, outra família. A de Anette, talvez? Ou a de Henriette? Henning pensa em Henriette. Linda, doce, extrovertida. Que espécie de pessoa você era de fato, Henriette? Foldvik descreveu seu trabalho como "provocações com substância". Henning é capaz de entender o que ele quis dizer, ainda que o tema da charia seja tratado sob um prisma estreito e de maneira muito simplista. A mensagem parece ser a de que idiotas que defendem a charia precisam ser eliminados, e que nós — pelo nosso próprio bem — não devemos nos furtar, em hipótese alguma, à luta para proteger a nós mesmos e a nossa cultura; mulheres do mundo inteiro: uni-vos, não vamos mais tolerar isso.

Mas onde está a pólvora? Quando é a explosão? Onde estão as linhas incriminatórias, a munição, que levaram alguém a pôr em prática o que era uma fantasia? Hagerup não é exatamente Theo van Gogh, o diretor holandês que fez filmes criticando o Islã e acabou morto com oito tiros em Amsterdã em 2004. O assassino ainda cortou a garganta e cravou no peito de van Gogh duas facas, às quais prendeu uma longa carta ameaçadora. Até onde Henning tem conhecimento, Hagerup não era islamofóbica. E namorava um muçulmano.

Quanto mais pensa a respeito, mais Henning se convence de que alguém muito próximo de Anette e Henriette está por trás disso. Tenho que descobrir quem estava envolvido na filmagem, pensa, alguém que tinha acesso ao roteiro e se algum estranho o leu. O assassino, ou os assassinos, deve(m) estar entre eles.

CAPÍTULO 43

Henning luta contra o impulso de telefonar para Anette. Ainda é muito cedo. Ela deixou claro que ele não deveria tentar ajudá-la, e além disso quer ter um controle maior da história antes de entrar novamente em contato com ela.

Então liga para Bjarne Brogeland. Havia anotado o número do celular dele após o depoimento na delegacia. Brogeland atende quase instantaneamente.

— Alô, Bjarne. Sou eu, Henning.

— Olá, Henning. Como vai?

— Eh, tudo bem. Olha, será que podemos nos encontrar?

Seguem-se alguns segundos de silêncio.

— Agora?

— Agora mesmo, se você puder. E de preferência em algum lugar neutro. Tem uma coisa sobre a qual preciso falar com você.

— Na condição de jornalista?

— Disso eu não tenho totalmente certeza.

— Tem a ver com Tariq Marhoni?

— Não. Com o irmão dele. E Henriette Hagerup. À luz disso, pode ter algo a ver com Tariq. Mas como eu disse, não tenho certeza.

— Não tem certeza?

— Não. Mas garanto que você vai querer ouvir o que eu tenho para dizer e saber o que eu descobri. Só não quero que seja pelo telefone.

Segue-se uma pausa. Ele parece estar pensando.

— Certo. Aonde você quer ir?

— Lompa.

— Ótimo. Posso chegar lá em quinze minutos.

— Perfeito. Encontro você lá.

Henning resolve pegar um táxi para deixar o Gode Café, não importando o quanto isso possa ser arriscado. Espera na Fredensborgvei até ver um livre, que não é prata. É feito na Alemanha e não tem o número A2052 na capota. O motorista é um senhor de cabelos grisalhos, óculos de metal e cheira a Old Spice. E não é de falar muito durante a corrida.

O que vem a calhar para Henning. Significa que pode pensar em paz enquanto vão passando por prédios, gente e carros. Ele sempre tem uma sensação de calma quando vai para algum lugar sem ser o responsável pelo transporte. É como apertar o botão de pausa em si mesmo enquanto o resto do mundo segue em movimento.

Ele se pergunta o que deve ter passado pela cabeça de Henriette quando caiu a ficha de que era o seu próprio roteiro que estava sendo encenado de verdade e que era dela o papel principal. Talvez nem tenha percebido, ele pensa. Talvez nem tenha tido tempo de reagir antes de ser paralisada pela arma, e o apedrejamento começou antes mesmo que ela recobrasse a consciência.

253

Assim ele espera. E torce para que Anette fique bem quietinha. Se Henriette foi morta por causa do roteiro, é provável que Anette seja a próxima vítima.

CAPÍTULO 44

O Lompa, ou Restaurante Olympen, seu nome correto, foi fechado para reforma no início de outubro de 2006 e reabriu no ano seguinte. Henning era frequentador assíduo antes de acontecer Essa Coisa Em Que Ele Não Pensa. Um lugar perfeito para uns beliscos e umas cervejas; clientela informal e serviço simpático.

Quando ele entra, percebe que o ambiente mudou. Está faltando o ingrediente mágico que faz o agito, o caos charmoso, gente relaxada. Quando se tira esse ingrediente da receita, o molho jamais será o mesmo. O lugar está lindo depois da reforma, mas não é mais o mesmo.

Já encontra Brogeland no bar. Agora sem uniforme. Bolhas cintilam dentro de um copo reluzente ao seu lado. Apertam-se as mãos.

— Você se importa de nos sentarmos? — pergunta Henning.

— De preferência, próximo à saída?

Sem querer explicar por que, ele inventa uma desculpa.

— Ficar assim de pé me dá dor nas costas.

— Claro.

Eles vão para uma mesa vazia perto da janela. Dali têm a vista da Grønlandsleiret. Os carros passam zunindo. Todos parecem ser prateados. Uma mulher toda efusiva com uniforme de garçonete se aproxima.

— Gostariam de ver o cardápio?

— Não, obrigado. Só café, por favor.

Brogeland gesticula para mostrar que está feliz com sua bebida efervescente. Ele segue com os olhos a garçonete que some atrás do balcão. Quando se vira, sua expressão mudou. Não diz nada, só dá a Henning aquele olhar de "pode começar a falar".

Henning toma isso como um sinal de que Brogeland não está interessado em trocar histórias de vida desde o vácuo que se criou entre escola e trabalho.

Ele pega o roteiro e o joga sobre a mesa.

— As mensagens de texto que Henriette Hagerup enviou para Mahmoud Marhoni na noite em que ela foi morta, por acaso seriam parecidas com essas?

Ele mostra a página com a primeira mensagem de texto e estuda a reação de Brogeland. Não é uma tarefa difícil. Brogeland recua.

— Que...

— Este roteiro foi escrito por Henriette Hagerup e uma de suas colegas de faculdade.

Henning mostra as outras duas mensagens. Brogeland as lê rapidamente.

— Mas são literais... Como conseguiu isso?

— Anette Skoppum — diz Henning, apontando para o nome na capa. Brogeland chega para diante na cadeira. Henning prossegue. — O roteiro conta a história de uma mulher que é apedre-

256

jada até a morte num buraco no chão, numa barraca em Ekeberg Common. No fim, um homem inocente vai para a cadeia pelo crime.

— Marhoni — diz Brogeland, baixinho. Henning confirma com a cabeça. Ele decide compartilhar um pouco mais do que pensa e do que descobriu nos últimos dias. Mantém um monólogo que dura quase cinco minutos. É uma estratégia deliberada. Primeiramente, sempre é bom discutir ideias com alguém. Pensamentos e opiniões podem mudar à medida que você lhes dá voz. É parecido com escrever: as frases podem parecer boas no papel, mas nunca se sabe realmente se uma frase funciona enquanto ela não é dita em voz alta.

Em segundo lugar, Henning quer que Brogeland fique em dívida com ele. Agora que está absolutamente certo de que Brogeland não sabia do roteiro ao entrar no Lompa, Henning é credor de no mínimo um favor em troca. Essa é sem dúvida a melhor forma de incrementar um relacionamento com uma fonte.

— Onde Anette está agora? — Brogeland pergunta quando Henning conclui.

— Não sei.

— Precisamos achá-la.

— Acho que não vai ser nada fácil.

— O que quer dizer?

— Anette sabe que Henriette foi morta por causa do roteiro e, se eu fosse ela, estaria aterrorizada com a perspectiva de ser a próxima pessoa a ser enterrada naquele buraco.

— Você acha que ela está se escondendo?

— Você não estaria?

Brogeland não responde, mas Henning pode ver que ele concorda.

— Vou precisar desse roteiro.

Henning já vai recusar, mas sabe que isso seria obstruir uma investigação em andamento. O que é um delito.

Ele preferiria não ter uma ficha criminal.

— Se você puder me fazer uma cópia, eu agradeceria — diz.

— Vou fazer. Porra, Henning, isso é...

Ele balança a cabeça.

— Eu sei. Aposto que os olhos de Gjerstad vão saltar fora quando você apresentar isso na próxima reunião.

Brogeland sorri. Tem muita gente que nutre sentimentos negativos em relação ao chefe. Pode ser o cheiro do corpo, a forma de se vestir, o sotaque ou hábitos alimentares — coisas triviais, ou simplesmente seu jeito de trabalhar. Há muitos maus gestores por aí.

E brincar à custa do chefe de Brogeland é uma arma eficiente para quem, como Henning, está procurando estabelecer relação com uma fonte — isso se a fonte reagir bem. A fonte pode gostar do chefe ou pode até mesmo estar tendo um caso com a pessoa em questão. Em outras palavras, convém ir com calma, dando tempo ao tempo. E pode-se ver que Brogeland constrói uma imagem de Gjerstad na cabeça.

Brogeland dá um gole na água mineral e tosse.

— No dia em que Henriette foi morta — diz ele, pondo o copo na mesa —, Marhoni viu uma foto que tinha sido enviada para o *e-mail* de Henriette.

Henning o olha.

— Uma foto?

— É.

— De quê?

— De Hagerup com um homem não identificado. Os dois estavam se abraçando.

— Um desses abraços tipo "que bom te ver", ou alguma coisa mais comprometedora?

— Bem mais comprometedora. Ela parece estar se jogando para cima dele.

— E você não sabe quem é o cara?

— Não. Mas parece um homem maduro. Quarentão.

— E essa imagem foi mandada via *e-mail* para Henriette?

— É.

— Quem mandou?

— Não sabemos. Ainda não, pelo menos. O remetente é uma conta de *e-mail* anônima. O computador de onde foi enviada tem endereço de IP de um *cybercafé* de Moçambique.

Brogeland levanta as mãos.

— E o Marhoni foi olhar os *e-mails* de Henriette e viu a fotografia?...

— Isso. Ele nega, mas também declarou ser a única pessoa que usa o seu computador.

— E essa foi a única coisa que ele viu?

Brogeland balança a cabeça.

— Ele também verificou seus próprios *e-mails* e visitou dois outros *sites* naquele dia. Nada de especial ou significativo.

— No roteiro, Merete pergunta a Mona se ela "deu um jeito no computador dele". Aqui, está vendo?

Brogeland localiza o trecho.

— Yashid foi tomar banho depois que os dois fizeram sexo e evidentemente foi quando Mona "deu um jeito" no *laptop* dele.

Brogeland concorda com a cabeça e engole o resto da água mineral. Põe o copo na mesa com força e disfarça discretamente um arroto.

— Henriette pode ter feito a mesma coisa — diz ele ansiosamente. — Ela estava com Marhoni no dia em que foi morta. E havia sinais claros de que deu uma boa olhada.

— Não sei — Henning hesita.

— O quê?

— Daria a impressão de que Henriette está fazendo isso às claras. Que vai ver Mahmoud deliberadamente, trepa com ele, se assegura de mexer no computador quando ele não está vendo e depois sai naquela noite para ser apedrejada até morrer. Não faz sentido.

Brogeland hesita, e depois concorda com a cabeça.

— Nenhuma pessoa se deixa apedrejar até a morte de bom grado, por mais descontrolada que esteja — Henning continua.

— Não consigo imaginar que Henriette faria algo assim para transmitir uma mensagem. O filme era para ser a mensagem dela. Pode ser uma coincidência o fato de ela ter verificado seu *e-mail* no mesmo dia. Na casa de Marhoni. Ou então alguém queria que ela fizesse isso, para fazer a coisa parecer ruim para Marhoni. O que os registros telefônicos dela mostram por volta da hora em questão?

— Ainda não pudemos cruzar os dados dos registros, mas provavelmente ela fez algumas ligações.

Henning explica que não há menção a açoitamento, arma paralisante ou mão decepada no roteiro.

— Como é que você sabe disso tudo? Essa informação ainda não foi liberada para a imprensa...

Henning sorri.

— Ah, vamos lá, Bjarne.

— Gjerstad está furioso porque alguém está deixando vazar para a NRK.

— E não foi você?

— Meu Deus do céu, claro que não.

— E não terá sido aquela loura de quem você não consegue desgrudar o olho?

— Fora de cogitação.

Só então Brogeland se dá conta do que Henning disse.

— Que foi que você...

— Nós nunca revelamos nossas fontes — diz Henning. — Você sabe disso. Tampouco eu jamais divulgarei sua identidade. Da mesma forma, espero que você mantenha o meu nome fora disso.

— Isso eu não posso prometer.

— É mesmo? Eu não tenho a menor intenção de passar meus próximos dias na sala de interrogatório de uma delegacia de polícia. Se quiser continuar contando com a minha cooperação, estou pronto a falar com você e com mais ninguém. Tudo bem?

Brogeland se debate internamente. Até agora, Henning o tem olhado com a mesma desconfiança de quando era garoto. Isso pode estar mudando.

— Tudo bem.

— Ótimo. Tariq também aparece no roteiro, muito rapidamente — Henning prossegue. — Mas tem um papel secundário.

— Ele não acaba morto?

— Não.

— Então alguém andou tomando certas liberdades com esse roteiro...

— Sim, ou o estão adaptando. Ou se assegurando de que seja quem for que saiba o que houve fique de fora.

— Não estou certo.

— O que está querendo dizer?

— Acho que deve haver mais de um assassino.

— Por quê?

— Você acha mesmo que Yasser Shah matou Henriette Hagerup e Tariq Marhoni? Isso não me soa plausível.

— Ele pode ter matado os dois para atingir Mahmoud.

— É possível, mas eu não compraria essa versão. Por que criar tanto problema para matar Henriette, quando dois tiros no peito e um na cabeça fazem exatamente o mesmo serviço para Tariq?

— Talvez Tariq soubesse quem era o assassino? E se ele foi morto como parte de uma queima de arquivo?

— Nesse caso, Tariq devia saber muito mais do que nós imaginamos de início. Isso também significa que tanto ele quanto o irmão estavam metidos em alguma parada muito barra-pesada.

— No meu entender, Tariq não faz esse tipo. Ele batia fotografias. Além do que, parecia um cara decente.

— Bom, você saberia melhor que eu. Afinal, o interrogou pouco antes de ele ser assassinado.

— É, e não me lembro de ele ter dito qualquer coisa que pudesse sugerir que alguém quisesse silenciá-lo. Mas relutou em me dizer o que o irmão fazia para sobreviver, o que me causou certa estranheza.

— Precisamente.

— E vocês ainda não encontraram Yasser Shah?

— Não, ele não está em casa, nem no trabalho ou em algum dos lugares que costuma frequentar. Não tem havido qualquer movimentação recente no cartão de crédito dele. E nem atravessou nenhuma fronteira.

— Você acha que ele ainda está vivo?

— Está dizendo que alguém pode tê-lo matado?

— Sim, não é nada improvável, já que eu o identifiquei e vocês estão atrás dele. Yasser Shah era, tanto quanto eu pude verificar por sua ficha criminal, um peixe pequeno. Só tinha condenações por pequenos delitos. O desaparecimento sugere que ele foi pago pelo trabalho ou que alguém o mandou fazer aquilo. E se esse alguém está tentando ocultar suas pistas, então Shah é potencialmente um sério problema. Ele sabe demais. Pode até saber por que Hagerup e Tariq foram mortos.

— Sim, mas as gangues cuidam bem de seus integrantes. Elas estão preparadas para mantê-los escondidos, caso arranjem problemas.

— Pode ser. Mas você acha que elas estão preparadas para correr um risco grande como esse? Estamos falando de assassinato...

— Possivelmente. Eu não sei muito sobre a BBI. Eles chamaram a nossa atenção depois que eu deixei de trabalhar à paisana, depois que deram início à Operação Caça-Gangues.

Henning reflete por algum tempo. Quanto mais analisa os diferentes argumentos, mais tende a concordar com Brogeland. O assassinato de Tariq não tem relação com o de Henriette Hagerup. Tariq foi um efeito colateral. Não era protagonista. Ele só tirava fotografias.

Então lhe ocorre uma ideia. E depois da primeira, outras começam a fluir: Tariq Marhoni foi morto por enviar uma mensagem para Mahmoud. É por isso que Mahmoud não está falando, é por isso que ele pôs fogo no *laptop*. Tem alguma coisa nesse computador que implica outras pessoas. Pessoas prontas a matar para manter essa informação em segredo. E nem por um momento Henning acha que essa informação seja uma foto de Henriette abraçando um homem não identificado.

Ele divide essas ideias com Brogeland, que se cala por um longo tempo. Quando finalmente recomeça a falar, o faz muito calmamente. E bem sério:

— Se é verdade o que você está dizendo, vamos ter que pressionar a BBI. E isso trará consequências para você, Henning — diz Brogeland, cravando os olhos nele. — Você vai ter que ficar pianinho daqui para frente.

— O que está querendo dizer?

— Se esses caras forem mais ou menos como as outras gangues que operam em Oslo, então estamos falando de uns filhos da puta barra-pesada. Não têm consciência. Se você for a única pessoa capaz de botar Yasser Shah na cena do crime, você é, aos olhos deles, um homem morto. Como eu falei, eles se protegem mutuamente. Mas pior, você ajudou a virar os holofotes para cima deles e de suas atividades, o que pode arruinar com sua fonte de renda. Ou reduzi-la de forma significativa. Esses caras são muito ligados nos lucros. Misture tudo e você tem um coquetel letal.

— Você está dizendo que eles querem me ver morto?

Brogeland olha sério para Henning.

— Há uma grande chance, com certeza.

— Talvez — diz, olhando pela janela. Um homem fuma do outro lado da rua. Henning olha para ele. Ele olha para Henning. Durante um bom tempo.

Fica pensando no que Brogeland disse. Seu rosto está em todos os jornais de hoje. Não vai demorar muito para alguém descobrir onde ele trabalha, onde mora ou para chegar aos seus parentes.

Droga, diz Henning consigo mesmo.

Mãe.

CAPÍTULO 45

Henning não consegue mais ver o homem do outro lado da rua. Não pôde observá-lo muito bem, mas deu para perceber que era baixo e compacto. Que era careca, também, e não tinha o tipo físico norueguês — sua pele era um pouco mais escura. Estava de bermuda e camiseta branca de mangas curtas, aberta no pescoço e com alguma coisa estampada, mas era difícil guardar tudo durante o breve instante em que ficara olhando para ele. E agora o homem se fora.

Henning liga para a mãe enquanto caminha. O telefone dela toca. Toca por um longo tempo. Ele começa a ficar preocupado. Diz a si mesmo que a mobilidade dela não é tão ruim assim, só precisa de tempo para ir de um ponto a outro se tiver um acesso de tosse.

Ele deixa o telefone tocar, tocar. Talvez ela esteja aborrecida e deixe o telefone tocar propositalmente só para que ele se sinta mal. Isso geralmente funciona. E está funcionando agora. Pelo amor de Deus, mãe, ele diz para si mesmo. Atende, por favor. Ele atravessa a rua no alto da Tøyengata. Olha para a calçada, tentando não chamar a atenção. Pode sentir o coração batendo cada vez mais acelerado sob a camisa. Pelo amor de Deus, mãe, pensa novamente enquanto acelera o passo. As pernas reclamam, mas ele está decidido a ir visitá-la. Se ela não está atendendo o telefone, ele precisa se apressar. Olha em torno enquanto anda, mas é um caos, há gente por todo lado, carros, táxis; ele os vê, mas não os vê. Tem uma sensação permanente de que alguém o observa, alguém o segue. Sente um cheiro acre e picante. Passa por um videoclube na entrada para a estação do metrô de Grønland e quando já está quase desistindo, atendem o telefone. Mas ninguém fala nada.

— Mãe? — ele pergunta baixinho. Duvida que sua voz possa ser ouvida em meio ao barulho da estação, mas ele consegue ouvir a respiração dela, ou seus esforços para respirar.

Não há nada errado. Nenhum novo desastre, em todo caso. Ele consegue entender que a mãe está zangada — sem que ela precise falar. Isso é o mais estranho nela. É capaz de dar uma aula inteira sem emitir uma só palavra. Um olhar, um suspiro, um gemido, uma virada de cabeça já é suficiente. Christine Juul tem um arsenal completo de sentimentos ou opiniões que nunca são ditos. Ela é como Streken, a personagem de televisão infantil cujo pano de fundo muda de cor conforme seu estado de ânimo.

Nada de bom acontece com Streken, nunca.

— Você está aí? — ele continua.

Uma bufada.

Precisamente.

— Como você está, mãe? — ele fala, percebendo imediatamente a inutilidade da pergunta.

— Por que você está telefonando? — ela grunhe.

— Eu só queria...

— Acabou o leite.

— É...

— E preciso de mais cigarros.

Ele não entende por que fica sempre à espera que ela diga que ele precisa ir à loja de bebidas também, porque ela nunca diz, deixa apenas que isso fique pendendo como uma ponte invisível entre o telefone dele e o dela, como se esperasse que ele entenda sem que ela precise dizer. E ele entende. Talvez por isso mesmo.

— Está bem — ele diz. — Vou aí vê-la em breve. Não sei se vou poder hoje, porque estou com muita coisa para fazer, mas não demoro. E outra coisa, mãe. Não abra a porta para estranhos. Está bem?

— Por que eu iria abrir a porta? Nunca recebo visitas...

— Mas se alguém tocar a campainha, e não for eu ou a Trine, não abra a porta.

— Vocês dois têm chaves.

— É, mas você...

— E estou precisando de uma revista nova.

— Eu...

— E de açúcar. Estou sem açúcar.

— Certo. Até logo.

Clique.

CAPÍTULO 46

Zaheerullah Hassan Mintroza está jantando. Hoje, assim como ontem, é frango *biryani* com pão *chapati*, mas o sabor não é como o de Carachi. Raramente é. Hassan não sabe a razão, já que os ingredientes são os mesmos, chegam a Oslo por avião quase todo dia e o prato é feito na Noruega por paquistaneses. Quem sabe devido aos utensílios de cozinha, à temperatura do ar, à umidade, ao amor com que a comida é preparada?

Hassan se lembra de quando Julie, a mais bela amante que ele teve, lhe fez uma surpresa alguns anos atrás cozinhando um guisado de carneiro à paquistanesa com *chutney* de hortelã e *naan* quando foi visitá-la uma noite. Ela aprendeu a receita com Wenche Andersen no Bom Dia, Noruega. Chegou até a tentar assar o *naan*.

Ficou gostoso, mas apenas isso. O verdadeiro pão *naan* é assado no forno *tandoori*, à temperatura máxima, e deve cozer somente por quinze a vinte segundos. Já o guisado de carneiro tinha coentro e gengibre demais, e pimenta de menos.

Ele a deixou um mês depois. Nenhuma de suas outras amantes jamais teve permissão para cozinhar para ele. Elas sabem o que ele quer delas, e jantar à mesa quando as visita não é a razão pela qual ele lhes paga o aluguel.

No Paquistão os *chefs* são todos homens. Mulheres não estão à altura. Essa é que é a realidade.

Hassan está assistindo a um episódio de *Profissão: Perigo* quando seu celular, que está perto do prato, começa a vibrar. Ele engole um pedaço grande de frango, talvez grande demais, a ponto de ter que forçá-lo goela abaixo. Toma Coca-Cola para ajudar a descer e quando finalmente atende a chamada, é com um "sim" brusco e a comida ainda meio entalada.

— É Mohammed. Achamos ele.

Hassan engole outra vez.

— Bom. Onde ele está?

Mais Coca.

— Andando pela rua. Agora, na Grønlandsleiret. Você quer que a gente acabe logo com ele?

Hassan cutuca a comida com o garfo.

— No meio da tarde? Você é burro ou o quê? Já atraímos atenção suficiente do jeito que está.

— Ok.

Hassan dá outra dentada.

— Por falar nisso, quero uma palavrinha com ele antes que morra. Quero saber como arranjou aquelas cicatrizes horrendas — diz, ainda comendo. Põe o garfo no prato e limpa a boca.

— Ok.

— Quero saber onde ele passa o resto do dia. Não faça nada antes de falar comigo.

Novo ok.

— E bota um carro na porta da casa e outro no trabalho dele.

— Vou botar, chefe.

Hassan desliga e termina o jantar. Definitivamente, nada de frango *biryani* amanhã. Não, ele quer *dal*, ou talvez um *kebab* de camarões gigantes grelhados no *tandoor* com cebola e páprica. Isso. Está decidido, camarões gigantes. Um banquete digno de um rei.

CAPÍTULO 47

Já são quase quatro horas, mas Henning decide passar no jornal mesmo assim. Não tem nenhuma matéria para apresentar, porque ainda não achou um bom assunto sobre o qual escrever, mas está trabalhando. E não tinha dado as caras desde manhã. Preciso dar uma satisfação a Heidi ou ao Tourette Kåre, pensa. Talvez bater um papo com Gundersen, caso ele esteja por lá.

Ele se arrisca e atravessa a rua no parque Vaterlands. Vai arrastando as pernas pela rua, a alguma distância da faixa de pedestres, evitando o trânsito pesado da hora do rush, quando percebe um carro no lado oposto ao sinal. Não é uma Mercedes prata, é um Volvo, muito longe para que ele possa identificar o modelo, mas o carro acelera assim que as luzes passam do verde para o amarelo. É obrigado a frear bruscamente quando o carro da frente o bloqueia. Pneus rangem. Buzinas tocam. Buzinas tocam por toda Oslo, o dia todo.

O Volvo ganha uma resposta atravessada do carro à sua frente. Henning fica meio que à espera de um confronto, que o motorista do Volvo salte e vá até o do carro da frente, mas não é isso que acontece. Ao contrário, o homem do banco do carona abre a janela e bota a cabeça para fora. Henning não consegue ver direito seu rosto, entrevê apenas um par de óculos escuros reluzente, de armação dourada, muito embora não haja um único raiozinho de sol quilômetros em volta dali.

Ele registra isso porque instantaneamente tem a sensação de que o homem está olhando para ele. Se forem todos como esse Homem de Ray-Ban, pensa Henning, talvez eu não tenha muito que temer. Mas alguns idiotas carregam armas e se você entrega uma arma a um imbecil, pode levá-lo a fazer praticamente qualquer coisa.

Esse pensamento o faz se apressar e ele resolve fazer um trajeto alternativo até o jornal. A região entre Grønlandsleiret e Urtegata pode parecer um tanto inóspita, independentemente da hora do dia, por isso ele sobe a Brugata, mistura-se às pessoas no ponto de ônibus e entra no bonde 17 quando este surge pouco depois. Viaja nele pela Trondheimsvei e desce no supermercado Rimi, segue a Herslebsgate até o imenso prédio amarelo no alto da Urtegata estar uma vez mais à vista. Carros zunem ao seu lado em ambas as direções; é o auge do horário de *rush*, e se alguém pretende matá-lo ou sequestrá-lo, seria impossível fazê-lo aqui. Com um milhão de testemunhas e sem rotas de fuga descongestionadas, Henning pode se sentir seguro. Ou relativamente seguro.

Talvez eu esteja apenas paranoico, ele pensa, talvez tenha passado muito tempo afastado para saber que isso é totalmente normal, que nada vai acontecer. Mas alguma coisa no jeito como Brogeland falou chamou sua atenção. Estava preocupado. Ele conhece a gangue. E é como diz Nora: eles não são gente boa.

Ele se pega pensando em como tudo isso irá terminar. Se estão tentando matá-lo — como Brogeland deixara no ar — por ele ter como pôr Yasser Shah no apartamento de Tariq Marhoni, não vão parar até conseguir.

CAPÍTULO 48

Henning precisa verificar algumas coisas. Quando chega ao jornal, pensando a respeito delas, praticamente esbarra em Kåre Hjeltland na máquina de café. Kåre já vai chegar para o lado quando vê quem é.

— Henning.

— Olá, Kåre — ele responde. Kåre fica olhando para ele como se estivesse vendo Elvis.

— Como você está? Caramba, deve ter se borrado de medo...

Henning concorda meio a contragosto que sentiu um pouco de medo, sim, provavelmente sentiu.

— Que diabos aconteceu?

Henning recua torcendo para que Kåre não queira detalhes. Enquanto lhe oferece a versão resumida, observa a sala. Gundersen não está, mas ele vê Heidi. E nota que Heidi também já o viu.

— Olha, eu não consegui voltar a tempo para a reunião da equipe — ele diz. — Soube que Sture ia dar uma palavra?

— É, foi muito engraçado, he-he. A mesma velha história. Você teve sorte, tinha um bom motivo para estar bem longe, bem longe, LONGE!

Kåre ri de orelha a orelha, depois que seu cacoete diminuiu.

— O que foi que ele disse?

— Nada que já não tenhamos escutado antes. Tempos ruins, necessidade de gerar mais páginas e mais rapidamente para evitar cortes e aquela porra de blablablá.

Kåre ri e sorri — por muito tempo. Heidi provavelmente gostaria de me cortar agora, pensa Henning. Mas ele vai se preocupar com isso quando chegar a hora.

Desculpa-se dizendo que precisa dar uma palavra com Heidi antes de voltar para casa. Kåre compreende e bate forte em seu ombro três vezes antes de se afastar novamente. Henning resolve atacar primeiro.

— Olá, Heidi — ele diz. Ela vira a cabeça.

— Por que diabos...

— Tempos ruins, desaceleração do mercado publicitário, temos que criar mais páginas, cortes...

Senta-se sem olhá-la. Sente seus olhos sobre ele, o que o faz se lembrar do Polo Norte.

— Não foi isso?

Ele liga o computador. Heidi dá um pigarro.

— Por onde você andou?

— Trabalhando. Iver está por aí?

Heidi não responde logo.

— Hã... não, foi para casa.

Henning continua sem olhá-la nos olhos e tenta ficar indiferente ao desagradável silêncio que os envolve. Ela não se mexe. Quando finalmente ele ergue os olhos, é surpreendido pela expressão dos olhos dela. Heidi dá a impressão de que teve um pneu do carro furado e que não há sinal de um ponto de ônibus por perto.

— Estou para fechar uma matéria realmente muito boa — ele fala em tom mais suave e conta sobre seus encontros com Yngve Foldvik e Tore Benjaminsen, fala que a polícia em breve irá eliminar Mahmoud Marhoni como suspeito e que, de agora em diante, o foco da investigação recairá sobre o círculo de amigos mais próximos de Henriette Hagerup. Não faz menção às suas fontes, mas Heidi balança a cabeça em aprovação do mesmo modo e não o pressiona.

— Parece muito bom — ela comenta. — Vai ser uma exclusiva?

— Sim.

— Ótimo.

O ferrão em sua voz desapareceu. Talvez eu a tenha dobrado finalmente, pensa Henning. Talvez eu tenha vencido A Batalha. Ou talvez ela seja como Anette Skoppum. Talvez seja uma dessas pessoas que vivem tentando, só para se sentirem profundamente mal quando fracassam.

Dez minutos depois, Heidi vai para casa. Chega a gritar um 'tome cuidado!'. Ele responde 'você também'. Aí seus pensamentos se voltam para as três coisas que viera averiguar. Começa pela Descubra a Diferença Produções.

Nome interessante. Ele imagina que o criador da empresa tenha sido influenciado pelos erros de continuidade no cinema e que possua a pretensão de jamais cometer essas mancadas. Henning ficará aguardando, ansioso, as manchetes dos jornais do dia em que a Descubra a Diferença der algum fora. Estão desafiando o destino.

Henning lê tudo que encontra a respeito da empresa na internet. Eles produziram dois filmes, que ele ainda não viu nem tem intenção de ver um dia. Têm um site, cuja *homepage* é uma colagem de erros de continuidade de diversas produções de Hollywood. Reconhece fotos de *Gladiador, Onze Homens e um Segredo, Piratas do Caribe, Homem-Aranha, Titanic, Senhor dos Anéis* e *Jurassic*

Park. Há mais, mas ele não consegue lembrar de todas. Bem embaixo na página, escrito em fonte pequena, lê-se: 'Tornar visível aquilo que, sem você, talvez jamais pudesse ter sido visto', citação atribuída a Robert Bresson.

Ele vai clicando e encontra a página com detalhes de contato. A Descubra a Diferença tem dois produtores e um diretor na equipe. Ele decide telefonar para a primeira pessoa da lista, sem outro motivo que não o de que ela tem um belo nome. Liga para o celular de Henning Enoksen. A chamada é atendida após vários toques.

— Alô, aqui é Enok.

A voz é grave e profunda, mas receptiva.

— Olá, meu nome é Henning Juul.

— Alô, Henning — Enoksen diz, saudando o interlocutor como se fosse um velho amigo.

— Eu trabalho no jornal digital 123news. Estou preparando uma reportagem sobre Henriette Hagerup.

Segue-se um instante de silêncio.

— Sei. Como posso ajudá-lo?

Henning explica rapidamente que está curioso em relação ao roteiro escrito por Henriette, do qual a Descubra a Diferença Produções tinha conseguido uma opção de compra.

— Hagerup, sim — Enoksen dá um suspiro. — Uma tragédia.

— É, foi — diz Henning, e fica à espera de que Enoksen acrescente algo. Ele não o faz. Henning pigarreia.

— Você pode me falar qualquer coisa sobre o roteiro?

— Você vai escrever sobre isso?

— Não, duvido.

— Então por que quer saber? Você não acabou de dizer que é repórter?

A capacidade de dedução de Enoksen é impressionante.

— Eu tenho um palpite de que o roteiro pode ser importante.

— Por quê?

Alguma coisa lhe diz que Enoksen foi um tremendo pentelho na escola.

— Para descobrir o que aconteceu, para descobrir quem a matou.

— Certo.

— Então, por favor, poderia me falar do roteiro, de que vocês devem ter gostado bastante, já que quiseram comprar...

Ele escuta o *mouse* clicando ao fundo, dedos deslizando por um teclado.

— Bom, para ser franco, o meu coprodutor, Truls, é que estava quase sempre em contato com ela.

— Quer dizer que você nunca leu o roteiro?

— Ah, bom, evidentemente...

— Sobre o que é?

Mais cliques.

— É sobre...

Ele tosse.

— É sobre... ahn... na verdade, eu não sei do que se trata. Como já disse, era Truls quem tratava com Henriette e Yngve, e...

— Yngve?

— É.

— Yngve Foldvik?

— Isso. Você o conhece?

— O Yngve estava envolvido com o roteiro?

— Era o supervisor dela, eu acho.

— Sei, mas eu pensei que ela havia escrito esse roteiro não como parte das atividades do curso?...

Enoksen hesita.

— Eu realmente não estou sabendo nada sobre isso.

Henning conclui que precisa ter outra conversinha com Yngve Foldvik.

278

— Você e Truls normalmente compram opções de roteiros que não discutiram?

— Não, esse foi um caso especial.

— Como?

— Truls e Yngve trabalharam juntos, Yngve nos deu a dica sobre o roteiro da Hagerup.

— Entendi.

— Mas é bom lembrar que foi só uma opção de compra.

— O que isso significa?

— Significa que nós achamos que o roteiro tem potencial e que queremos desenvolver a ideia, ver se é possível transformá-lo num filme de boa qualidade.

— Vocês não são obrigados a fazer mais nada?

— Isso mesmo.

Essa pergunta saiu automaticamente enquanto o cérebro de Henning se achava ocupado absorvendo a informação que acabara de receber. Yngve Foldvik estava ativamente envolvido num projeto que Henriette Hagerup esperava que pudesse deslanchar sua carreira. Henning fica se perguntando se o interesse de Foldvik é extensivo a todos os seus alunos, ou se reserva sua empolgação para belas garotas de personalidade extrovertida e temperamento namorador.

— Será que eu poderia trocar uma palavrinha rápida com o Truls? — Henning pergunta, enquanto vê nos detalhes de contato da empresa que o sobrenome de Truls é Leirvåg.

— Hã, ele agora está meio ocupado — Enoksen se apressa a dizer.

— Tudo bem.

Henning aguarda propositalmente alguns segundos. Mas Enoksen não dá maiores esclarecimentos.

— Vou tentar ligar para o celular dele mais tarde. Se você puder lhe dizer que eu gostaria de dar uma palavra, seria ótimo.

— Vou tentar.

— Muito obrigado.

Henning desliga, pensando no que estaria na ponta da língua de Enoksen.

CAPÍTULO 49

Duas rápidas buscas na internet informam que os pais de Henriette se chamam Vebjørn e Linda, e que ela tem um irmão mais velho, Ole Petter. Ele procura por Anette Skoppum. Seus pais, Ulf Vidar e Frøydis, têm ambos mais de setenta anos, de modo que Anette deve ser definitivamente uma raspa de tacho. Ela tem três irmãs mais velhas, Kirsten (38), Silje (41) e Torill (44). Em questão de minutos, Henning concluiu que nem os Hagerup nem os Skoppum são bons correlatos para a família Gaarder do roteiro.

Ele abandona a ideia e visita uma página de registro público de licenciamento. Nele é possível obter informação de três diferentes categorias: 1) Tipo de Negócio e Identificação do Detentor; 2) Licenças; 3) Requisições de Rotas Interestaduais. A página é produzida pelo Departamento de Trânsito em colaboração com o Conselho Municipal de Hordeland, o que pode explicar a linguagem rebuscada.

Henning move o cursor para a opção 2, seleciona Oslo e Licenças de Táxis e digita 2052 no número de série. Em seguida tecla *'enter'*. A resposta surge instantaneamente. E seu coração dá um salto.

Omar Rabia Rashid.

Ele se lembra de onde já ouvira esse nome. Omar Rabia Rashid é o dono do táxi que Mahmoud Marhoni dirigia. Não era coincidência. Por que outro motivo o táxi de Omar estaria exatamente naquele lugar? Por que aqueles dois homens haveriam de estar olhando fixamente para ele?

Omar é registrado como dono de três táxis em Oslo. O de número três é azul e quando se clica nele, aparece uma página intitulada Informação sobre o Detentor da Licença. Parece um beco sem saída, ele pensa, mas fica agradavelmente surpreso com o texto que ocupa a tela segundos depois. Faz uma rápida leitura e sorri. Omar, ele pensa.

Eu sei onde você mora.

Henning resolve ir para casa. A vontade de sentar, pensar e decidir o que fazer a seguir não pode ser ignorada. Ele espera que alguns dos seus colegas, duas mulheres, se levantem e vai atrás. Elas saem do prédio. O portão preto se abre. Henning mantém certa distância entre ele e as mulheres, desce à calçada e observa a rua. Duas grandes pedras dividem a Urtegata no meio, tornando impossível dirigir no sentido de Grønland.

Um Honda e um Ford estão estacionados atrás das pedras. Os dois carros estão vazios. Há um homem com um cão de aspecto sarnento deitado a seus pés diante da sede do Exército da Salvação. Se ele de repente desse um salto empunhando um Kalashnikov, Henning estaria preparado. Ele está rodeado de espaços abertos, o rio Aker corre rapidamente morro abaixo, e seria fácil alguém apontar o cano de um revólver da janela de um carro e começar a atirar.

Não, já chega. Tem que parar de ficar procurando assassinos.

Ele havia retornado ao trabalho fazia somente alguns dias, e já conseguira se convencer de que bandidos perigosos estão tentando matá-lo. Chega. Não quero viver assim, ele diz para si próprio. Resolve caminhar um pouco, aproveitar o sol da tarde, que rompera a densa camada de nuvens sobre a Oslo Plaza. Aproxima-se de Grünerløkka com uma crescente sensação de serenidade. E ao entrar no apartamento, decide não dar bola para os detectores de fumaça. Vai em direção à cozinha mas se detém bruscamente. Droga, pensa Henning. Não vai dar para ignorá-los, não tem jeito.

CAPÍTULO 50

Como estou ansioso, nota Brogeland ao bater à porta de Gjerstad. A voz grave de Gjerstad grita "entre". Brogeland entra. Gjerstad está com o telefone pressionando à orelha, mas faz um gesto indicando a cadeira defronte a sua mesa. Brogeland se senta. Ah, se Sandland pudesse estar aqui agora, pensa, aí então quem sabe...

Gjerstad ouve e faz vários "humm". Ouve durante um bom tempo, até que finalmente balança a cabeça em sinal de concordância e diz:

— Certo. Então é assim que vamos agir. Mantenha-me atualizado.

Desliga e olha para Brogeland.

— Sim? — ele diz dando um suspiro. Há um leve sinal de cansaço em sua voz, mas Brogeland não dá atenção. O momento é este. Ele põe o roteiro de Hagerup em cima da mesa e olha cheio de expectativa para Gjerstad, que o pega e começa a folhear.

Brogeland passa os dez minutos seguintes fazendo um resumo. Quando termina, Gjerstad não está olhando para ele com ar de satisfação. Muito pelo contrário.

— E você conseguiu isso com Henning Juul?

— Sim. Juul é...

— Deixe eu lhe dizer uma coisa sobre Henning Juul — Gjerstad rosna e se levanta. Começa a andar de um lado para o outro.

— Alguns anos atrás, um homem andou matando prostitutas em Oslo. Não era nenhum Jack, o Estripador, longe disso, mas assassinou algumas garotas da Nigéria e ameaçou matar mais outras caso nós não as tirássemos das ruas. Entrou em contato diretamente conosco para anunciar suas intenções.

— Eu me lembro do caso. Se...

— Obviamente que não havia como fazer isso, mesmo que quiséssemos. Primeiro, nós nunca nos rendemos a ameaças desse tipo, e segundo: as garotas estão sempre mudando de ponto e são protegidas por seus cafetões.

Gjerstad coça o bigode e para bem diante de Brogeland.

— Henning Juul descobriu que o assassino havia falado conosco e avisado sobre próximos ataques. Quando outra garota nigeriana apareceu com 47 facadas nas costas, na barriga, no peito e no rosto, Juul deu início a uma campanha feroz. Nos colocou como o Lobo Mau porque não tínhamos respondido às ameaças do assassino. Para culminar, rastreou o bandido e o entrevistou, sem nos informar de nada, impedindo-nos de prendê-lo. O mais grave é que Juul deu mais importância em nos fazer passar por idiotas do que em capturar um criminoso. O que isso lhe diz a respeito de Henning Juul?

Brogeland olha para o chão, buscando uma resposta, mas não encontra nenhuma.

285

— Por que você acha que ele veio até você com isso? — diz Gjerstad, apontando para o roteiro. — Acha que foi por querer ajudar a polícia ou a ele mesmo?

Brogeland se recorda que Gjerstad é reconhecido por seus poderes retóricos. E não consegue pensar em nada para dizer a título de réplica.

— Juul pode perfeitamente ter topado com algo importante, mas não pense nem por um minuto que esteja fazendo isso em benefício da sociedade. Ele está usando você, Bjarne. Eu acho que o que aconteceu, por mais trágico que tenha sido, produziu algo nele. Pelo que eu sei de Henning Juul, meu palpite é que aquilo só serviu para torná-lo ainda mais cínico e manipulador.

Brogeland não sabe o que dizer, então não diz nada.

— Você já fez alguma coisa em relação a isso? — Gjerstad pergunta, referindo-se ao roteiro.

— Tentei entrar em contato com Anette Skoppum, mas até agora não tive sorte. Ela não atende o celular e não está no apartamento. Mandei o Emil falar com ela, mas como não estava, pus uma viatura na porta dela.

— Onde ela mora?

— Bislett.

— Certo.

— Ela também sacou 5000 coroas de um caixa eletrônico em Akersgate, faz umas duas horas.

— Cinco mil? É muita grana. Bom, pelo menos ela ainda está viva.

— Muito provavelmente. Mas isso também sugere que ela não pretende sacar mais dinheiro por algum tempo. Mandei o Emil a Westerdal atrás dela e para falar com seus amigos, mas não soube nada dele.

Gjerstad balança a cabeça e aguarda, mas Brogeland não tem mais nada para ele. Está com uma sensação de vazio. Ainda bem que Sandland não veio.

Será que Henning Juul é mesmo assim tão mau caráter? A ponto de deixar um assassino livre em troca de uma boa matéria? Claro que sim. E será que poderia vir a sacaneá-lo também? Mas eles dois se conhecem. Um pouquinho.

Brogeland olha para Gjerstad, que se sentou novamente atrás da mesa e começou a folhear alguns documentos. Se algo Brogeland aprendeu nesses dezessete meses em que vem trabalhando com ele é que o chefe, depois que forma opinião sobre uma pessoa, custa muito a mudá-la. Talvez por isso Gjerstad seja tão bom policial, pensa. Ou talvez por isso é que ele, Brogeland, jamais o será.

Brogeland se levanta. Espera que Gjerstad diga alguma coisa. Mas ele não diz. Brogeland fecha a porta ao sair.

CAPÍTULO 51

Os olhos ardentes de Jonas arrancam um grito de Henning durante o sono. Ele xinga, senta-se no sofá diante da televisão, e se dá conta de que deve ter dormido assistindo ao *That 70's Show*. A televisão ainda está ligada. Na tela, um homem de cabelos louros come queijo enquanto uma infinidade de mulheres de diferentes cores e formas e um homem trocam de cadeira. Henning se recosta e se imagina surfando uma onda. Continue respirando, ele diz para si mesmo. Continue respirando.

Aquilo o faz se lembrar de *Procurando Nemo*, o desenho animado, em que o pai de Nemo procura o filho perdido e encontra Dory, um peixe que mal consegue se lembrar do próprio nome, mas que adora cantar. Henning é capaz de ouvir sua voz: "Continue nadando, continue nadando."

Devem ter visto *Procurando Nemo* no mínimo umas trinta vezes, a maioria delas no verão em que foram visitar uma idílica ilha dinamarquesa chamada Tunø. Choveu o tempo inteiro. Mal puderam sair do charmoso chalé que haviam alugado na ilha proibida a automóveis. Mas Jonas adorava Nemo. Ele se pergunta o que teria sido daquelas férias sem Nemo.

Seu celular vibra sobre a mesa do café. O barulho o assusta. Ele olha a telinha: número e pessoa desconhecidos.

— Henning Juul — ele atende com voz de sono.

— Olá, é Truls Leirvåg. Soube que você está tentando me achar.

A voz é soturna e áspera. Enquanto se põe de pé, Henning situa o sotaque de Truls em algum lugar perto de Bergen. Talvez até em Bergen mesmo.

— Olá. Sim, claro. Obrigado por ligar.

Nenhuma resposta.

— Hã, sim. Eu queria saber sobre esse roteiro de que vocês têm opção de compra. O roteiro de Henriette Hagerup.

Mais silêncio.

— Você poderia me falar um pouco a respeito, por favor? Por que resolveram investir nele?

— Pela mesma razão pela qual costumamos fazer opção de compra de roteiros, eu imagino. Gostamos dele. Achamos que em algum momento vamos conseguir transformá-lo num bom filme.

— Sobre o que é?

— Chama-se Control+Alt+Del. É sobre uma garota que obtém fama e fortuna, mas vive sonhando em dar um *control+alt+del* e reiniciar a própria vida. Ela não gosta da pessoa em que se transformou. E usando um teclado muito especial, tem a chance de viver outra vez. Agora a questão é: será que ela vai fazer as escolhas certas dessa vez, ou cometerá novamente os mesmos erros?

— Entendi.

— O roteiro precisa ser um pouco trabalhado, se posso dizer assim, mas a história tem um grande potencial.

289

Henning concorda.

— E foi Yngve Foldvik quem apresentou a vocês esse roteiro?

Segue-se uma pausa.

— Foi.

— Isso é comum?

— O quê?

— Supervisores darem a dica a ex-colegas de um roteiro escrito por uma aluna?

— Não sei, mas por que não? Não vejo nada demais nisso. Se você está planejando escrever alguma baboseira passando essa impressão, pode...

— Ah, não, não vou escrever sobre isso. Só fiquei curioso. Eu tinha entendido que o seu coprodutor, Henning Enoksen, não participou das discussões que levaram à compra da opção. Por quê?

— Porque confiamos um no julgamento do outro. Você tem ideia de quantos roteiros são enviados para nós, Juul? Todo dia? Quantas reuniões fazemos, quanta papelada precisamos desbastar para produzir os filmes que queremos, como é difícil...

— Eu sei — Henning interrompe. — Qual foi a sua impressão de Hagerup?

Henning escuta Leirvåg respirar fundo.

— Era uma garota de fato muito atraente. Não posso acreditar no que aconteceu com ela. Tinha um grande gosto pela vida. Tão aberta e ambiciosa, tão confiante. Não arrogante nem pretensiosa.

— Suponho que você teve reuniões com ambos, Foldvik e Hagerup, já que foi ele que a apresentou a você, certo?

— Sim, é claro.

— Qual a química que havia entre os dois?

— O que você quer dizer com "química"?

— Você sabe, química. O modo como se olhavam. Você percebia alguma tensão sexual entre eles?

Novo silêncio. Longo dessa vez.

— Se você está dizendo o que eu acho que está dizendo, então vá se foder — Leirvåg responde, num típico sotaque de Bergen, ascendente e meio cacarejante. — Yngve é um sujeito decente. Um dos melhores, dos melhores entre os melhores. Ele só tentou ajudar uma aluna. O que há de errado nisso?

— Nada.

— Você já saiu para olhar vitrines, Juul?

— Já.

— E sempre compra tudo que lhe agrada?

— Não.

— Pois então? É isso.

Henning não fica intimidado com a irritação na voz de Leirvåg.

— O que vai acontecer com o roteiro agora?

Leirvåg suspira.

— Ainda não sei.

— Mas vocês ainda têm a opção, mesmo a autora tendo morrido?

— Sim. Eu acho que seria lamentável se nós não completássemos aquilo a que ela deu início. Ela gostaria que o filme fosse adiante.

Belo argumento de RP, Henning pensa.

— E o que o Yngve acha?

— Ele concorda comigo.

— Quer dizer então que vocês já discutiram isso, certo?

— Não, eu, hã, nós...

Henning sorri internamente e se pergunta se não era isso que estava na ponta da língua de Henning Enoksen. Que Leirvåg estava ocupado planejando o futuro do filme sem Henriette — mas com Yngve.

— Obrigado por falar comigo, Truls. Não tenho mais perguntas.

— Olha, você não vai escrever sobre isso, vai?

— Sobre o quê?

— Sobre Yngve, o filme, essas coisas?

— Não sei ainda.

— Certo. Mas se escrever, eu quero aprovar o texto. Você sabe, verificar citações e assim por diante.

— Eu não sei se vou citar você, mas se o fizer, entro em contato antes de publicar.

— Ótimo.

Leirvåg lhe dá o endereço de e-mail. Henning finge anotar, mas na realidade está de pé diante do piano, desejando poder tocar novamente. Leirvåg desliga sem se despedir.

CAPÍTULO 52

Suas pernas doem. Ele tem andado bastante nos últimos dois dias, muito mais que de costume. *Eu devia começar a ir de Vespa para o trabalho*, ele pensa, *assim não vou precisar pegar táxi caso tenha que ir de um lugar para outro.*

Está impressionado com a rapidez com que o tempo tem corrido. Antes de retornar ao trabalho, ficava todo feliz quando passava uma hora somente. Agora, sente que está perdendo a noção do tempo.

Olha para o relógio e pensa no que fazer com o que lhe resta da tarde. Após ter tirado um cochilo, não faz sentido ir para a cama. Pode perfeitamente fazer algo produtivo antes que a noite caia, antes que os olhos de Jonas venham de novo atormentá-lo.

Bem que eu poderia ir a Dælenenga, pensa, mas sabe que esta noite não vai conseguir ficar parado. *O que pode fazer? Cutucar a* onça com vara curta, fazendo uma visitinha a Omar Rabia Rashid? Ou talvez seja hora de recorrer ao sempre prestativo Yngve Foldvik? Henning contém um bocejo e então ouve Gunnar Goma subindo e descendo as escadas. Pisando macio no piso imundo de parquê ele abre a porta. Goma está ao pé da escadaria, arfando. Mais passos. Parece um elefante esmagando os degraus num ritmo lento mas constante. Ao dobrar o corrimão, ele avista Henning.

— Ah, olá — diz e para, arquejante. Descansa as mãos sobre os joelhos para respirar mais fundo.

— Oi — diz Henning, tentando se lembrar rapidamente do telefone do serviço de emergência. É 110, 112, ou 113? Nunca se lembra...

— Você me deu um susto — diz Goma, puxando o ar. Está deixando crescer o bigode.

— Desculpe, não foi minha intenção — diz Henning examinando o vizinho. Goma dá mais alguns passos. De peito nu, como sempre. O cheiro azedo de suor é forte, mesmo a distância. Ele está com o habitual calção vermelho.

— Eu estava pensando numa coisa — começa Henning. Espera que Goma pare, mas ele não para.

— Vai falando — diz Goma, enquanto segue andando. — Eu consigo ouvir você. A acústica aqui é boa pacas. Eu poderia trepar com uma das minhas garotas e entreter a vizinhança inteira, haha.

Henning não sabe bem como formular a pergunta seguinte sem dar voltas demais ou parecer meio esquisito. E não é fácil se concentrar com um velho elefante travesso de 75 anos desaparecendo no alto de uma escada.

Opta pela abordagem direta.

— Você tem olho mágico na sua porta, não tem?

Ele já sabe a resposta, mas pergunta assim mesmo.

— Pode apostar que sim, haha.

Goma para outra vez e resfolega.

— O Arne, do terceiro andar... OI, ARNE! — grita Goma, antes de prosseguir. — O Arne, do terceiro andar, recebe muitas visitas noturnas femininas. De vez em quando, eu as vejo pelo olho mágico, haha.

Arne? Arne Halldis?

— Por que você quer saber?

— É que eu não devo estar em casa esta noite, mas é possível que tenha uma visita. Estava pensando que se você estiver aí e escutar alguém, poderia por favor dar uma espiada pelo olho mágico para ver quem é?

Henning fecha os olhos à espera da resposta de Goma; deve estar parecendo um adolescente levando ao cinema pela primeira vez a garota dos seus sonhos. Goma está claramente questionando a sanidade mental de Henning.

— E para que diabos você quer saber isso? Se não está em casa, a pessoa voltará outra hora, certo?

— É, mas eu não estou totalmente certo de apreciar essa visita...

Silêncio. Até a escadaria acusticamente perfeita está silenciosa.

— Uma mulher perdidamente apaixonada, é?

— Mais ou menos.

— Sem problema. Vou ficar de olho vivo.

— Obrigado.

Esse velho daria um tremendo entrevistado, pensa Henning. A única questão é: sobre o que eu o entrevistaria? Ele pensa também, por alguma razão inexplicável, que a matéria estaria sujeita a uma censura bastante pesada por parte da editoria. Não obstante, ele sai do apartamento na certeza de que a escadaria ficará muito bem vigiada pelo resto da noite.

Está com um palpite de que algo pode acontecer.

CAPÍTULO 53

Como está de capacete, vai ser difícil alguém reconhecê-lo, sobretudo depois de ter baixado o visor. Assegura-se de fechar a jaqueta até quase o queixo.

A Vespa parte sem problemas e Henning se sente um garoto de dezesseis anos a caminho de um encontro secreto, subindo a toda a Steenstrupsgata, passando pela Escola de Belas-Artes e a Faculdade Foss, sempre avançando em marcha constante. O melhor dessa scooter é que ele pode ir aonde bem quiser e, se algum carro estiver à sua caça, sempre dá para seguir pela calçada, descer alguma trilha ou cortar por alguma viela estreita.

Não demora muito a chegar à Praça Alexander Kiellands, onde as pessoas comem ao ar livre e é possível ver as fontes em Telthusbakken. Ele atravessa a Uelandsgate e vê os sem-teto e os drogados reunidos nas imediações do Café Trappa. É bom estar novamente na estrada. Faz tanto tempo...

A Vespa é um dos poucos bens do pai que ele mantivera. Seria errado dizer que tem um cuidado especial com ela. Costuma deixá-la ao relento praticamente o ano todo, e é uma surpresa que funcione sempre a contento. Estaciona do lado de fora do supermercado Rema 1000 nos fundos da Bjerregaardsgate, pendura o capacete no guidão e olha para os dois lados antes de sair caminhando pelo lado direito da rua. Passa pelo número 20. Yngve Foldvik mora no 24B.

Henning para diante da porta pintada de vermelho do prédio de Foldvik e olha as campainhas. A do meio diz FOLDVIK. Ele a aperta e aguarda uma resposta. Enquanto espera, pensa nas perguntas que fará e em como enunciá-las. Já está começando a acreditar que Yngve Foldvik possa ser Harald Gaarder no roteiro. Nesse caso, ele tem um papel importante, mas que não faz o menor sentido. E é por isso que Henning precisa falar com ele.

Toca novamente a campainha. Talvez não esteja funcionando, ele pensa. Ou simplesmente não há ninguém em casa. Toca mais uma vez, mas logo se dá conta de que é perda de tempo. Xinga, tenta outra campainha que diz STEEN, só para se assegurar de que não é a campainha ou a fiação que está com defeito. Logo escuta uma voz aguda dizer: "Alô?"

— Olá, eu sou da Mester Grønn. Tenho uma entrega para Foldvik, mas ninguém responde. Poderia me deixar entrar, por favor?

Ele fecha os olhos, sabendo que está fazendo besteira. Passam-se alguns segundos. Então ouve-se um chiado. Ele abre a porta e entra. Não sabe por que, é óbvio que Yngve Foldvik não está em casa. Só vou dar uma olhada rápida, ele pensa, xeretar um pouquinho, como Jarle Høgseth sempre me dizia para fazer. Use seus sentidos, Henning. Use-os para formar uma impressão da pessoa que está entrevistando.

Ele se vê num pátio diminuto. Folhas que imagina serem do último outono ainda se acham grudadas ao chão como adesivos teimosos. Há uma estranha ausência de verde. Um vaso de uma planta cujo nome ele desconhece está bem no meio. Uma bicicleta sem cadeado está encostada à parede. Existem duas portas, uma à frente e outra à sua direita. Ele verifica primeiro a da direita, porque está mais próxima. Não há campainhas com Foldvik ou Steen. Ele tenta a outra, rapidamente acha os dois nomes e aperta a campainha que diz STEEN. Sem que precise se identificar novamente, a porta faz um ruído e se abre.

Escadarias. A primeira impressão que se tem de como vivem as pessoas. Um carrinho de bebê bloqueia uma porta que deve levar ao porão. Há um guarda-chuva quebrado atrás do carrinho de bebê. Uma escada de mão, manchada de tintas branca e azul clara, está encostada à parede. As caixas de correio são verdes. O lugar cheira a umidade. Os moradores sem dúvida devem sofrer muito com o mofo.

No alto da escada, uma porta se abre. Talvez a senhora Steen queira se certificar mais uma vez de que se trata realmente de um entregador lá embaixo. Droga, ele diz consigo mesmo. O que eu faço agora? A porta bate violentamente. Ele permanece onde está. Passos se aproximam. Sapatos de mulher. Dá para saber pelo som. Ele deveria se virar e ir embora?

Neste mesmo instante, outra porta se abre. Henning controla a vontade de olhar para cima.

— Ah, oi — ele escuta do alto. — Estou indo fazer umas compras, senhora Steen. — Ele percebe um certo cansaço na voz. Cordial, mas meio sofrida.

— Oi.

Como diabos vou explicar minha presença, ele se pergunta, caso a mulher que vem descendo queira saber quem eu sou?

— A senhora quer alguma coisa? — ela pergunta à senhora Steen.

— Você poderia, por favor, me trazer um número da Her og Nå? Ouvi dizer que saiu uma reportagem sobre Hallvard Flatland hoje. Eu gosto dele.

— Claro, claro.

— Espere um momento, deixe-me pegar o dinheiro.

— Tudo bem, depois a senhora me paga.

As vozes ecoam de um modo estranho nas paredes.

— Muito obrigada mesmo. É muita gentileza sua.

Clique, claque. Os passos soam como um rufar de tambores aos ouvidos de Henning. Ele agarra a escada de mão e vai subindo. A mulher vem descendo. Henning segura a escadinha diante do rosto e conserva a cabeça baixa. Agora os dois se acham no mesmo piso. Ela vem em sua direção, ele só consegue ver os pés dela, saltos altos, "olá", ele murmura e segue andando. Ela diz olá também, e ele é inundado por um perfume tão forte que quase o sufoca. Ela não para e ambos seguem seu caminho. Ele a ouve abrir a porta de entrada e sair. A porta se fecha com uma pancada.

Henning para e respira fundo algumas vezes, deixando que o silêncio preencha o espaço. Em seguida se vira e desce silenciosamente as escadas, rezando para que a senhora Steen não escute. De volta ao térreo, avista uma placa de madeira que diz FOLDVIK em letras assimétricas de criança sobre uma porta azul escura. As letras são gravadas a fogo na madeira. Ele põe a escadinha no chão e bate, duas vezes. Afinal, a campainha podia estar com defeito.

Ele espera, atento a passos que nunca chegam. Bate mais duas vezes. Não, não tem ninguém.

Já se prepara para ir embora quando nota que a porta não está totalmente fechada. Humm, ele pensa, que estranho. Olha por sobre os ombros, mesmo sabendo que não há ninguém por perto.

Cuidadosamente, empurra a porta. Ela se escancara. Será que devo mesmo fazer uma coisa dessas, ele pensa, entrar aí e dar uma olhada?

Não. Por que o faria? Não é capaz de achar motivo algum para tal. E, do ponto de vista legal, isso equivale a um arrombamento. E como explicaria sua presença no apartamento caso aparecesse alguém? Por exemplo, os próprios moradores? Meia volta, Henning. Dê meia volta e vá embora, antes que seja tarde. Mas ele não consegue. Esgueira-se para dentro. Está escuro. A única luz vem da escadaria. Sem querer deixar impressões digitais, ignora o interruptor à sua esquerda, atrás da porta de entrada. Essa é de fato uma má ideia, diz consigo mesmo.

Mas não vai embora. Não tem certeza do que está procurando. Será que espera encontrar alguma coisa que comprometa Foldvik? Seu computador? Mas não tem intenção de tocar nele, a menos que já esteja ligado e exibindo documentos incriminadores.

Henning está no hall de entrada do apartamento. Sapatos, uma sapateira, casacos em cabides, um armário e uma caixa de fusíveis. Detectores de fumaça no teto. Eles têm detectores de fumaça no teto, graças a Deus. Ele para. As luzes verdes o deixam confiante. São seu sinal particular de que está tudo bem.

Sente cheiro de comida. Lasanha, arriscaria um palpite. Bem à sua frente, avançando pelo corredor, há uma porta com um coração vermelho de feltro pendurado. Outra porta, à esquerda, leva à cozinha. Ele vê um fogão branco imundo. Uma panela com restos de espaguete descansa sobre uma das bocas.

Como nada nas paredes parece indicar que foi instalado alarme contra roubo, ele prossegue. Um arco o conduz até uma sala de estar espaçosa. Uma televisão a um canto, área para refeições. Cadeiras de encosto alto e almofadas macias, bordadas. Ele pode ver uma mesa grande, retangular, defronte a um sofá marrom de couro envelhecido um pouco mais ao fundo na sala de estar. Há três castiçais sobre a mesa com tocos de velas brancas escorridas. As cortinas brancas de linho atrás do sofá estão fechadas. Fechadas? Por que fechadas assim à noitinha? Um tapete trançado marrom escuro cobre o chão escondendo um arranhão no piso de parquê. Henning percebe o arranhão porque ele é tão grande que aparece dos dois lados do tapete. A mesa de jantar não tem objeto algum em cima. Está limpa e parece ter sido recém-esfregada.

Os Foldvik jantaram espaguete antes de sair. Deviam estar com pressa, pois esqueceram de fechar direito a porta da frente. Há outra porta aberta. Ela leva ao quarto maior. Está escuro. Aqui também as cortinas estão fechadas. Há um piano elétrico junto a uma das paredes. Henning quase tropeça nos fios pelo chão. Um *laptop* com *mouse* está sobre o piano. Há outra porta no quarto de onde chega uma luz muito bem-vinda.

Uma suíte com banheiro. Henning entra. O banheiro é pequeno, com piso de lajotas brancas e um box com chuveiro no canto. A pia também é branca e tem um espelho em cima. O espelho é a porta de um armário de parede. Ele pode ver marquinhas brancas de pasta de dente no vidro. Henning abre a porta do armário e olha. Escovas, pasta de dente, fio dental, antisséptico bucal, cremes faciais, vários frascos de comprimidos com os rótulos para trás. Ele vira um deles. O rótulo diz "Vival", com o nome de Ingvild Foldvik impresso. O frasco está quase vazio. Mas não é isso que chama sua atenção. Mais para dentro do armário, à direita, há um vidro de loção pós-barba. E embora os dizeres estejam parcialmente desgastados, dá para ler o nome da loção: Romance.

Henning engole em seco ao se lembrar de Thorbjørn Skagestad diante da barraca em Ekeberg Common, de como Skagestad entrara na barraca e sentira cheiro de morte e da loção pós-barba com que ele se encharcava para atrair o sexo oposto. Qual o significado de encontrar a mesma loção pós-barba no armário do banheiro de Yngve Foldvik?

Eu sou uma pessoa razoavelmente bem informada, pensa Henning, mas meu conhecimento é um tanto limitado em matéria de loção pós-barba em geral e da popularidade de Romance em particular. Yngve Foldvik matou sua aluna favorita? Ou a loção pós-barba poderia ser de Stefan?

Ele fecha o armário e resolve sair dali. Para no corredor quando nota uma porta à esquerda do banheiro. Um pedaço de papel escrito STEFAN em letras pretas está preso à porta por um percevejo. Embaixo há um adesivo representando uma caveira vermelha sobre fundo preto. Henning vai até a porta. Esta também está entreaberta. Ele a empurra e abre. E é então que o vê.

Stefan.

Deitado debaixo do edredom com os olhos abertos.

Só que seus olhos estão abertos porque ele está morto.

CAPÍTULO 54

Bjarne Brogeland está em sua sala, com os olhos perdidos no espaço. Tem as mãos cruzadas atrás da cabeça. Está pensando. Desta vez, porém, não pensa em Ella Sandland, totalmente nua e sem inibições. Está pensando em Anette Skoppum, se ela está correndo perigo, quem poderá estar tentando atacá-la e onde pode estar se escondendo. Brogeland se ajeita na cadeira, pega o telefone e liga para Emil Hagen.

Hagen atende imediatamente.

— Onde você está? — Brogeland berra. Sua voz é autoritária. Ele acha que pode falar dessa maneira com um policial mais novo.

— Na Escola de Comunicação de Westerdal. Ninguém a viu. Mas estou pensando em dar uma verificada geral.

— Ainda tem alguém aí a essa hora da noite?

— Sim, bastante gente, você acredita? Estudando até o último minuto antes da prova. E acho que vai haver uma festa mais tarde. Tem cartazes anunciando no quadro de avisos.

— Ok. Fique aí e veja se consegue encontrá-la.

— Foi o que pensei.

Brogeland desliga sem se despedir. Recosta-se novamente e começa a pensar em Henning Juul. Será que eu estava mesmo enganado sobre ele, pergunta-se? Eu sou o único que está sendo usado aqui? Será que pude ter sido tão ingênuo assim?

Ele não tem tempo para pensar nas mulheres nigerianas pois seu celular vibra sobre a mesa. Ele o olha. É só falar no diabo, pensa Brogeland.

E ignora a ligação de Juul.

A sensação é de ter os pés pregados no chão. Já vira muitos cadáveres antes e a morte tende a parecer tranquila. Não no caso de Stefan. Ele passa a impressão de alguém atormentado, que sofreu até o último momento. Anéis pretos em volta dos olhos, bolsas sob eles, pele pálida; seu rosto parece exausto. Um braço está sobre o edredom, esticado em direção à cabeça. Está todo encolhido contra a parede como se tivesse tentado se arrastar para dentro dela.

Há um copo sobre a mesa de cabeceira de Stefan ainda com algumas gotas de um líquido dentro. Um comprimido está ao lado do copo, em cima de um livro de capa preta. Valium, ele pensa. Overdose. Sabe que não devia fazer isso, mas vai até a mesa de cabeceira, inclina-se para frente e cheira o copo. É um cheiro ácido. Álcool. Ele chega mais para perto da cama. Algo range sob seu pé. Ele olha a sola do sapato e vê restos de alguma coisa branca e granulada. Murmura um palavrão, ao se abaixar e puxar o lençol que pende da beirada da cama.

Acabou de pisar em um comprimido. Há outro ao lado do seu sapato. Com cuidado, ele o pega do chão, examina e cheira. O comprimido e seu cheiro o fazem se lembrar de algo, que no entanto não consegue identificar. Murmura outro palavrão, devolve o comprimido ao mesmíssimo lugar em que o encontrou, e se levanta. O pó na sola do meu sapato vai deixar uma pegada, ele pensa. E se eu não ferver o sapato, os técnicos poderão me situar na cena do crime.

O quarto vai ficando cada vez mais abafado e úmido. Henning sente uma vontade imensa de correr, mas não se rende a ela. Algo sobre a mesa o detém. É o roteiro de Henriette e Anette, Uma Casta de Charia, aberto na cena 9, a cena em que a família Gaarder está jantando. E Henning pensa que há alguma coisa errada, terrivelmente errada.

Liga para o celular de Brogeland. Enquanto aguarda que ele atenda, procura se lembrar se tocou em algo. A última coisa de que precisa é a polícia encontrar suas impressões na casa de Foldvik.

O armário do banheiro. Droga. Ele abriu o armário. Fechou-o com a mão direita.

Droga.

Deixa o telefone tocar, mas Brogeland não atende. Que bela hora ele foi escolher para estar ocupado, Henning se enfurece. Maldito amador, se repreende. Mas como ia saber que havia um cadáver num apartamento que por acaso resolveu visitar?

Vai embora, assegurando-se de deixar a porta da frente semifechada, como estava quando chegou, e faz o mesmo com a porta para o pátio. Novamente lá fora, sente como é bom estar em pleno ar puro, e olha para as janelas. Ninguém está olhando para baixo. Ele deixa o celular tocar vinte vezes, pelo menos, antes de desistir. Droga, pensa. Droga, droga, DROGA! O que eu faço agora? Tenho que achar o Bjarne. Não posso telefonar para a polícia, como deveria fazer normalmente, e informar isso. Se o fizer, terei que ficar aqui esperando, contar a eles o que estava fazendo e sei que não vai parecer boa coisa. Não serei capaz de dar uma explicação adequada, que pelo menos me deixe livre de suspeitas. Primeiro Tariq, agora Stefan.

Não, ele diz para si mesmo, tenho que falar com Bjarne.

Tenta ligar novamente. O telefone toca, toca. Arrghhh! Henning recorre à central telefônica e pede que o conectem a Brogeland. Uma voz de mulher diz "aguarde um momento". Muitos segundos se passam antes que ele seja transferido.

O telefone toca novamente. Mas apenas duas vezes. E aí então Bjarne Brogeland atende.

CAPÍTULO 55

Bjarne Brogeland não costumava ter problema com cadáveres, mas naqueles dias mal podia olhar para um. Especialmente de adolescentes ou crianças. *Imagino que é porque sou pai*, ele pensa. Toda vez que chega à cena de um crime ou vai a uma casa onde uma criança morreu, ou foi morta, sempre pensa na filha, em sua linda e adorável Alisha, e no que seria da sua vida sem ela.

Yngve e Ingvild Foldvik devem estar arrasados.

Brogeland entra no apartamento da família. A atmosfera lá dentro é de distanciamento profissional. A máscara que a polícia põe de modo a fazer seu trabalho, as vozes contidas, os breves olhares, empregando as palavras que nenhum deles pode suportar ouvir. Ninguém se move com rapidez. Não há gracejos, nenhuma tirada sarcástica como em seriados de detetive da TV.

Brogeland entra no quarto. Ella Sandland está curvada sobre o corpo. Ele ligou para ela a caminho porque ela mora nas proximidades. Sandland se volta para ele.

— Suicídio, muito provavelmente — ela fala com toda calma.

Brogeland olha em torno, sem conseguir olhar para Stefan.

— Vestígios de álcool no copo, possivelmente vodca.

Brogeland vai até a mesa de cabeceira e cheira o copo. Não confirma nem balança a cabeça.

— Algum bilhete de suicida?

— Ainda não encontramos. Portanto, provavelmente ele não deixou.

— Pode ter morrido de causas naturais.

Sandland concorda com a cabeça, relutantemente. Brogeland se volta, examinando o quarto inteiro. Nota o roteiro de que Henning Juul lhe falara. Cena 9, exatamente como o filho da puta dissera ao telefone. Há um cartaz do filme *Se7en — Os Sete Crimes Capitais* pendurado sobre a cama de Stefan. Um estojo de CD vazio da banda dinamarquesa Mew está aberto sobre a mesa. Brogeland supõe que o disco esteja no aparelho de som num banquinho ao lado da cama. Os alto-falantes foram instalados no alto, de cada lado da parede, atrás da mesa. Um *skate* bem surrado está encostado à parede atrás de uma cadeira.

— Já conseguimos entrar em contato com os pais dele? — pergunta Brogeland.

— Já. Estão vindo para casa.

— Onde estavam?

— Não sabemos. Fredrik está cuidando disso.

Brogeland balança a cabeça.

— Coitados, lamento tanto por eles — começa Sandland.

— É, eu também.

— Mas tem duas coisas que me parecem meio estranhas — Sandland sussurra. Ela chega mais perto.

— O quê?

— Olha para ele.

Brogeland olha. Não percebe nada, a não ser um adolescente morto, um garoto morto.

— Que é?

— Está nu.

— Nu?

— É.

Sandland volta para a cama e delicadamente ergue o lençol e o edredom. Brogeland olha para Stefan, nu como no dia em que nasceu.

— Nunca ouvi falar de alguém que tira as roupas antes de se matar.

— Não, você tem razão, isso é extremamente raro.

— E ele está deitado numa posição estranha.

— Como?

— Olha só. Está imprensado contra a parede.

— Tem certeza de que isso não é incomum? Você dorme no meio da cama?

— Não, mas a impressão que dá é que ele tentou entrar parede adentro.

— Minha filha dorme assim. Muitas crianças, muita gente adulta, na verdade, gosta de se enroscar em alguma coisa. Isso não é necessariamente significativo. Além do mais, podem ter sido apenas espasmos finais.

Sandland examina o cadáver de Stefan por mais alguns segundos, mas não diz nada. Os dois ficam dando voltas pelo quarto, tentando absorver mais detalhes.

— Precisamos descobrir se ele tinha história de depressão — Brogeland prossegue —, se estava se consultando com algum psicólogo ou psiquiatra. À primeira vista, acho que parece suicídio, mas ele pode ter tido um aneurisma ou algum problema cardíaco congênito. De qualquer modo, por ora vamos tratar como morte suspeita. Por favor, você conseguiria uma ordem judicial? Precisamos lacrar a cena do crime e mandar uns peritos para cá.

Sandland faz que sim com a cabeça, tira as luvas de plástico e pega o celular.

CAPÍTULO 56

Assim que entra pela porta da frente ele nota que alguém esteve em sua casa. Pode sentir o cheiro acre misturado com um leve traço de suor. Silenciosamente, vai até a cozinha, em seguida à sala de estar, sem acender a luz. Para e ouve. A torneira do banheiro está pingando. Lá fora, um carro passa numa poça. Ao longe, alguém grita alguma coisa que não dá para entender.

Não, ele pensa. Agora não tem ninguém. Se tivesse, teria que ficar em absoluto silêncio sem fazer ruído. A impressão de que alguém andou por ali é confirmada quando ele retorna à sala de estar. Olha para a mesa do café onde normalmente fica seu *laptop*.

Que agora não está mais lá.

Vai até a mesa, como se isso pudesse fazê-lo reaparecer. Rapidamente tenta se lembrar se havia algo de valioso no HD. Não. Nada, exceto o FireCracker 2.0. Toda pesquisa e documentos essenciais tinham sido impressos e arquivados. Não há nenhuma planilha com uma lista de suas fontes.

Então por que alguém roubaria seu computador? Ele para no meio da sala, balançando a cabeça. Um dia longo e agitado, culminando com a invasão do seu próprio apartamento. "Muito bem, rapazes", ele fala alto, "vocês são espertos. Entraram na minha casa, saíram e me deixaram um recado: podemos botar a mão em você a qualquer hora e pegar qualquer coisa que lhe interesse."

Estão apenas tentando deixá-lo apavorado. E estão conseguindo. Quando escuta uma batida forte na porta, seus joelhos ficam bambos. Henning está meio que à espera de que seja a polícia, que Brogeland tenha conseguido manter Gjerstad sob controle o tempo suficiente para ele poder pensar mais claramente, mas não é nem Brogeland, nem Gjerstad e nem algum de seus recentes convidados indesejáveis.

É Gunnar Goma.

— A porta estava aberta — diz Goma em voz alta. Henning procura respirar normalmente, mas seu peito se aperta e ele sente as mãos formigando. Goma entra, sem esperar ser convidado. Está de calção vermelho, mas dessa vez a parte de cima do corpo está coberta por uma camisa branca.

— Se isso tem a ver com os seus veadinhos, então é a última vez que eu lhe faço um favor — Goma diz com raiva.

— Como é?

— Uns veadinhos. Esses dois que vieram hoje ao seu apartamento. Parecem uns veadinhos. Se você está metido nisso, pode ir tratando de ficar na sua.

Henning dá um passo à frente, sentindo uma súbita necessidade de comprovar sua orientação sexual, mas a curiosidade fala mais alto.

— Você os viu?

Goma faz que sim com a cabeça.

— Quantos eram?

— Dois, já disse.

— É capaz de descrevê-los?

— Precisa mesmo?

— Precisar não precisa, mas seria muito útil.

Goma dá um suspiro.

— Morenos, os dois. Pele escura, quero dizer. Muçulmanos, imagino. Barbas muito bem tratadas e elegantes. Um deles – parecia que nem era barba, exatamente. Mais como se fosse uma pintura. Ou um desenho. Num padrão bem complicado. O outro era magro feito um palito, mas andava que nem uma bichinha.

— Mais alguma coisa?

— O primeiro andava exatamente da mesma maneira. Rebolando a bunda e balançando um braço, todo delicadinho.

Goma faz uma careta de nojo.

— Viu bem a cara dele?

— O mesmo tipo de barba. Rala, mas nivelada, e aparada em linhas retas. Era um pouco mais gordinho que a outra bichona imigrante. E tinha um curativo num dedo. Da mão esquerda, eu acho.

— Quando foi isso?

— Uma hora atrás. Para falar a verdade, foi pura sorte, porque eu tinha resolvido tirar uma soneca, quando ouvi passos.

— Quanto tempo eles ficaram aqui?

— No começo, pensei que você tinha voltado para casa, porque estava tudo calmo nas escadas, mas aí escutei um barulho diferente, quando foi mesmo? Uns dez minutos depois, talvez? E então dei outra espiada pelo olho mágico. Mas se são seus veadinhos...

— Não são.

Ele não dá maiores explicações. Goma parece aceitar a negativa lacônica.

— Muito obrigado — diz Henning. — Você ajudou bastante.

Goma grunhe, se vira e vai saindo.

—A propósito — diz ele, com a mão já na maçaneta da porta.

— Um deles vestia uma jaqueta de couro preta. Com umas chamas nas costas.

BBI. Bad Boys Incendiários. Só pode ser, pensa Henning. Faz um gesto de cabeça e agradece novamente. Olha o relógio. Já é quase uma e quinze da madrugada. E ele está totalmente desperto. Muita coisa aconteceu e sua cabeça está um tumulto só.

Goma bate a porta com força. O barulho faz o apartamento parecer assustadoramente vazio, como se Henning estivesse num vácuo. Vai buscar um rodo e o prende sob a maçaneta da porta. Se alguém tentar entrar, ele vai ouvir. O rodo dificultará a entrada, dando-lhe tempo para escapar.

Ele acha a teresa enrolada debaixo da cama e a amarra em volta do móvel da TV. Só a televisão pesa 40 quilos, e com os muitos DVDs e mais o próprio móvel, ele estima que seja o bastante para suportar seu peso. Da última vez que subiu numa balança estava com 71 quilos. Agora provavelmente menos ainda.

Ele se senta no sofá e fica olhando para o teto. Ainda não havia acendido a luz. Caso alguém esteja observando da rua, é bom não revelar que está de volta.

O rosto pálido de Stefan lhe vem repentinamente à cabeça. Por favor, ele implora, não permita que ele me assombre também. Que diabos leva um rapaz de dezessete anos a tirar a própria vida? Se é que foi isso mesmo o que ele fez.

O pensamento o faz se aprumar no sofá. E se ele não se matou? E se alguém o matou e fez parecer suicídio?

Não. E o roteiro? Tudo parecia encenado, de certa forma. Como se alguém quisesse que a coisa fosse notada, contribuir para a interpretação da cena? Deve ter sido suicídio, Henning procura se convencer. Stefan deve ter tido acesso ao roteiro e o leu. Deixar o roteiro bem à vista era um recado para os pais, ou melhor, para o pai, mais provavelmente. Olha só o que você me fez fazer. Espero que consiga viver com isso.

Sim. Deve ter sido o que aconteceu. Mas mesmo assim... Henning já fizera isso antes, raciocinar a seu modo até chegar a uma conclusão lógica e, no entanto, ser incapaz de se livrar de uma vaga mas agourenta sensação de ter um anzol ancorado no estômago. O anzol o puxa com força, não constantemente, mas de vez em quando se retorce, fazendo-o desmontar o quebra-cabeça e juntar de novo as peças de uma forma diferente.

Ele não sabe por quê. Nada sugere que esteja errado, mas uma sensação de desconforto lhe diz que algumas peças não se encaixam. O quebra-cabeça de Stefan pode ainda não estar completo.

CAPÍTULO 57

Ele adormece nas primeiras horas da manhã e é despertado pela buzina de um carro. Está deitado no sofá, adaptando os olhos à luz. São 5:30. Arrasta-se até a cozinha, enche um copo d'água, pega os frascos de remédio da mesa de cabeceira e engole duas pílulas. A caixa de fósforos está no lugar de sempre, mas hoje ele não tem forças para desafiar os soldados do inferno.

Sente-se como saído de uma bebedeira de uma semana. Sabe que precisa comer alguma coisa, mas a ideia de pão dormido com presunto ressecado é tão atraente quanto comer serragem.

Ele pensa nos homens que vieram ao seu apartamento. O que teriam feito caso ele estivesse em casa? Estavam armados? Teriam tentado matá-lo?

Afasta o pensamento. A questão é que ele não estava, e não houve confronto. Resolve esquecer o café da manhã e ir direto para o trabalho, mesmo com o dia apenas começando.

Uma hora mais tarde, liga para Brogeland. Um detetive nunca dorme mais do que duas horas quando uma investigação se intensifica, e Henning tem perguntas que está morrendo de vontade de fazer. A voz de Brogeland soa meio grogue quando ele finalmente atende.

— Oi, Bjarne, sou eu — diz Henning, em tom adequadamente jovial e amigável.

— Oi.

— Está acordado?

— Não.

— Bom, mas está de pé?

— Defina de pé.

— Como foi ontem?

— Isso também está em aberto.

— O que está querendo dizer?

Brogeland não responde.

— Você está dizendo que ele não se matou?

Henning está na beirada da cadeira.

— Não, não, eu não disse isso. Correu tudo bem, no sentido de que fizemos o que tínhamos que fazer na cena do crime. Sobre o que você quer falar? Por que está me ligando tão cedo?

Henning fica desconcertado com o tom áspero de Brogeland.

— Bom, eu...

— Preciso ir a uma reunião e tenho muito trabalho pela frente. Portanto, se não é nada em especial...

— É, sim.

— Certo, então desembucha.

Henning demora algum tempo para juntar as ideias.

— Tem uma coisa que eu preciso saber.

— Sei, eu já imaginava.

— Houve alguma troca de *e-mails* entre Henriette Hagerup e Yngve Foldvik pouco antes do assassinato dela?

— Por que você pergunta? Por que precisa saber disso?

— Apenas preciso. Ok? Acho que tenho um certo direito de saber.

— Direito?

— É. Tenho ajudado muito você nessa investigação.

— Eu sei.

Brogeland suspira fundo.

— *E-mails?* Não sei. Não me lembro. Ando cansado demais para me lembrar das coisas.

— Pelo amor de Deus, Bjarne, assim não dá; o filho de um dos seus suspeitos potenciais acaba de morrer. Eu não sei por que você de repente virou um pentelho depois de tudo que eu fiz por você, mas tudo bem. Não preciso mesmo ficar falando com você.

Henning está a ponto de desligar, quando Brogeland boceja.

— Tudo bem, desculpe, é que eu estou cansado pra cacete. E o Gjerstad, ele...

Mais bocejos.

— O que é que tem o Gjerstad?

— Ah, deixa pra lá. Sim, Hagerup mandou vários *e-mails* para Yngve Foldvik e ele respondeu — diz Brogeland respirando pesadamente.

— Algum desses *e-mails* era sobre o roteiro?

— Sim, um deles. Mas não sobre conteúdo, só dizia que ela ia mandar o roteiro para ele quando terminasse.

— Você se lembra aproximadamente de quando foi isso?

— Faz pouco tempo. Não me lembro da data exata.

— E mensagens de texto? Você descobriu quem foi que trocou mensagens com Henriette no dia em que ela foi morta? Mais ou menos na hora em que ela estava com Marhoni?

— Ela recebeu duas ou três mensagens de texto nesse período. Uma delas dizia 'vá ver seus *e-mails*'.

— Quem mandou?

— Não sabemos. Mas sabemos que essa mensagem, tal como o *e-mail* com a foto, também foi enviado de Moçambique, de algum desses *sites* anônimos.

— Certo. Ok. Obrigado.

— A propósito, você precisa vir aqui hoje para um interrogatório. Gjerstad perdeu as estribeiras ontem à noite quando eu disse a ele que nós só tínhamos nos falado pelo telefone.

— Quando?

— Vamos interrogar Mahmoud Marhoni outra vez às dez horas. Um pouco depois disso. Por que não às onze, e aí vemos como fica a coisa por essas horas?

— Vou tentar.

— Você *precisa*.

— Faz pouco você disse "a cena do crime". Isso significa que vocês estão tratando a morte de Stefan como suspeita?

Brogeland grunhe.

— Eu não tenho tempo para ficar de papo com você. Preciso ir. Nós nos falamos mais tarde.

— Então vocês estão mesmo tratando a morte dele como suspeita.

— Eu não disse isso. E você que ouse especular a esse respeito no seu jornal...

— Eu jamais faço especulações sobre suicídio.

— Não, claro. Mais tarde nos falamos.

Clique. Henning fica com o olhar perdido. A polícia descobriu alguma coisa, ele pensa, ou a falta de alguma coisa basta para deixá-los desconfiados. Caso contrário, Brogeland teria descartado categoricamente.

CAPÍTULO 58

Brogeland se depara casualmente com Ella Sandland na máquina de café.

— Bom dia — ela diz, sem se virar.

Pô, como é gostosa.

— Bom dia.

O cabelo dela parece que acabou de ser lavado. Cheira discretamente a lavanda. Ou será jasmim? Ele não se recorda de já ter sentido nela cheiro de cremes ou sabonetes. Perfumes combinam mais com ela. Pô, e como combinam. Ele se sente vontade de devorá-la, saboreando, bem devagar, de colherinha, com açúcar e creme batido.

Brogeland se lembra do que Henning Juul disse, quando os dois se encontraram no Lompa. *E não terá sido aquela loura de quem você não consegue desgrudar o olho?*

Será assim tão óbvio? E se Juul consegue perceber, com certeza Sandland também consegue? Ele espera que sim, e ao mesmo tempo que não. Se já percebeu ou não, ela não está fazendo nada a respeito. Talvez esteja apenas esperando que eu dê o primeiro passo, ele pensa. Talvez ela seja desse tipo.

— Dormiu bem? — ela pergunta, servindo-se de uma xícara de café.

— Não.

— Eu também não.

Ela sorri levemente e lhe oferece uma xícara. Ele agradece com um movimento de cabeça.

— Gjerstad e Nøkleby já estão aqui?

— Não, só vêm mais tarde. Gjerstad disse para começarmos sem ele. Quanto mais hipóteses pudermos examinar antes que eles cheguem, melhor.

— Certo.

Os dois tomam suas xícaras de café e seguem para a sala de reunião. Emil Hagen e Fredrik Stang já se encontram lá. Hagen está folheando o Aftenposten, enquanto Stang olha um quadro com os nomes das vítimas e das pessoas envolvidas. Parece um grande amontoado de nomes, linhas, horários, datas, setas, linhas em negrito, e mais setas para lá e para cá. Há uma linha de tempo começando com o assassinato de Henriette Hagerup.

Sandland e Brogeland se sentam.

— Bom dia — dizem em uníssono. Hagen e Stang se empertigam.

— Então, onde estamos? — diz Brogeland. Há um acordo tácito de que Brogeland é o chefe quando o chefe não está.

— Anette Skoppum não apareceu na festa ontem — Hagen começa e boceja. — Estive lá até pouco depois de uma da manhã.

Brogeland pega uma caneta e faz uma anotação.

— Algum movimento de cartão de crédito ou celular?

— Não, nada. O celular dela está desligado desde ontem à tarde.

Brogeland balança a cabeça, mas não faz anotações.

— Fredrik, você que está em contato com a Operação Caça-Gangues. Alguma novidade sobre a BBI?

— Eles sabem no que o líder e alguns dos membros estão envolvidos, mas é muita gente. Pode estar acontecendo alguma coisa mais abaixo da cadeia alimentar.

— Sempre está.

— Sim, mas infelizmente eles não dispõem de recursos para vigiar cada um dos integrantes da gangue. Mesmo os mais manjados. E existem outras gangues em Oslo em que também é preciso ficar de olho. Apesar disso, eu duvido que a BBI vá fazer qualquer coisa agora que estão sabendo que nós os estamos vigiando.

— Nenhum sinal de Yasser Shah?

— Não. Ele está bem escondido. Eu falei ontem com um agente da Operação Caça-Gangues que me disse que achava que Yasser pode ter voltado para o Paquistão.

— E Hassan?

— Vai trabalhar e depois volta para casa. Ou para as casas, ele tem várias, portanto depende da garota que ele quer comer.

Stang olha para Sandland e fica ruborizado. Ela olha de volta para ele sem qualquer sinal de constrangimento.

— Ahn, e isso é tudo.

Brogeland suspira. A investigação está avançando bem devagar. Ele vai começar a fazer um breve informe sobre o caso Stefan Foldvik quando o celular de Sandland vibra. Ela se desculpa. Em seguida é o próprio celular de Brogeland que toca. A mesma coisa com o de Hagen. Stang olha para os outros. Só o dele permanece mudo.

— O que está havendo? — ele pergunta. Brogeland abre a mensagem de texto que acabara de receber. Digita um número e aguarda. A resposta vem de imediato.

— Alô, é o Detetive Brogeland.

Ele olha para Sandland enquanto escuta a voz do outro lado da linha.

— Tem certeza? Você verificou em toda parte, conversou com vizinhos, amigos, parentes, com todo mundo?

Brogeland escuta, balança a cabeça e desliga.

— Droga — ele diz e dispara da cadeira, feito um raio.

CAPÍTULO 59

Iver Gundersen consegue parecer mais cansado do que Henning. Henning cruza os dedos torcendo para que a falta de sono de Gundersen seja resultado de algum pega violento com Nora. Gundersen se junta ao povo do noticiário nacional e diz oi, com um bafo fedorento de alho e álcool. Põe a xícara de café sobre a mesa.

— Dormiu tarde? — Henning pergunta.

— Mais do que eu tinha planejado — responde, abaixando-se para ligar o computador. Ele se ajeita na cadeira, faz uma careta e começa a massagear as têmporas com as pontas dos dedos.

— A porra da Delicatessen tem uma comida boa demais — ele fala. — Uma cerveja leva a outra, quando a gente está se divertindo.

Ah, se divertindo, é?, Henning se enfurece. Então que se foda. Ia contar a Iver sobre o dia de ontem, mas já que ele está mais preocupado em se divertir, esquece.

— Quais as novas? — pergunta Gundersen, sentando-se. Seu corpo fica bamboleando na cadeira. Passa os dedos pelo cabelo. Henning desconfia que Gundersen nem tomou banho para vir trabalhar, que isso tudo é parte de sua imagem: um diamante bruto.

Que será que ela vê nele?

— Nada demais — Henning responde. — Alguma coisa interessante da sua parte?

— Pode ser — diz Gundersen, movendo o *mouse*. — Tenho um encontro ao meio-dia com o advogado de Mahmoud Marhoni. A polícia vai interrogá-lo novamente essa manhã, e eu espero receber uma atualização detalhada dos desenvolvimentos recentes. Fiz um belo relacionamento com Indrehaug. A Heidi me falou que você acha que a polícia ia descartar o Marhoni?

Henning xinga baixinho, enquanto Gundersen abre o navegador.

— Acho que sim.

— Baseado em quê?

— Em fatos e evidências — ele replica. É claro que é muito cedo para uma discussão mais séria, talvez Gundersen só consiga fazer uma coisa de cada vez: ler o jornal, tomar café, depois ler outros jornais, tomar mais café, pouco a pouco fazer a cabeça pegar no tranco.

— E isso quer dizer? — diz Gundersen, sorvendo ruidosamente o café pelando. Henning respira fundo e se pergunta por onde começar. É salvo pelo toque do celular de Gundersen. Gundersen lê a mensagem e franze a cara.

— Você sabe quem é Foldvik? — ele pergunta.

— Foldvik?

— É. Yngve e Ingvild Foldvik?

— Sei, sei quem são — diz Henning, mal conseguindo controlar a respiração. — Os dois trabalham na faculdade onde Henriette Hagerup estudava. Por quê?

— Sei, sei quem são — diz Henning, mal conseguindo controlar a respiração. — Os dois trabalham na faculdade onde Henriette Hagerup estudava. Por quê?

— Tive uma informação de que a polícia está atrás deles.

— O que você quer dizer com "atrás deles"? Desapareceram?

— Parece que sim.

— Tem certeza?

Ele já pulou da cadeira. Gundersen dá uma risada.

— Só estou lendo o que diz aqui.

Henning passa por ele com a velocidade que suas pernas permitem.

— O que está havendo? — Gundersen berra. É audível o espanto em sua voz, mas Henning ignora. Não tem tempo. Corre para fora, monta na Vespa e sai zunindo em direção à Escola de Comunicação de Westerdal.

CAPÍTULO 60

Tem que haver uma explicação perfeitamente natural, pensa Henning enquanto segue pela Urtegata. Talvez os Foldvik precisassem sumir, só os dois, fazer o luto em paz. Criar uma certa distância de sua tragédia particular, reduzir os ruídos.

Ele toca firme sua Vespa, dobra na Hausmanngate e cruza a esquina bem na hora em que o sinal muda de verde para amarelo. Uma mulher de cabelos escuros empurrando um carrinho de bebê sacode o punho e grita alguma coisa que ele não consegue escutar. Pode perceber claramente a indignação dela pelo retrovisor ao passar por um Opel Vectra cinza-ostra imundo.

Mas ele também percebe outra coisa. Um táxi. Mesmo pelo espelhinho lateral é possível ver uma letra e quatro números.

A2052.

Omar Rabia Rashid, ou outra pessoa ao volante, acelera. O Mercedes prata recebe o mesmo gesto indignado da mulher morena, mas avança sem que ninguém saia machucado.

Num impulso, Henning dobra à esquerda na Calmeyersgate, acelera e ultrapassa um caminhão parado com o motor ligado do lado de fora do supermercado Thai. Henning ignora a placa de Dê Preferência ao se aproximar da próxima rua, não pode entrar nela porque é contramão, mas aí pensa: por que não?, não vem nenhum carro, então ele vira à direita, alguém na calçada grita, mas ele não liga. Se acontecer de haver polícia por perto e notar sua direção perigosa ou imprudente, pode pará-lo que será muito bem-vinda. Isso daria a Henning a chance de apontar os caras que o estão seguindo.

Logo ele se vê na Torggate, onde os carros quase encostam os parachoques. Um deles é amarelo; mesmo agora ele não consegue ignorar carros amarelos. Ele vê que a pista para bicicletas está livre e avança sobre ela, acelera novamente, quase atropelando uma gaivota, que bate as asas bem à sua frente. Olha pelo retrovisor para ver se a Mercedes está vindo, mas o táxi não está em seu campo de visão. De repente, é forçado a frear, maldita faixa de pedestres, por que ninguém olha por onde anda, ele pensa, as pessoas vão atravessando a rua direto, ele quer tocar a buzina, mas se dá conta de que esse seria um gesto quase autodestrutivo. Pressiona o acelerador e ganha velocidade até precisar parar novamente, desta vez devido a um sinal vermelho.

Fica tentado a avançar o sinal, que penosamente custa a abrir. Observa pelo espelhinho, nenhuma Mercedes prata; ergue os olhos, carros passam para lá e para cá em ambas as direções, mas logo começam a reduzir. O sinal passa de novo do verde para o amarelo, ele acelera, vira à esquerda e consegue passar pela faixa antes que os pedestres pisem nela. De volta à Hausmannsgate, ele olha mais uma vez pelo retrovisor: nenhum sinal do A2052, ele prossegue,

328

ciente de que vários carros estão tendo que reduzir, mas ele não tem intenção de deixá-los passar. Nova travessia de pedestres, ele avança, passa pela Escola Elvebakken à direita, alguns alunos estão do lado de fora, fumando. Alcança em seguida a Rostedsgate, outro sinal vermelho, droga. Posiciona-se o mais à frente que pode, vira-se para ver onde está o táxi. Consegue divisar outros táxis, mas não o A2052, ainda não, mas ele pode estar a apenas alguns segundos de alcançá-lo, e agora, o que vai acontecer? Eles logo vão saber para onde eu estou indo, pensa Henning, sabem onde é a Westerdal, são taxistas, santo Deus! Avança sobre a faixa de pedestres, percebe que um deles fica olhando, mas não dá pelota, sobe na calçada, acelera, continua pilotando por sobre a calçada até poder retornar à rua. Quando olha para a esquerda, só vê prédios e concreto. Agora possivelmente o táxi não pode vê-lo. Ah, Vespinha valente!

Ele acelera rua abaixo ate chegar à Fredensborgvei e então entra no estacionamento da faculdade. Vê uma subestação e para a Vespa atrás dela, fora da vista de quem passe dirigindo. Tira o capacete e olha ao redor. Nada de A2052. Mas eles não podem estar muito distantes. Corre para dentro da faculdade.

Vê imediatamente Tore Benjaminsen. Fica tentado a ir falar com ele, mas há muita gente em volta. E o que diria? "Tem visto Yngve Foldvik? Sabia que ele está sendo procurado?" Henning percebe que não tem muita certeza da razão de ter vindo. O que eu achava que veria ou entenderia quando chegasse aqui?, ele se pergunta. Não faz sentido os Foldvik virem se esconder na faculdade. Será que ele tinha esperança de que os alunos ou os funcionários soubessem aonde os Foldvik costumam ir quando querem um pouco de tempo só para eles? Henning sequer tem certeza de que alguém aqui já saiba o que se passou.

Ele balança a cabeça ante a própria impetuosidade. Então se volta e tem um sobressalto. Está olhando diretamente nos olhos de Anette Skoppum.

CAPÍTULO 61

Bjarne Brogeland anda para cima e para baixo em sua sala. O rosto cansado e de traços lapões de Ann-Mari Sara, a perita designada para a cena do crime, acaba de pipocar novamente na tela do seu computador para informar sobre os mais recentes achados do *laptop* de Marhoni. Interrogar Marhoni será mais interessante agora. Mas não é aqui que eu quero estar, queixa-se Brogeland. Que diabos estará se passando com Yngve e Ingvild Foldvik? Por que ninguém consegue encontrá-los?

Brogeland está se remoendo silenciosamente quando Sandland bate à porta e pergunta se ele está pronto. Estou, pensa Brogeland, nunca estive tão pronto na minha vida.

Como de hábito, Lars Indrehaug se mostra indignado no interesse de seu cliente quando Sandland e Brogeland recebem ambos na sala de interrogatório e cumprem as formalidades.

331

— Então, qual é o assunto de hoje? — Indrehaug pergunta entredentes quando Brogeland conclui. — A cor preferida do meu cliente? Seu carro preferido?

Indrehaug aponta com a cabeça para Marhoni. Brogeland sorri. Agora está só cansado, e a visão daquele advogado nojento faz seu sangue ferver. Estende uma folha de papel sobre a mesa, deixando-a a meio caminho entre os dois, de modo que ambos possam examiná-la. Marhoni se inclina para diante, olha o papel e logo desvia o olhar. Balança de leve a cabeça. Brogeland registra o gesto.

— O que é isso? — pergunta Indrehaug.

— Eu diria que é óbvio — diz Brogeland. — Mas quem sabe você possa nos explicar mesmo assim, senhor Marhoni?

Marhoni crava os olhos na parede.

— Ok, então explico eu — diz Brogeland, dirigindo-se a Indrehaug. — Seu cliente tem, acredite ou não, um senso de ordem altamente desenvolvido. Gosta de saber onde estão todas as coisas. Talvez o senhor já tenha ido ao apartamento dele? Limpo e arrumado. Esse documento aí é uma cópia impressa de uma planilha Excel que encontramos no *laptop* do seu cliente, o mesmo *laptop* que ele tentou queimar. Quem sabe o senhor entenda por quê?

Indrehaug estuda o documento minuciosamente. Vê nomes, números de telefone e endereços eletrônicos.

— Um rápido olhar, nem é necessário examinar a fundo, mostrará que se trata de gente da pior espécie. Mas muito ruim mesmo. Gente que garante que nossas ruas estejam sempre abastecidas de drogas, drogas que nossas crianças consomem, e que as transformam igualmente em gente da pior espécie.

Indrehaug empurra o documento de volta para Brogeland com ar desdenhoso.

— Isso não prova coisa alguma. Pode haver uma infinidade de razões legítimas para que meu cliente tenha decidido manter essa informação em seu computador. Só porque alguém inclui entre seus favoritos a *homepage* do supermercado Rema 1000 não significa necessariamente que faça compras nele. Os nomes que você encontrou no computador do meu cliente certamente não provam que ele matou alguém.

— Não, quanto a isso o senhor está certo — Brogeland replica, sorrindo. — Mas como explicaria isso aqui?

Ele estende outra folha de papel na direção de Indrehaug e Marhoni.

— Esta fotografia também foi achada no computador do seu cliente. Na verdade, achamos várias imagens bastante interessantes...

Indrehaug puxa a folha para mais perto. Marhoni não olha para a cópia impressa da foto que o mostra ao lado de um homem de jaqueta de couro preta. A jaqueta tem um emblema de chamas nas costas. O rosto do homem é claramente visível.

— Eis aí o seu cliente em companhia de um homem chamado Abdul Sebrani. Se olhar na lista que acabamos de mostrar, o senhor verá que nela consta o nome dele. A fotografia foi tirada na primavera passada, durante a entrega de uma partida de cocaína da BBI, os Bad Boys Incendiários, ao seu cliente. Foi tirada em Vippentangen. Dá para ver a água ao fundo?

Indrehaug estuda a fotografia. A imagem é nítida, obtida com teleobjetiva a uma boa distância.

— Você se lembra de onde deveria pegar as drogas, senhor Marhoni? — pergunta Brogeland. Não há resposta.

— Temos mais imagens como essa. O seu cliente – e aqui estou apenas supondo – queria alguma espécie de garantia contra seus sócios no negócio, para o caso de começarem a jogar mais duro. Ou talvez eles até já tivessem começado a ameaçá-lo, hein, senhor Marhoni?

Marhoni ignora o olhar duro de Brogeland.

— Seu cliente manteve a cabeça baixa. Mas quando a namorada dele foi morta e nós fomos bater à sua porta, ele se deu conta de que o *laptop* poderia incriminá-lo. E a BBI. Foi por isso que tentou queimá-lo, para destruir a prova.

Brogeland olha para Marhoni e Indrehaug. Indrehaug, por sua vez, se debruça na direção de Marhoni e os dois cochicham.

Golaço, pensa Brogeland. Olha para Sandland, na esperança de que ela esteja achando a mesma coisa, mas ela é sempre difícil de entender.

— Seu irmão era fotógrafo, não era? — Sandland pergunta.

Marhoni se volta para ela, mas não responde.

— Foi ele quem tirou essas fotos, não foi? E depois as transferiu para o seu *laptop*.

Marhoni continua sem responder, mas nem precisa dizer nada.

— Onde está o resto da sua família, Mahmoud?

Marhoni mantém os olhos fixos em Sandland, antes de desviá-los e sussurrar:

— Paquistão.

— O que vai ser deles?

— O que está querendo dizer?

— Quem vai lhes mandar dinheiro agora?

Marhoni baixa os olhos.

— Nós sabemos que você manda muito dinheiro para eles todo mês. Seu pai tem um problema cerebral. O dinheiro é para o tratamento de que ele necessita. Os valores variam ligeiramente, mas eu imagino que isso é em função da taxa de câmbio. Você vive do que ganha dirigindo táxi, enquanto o dinheiro que lhe pagam para transportar drogas e integrantes de gangues por aí acaba no Paquistão. É assim que funciona, não é?

Marhoni não responde.

— Você gostaria de mudar seu depoimento, Mahmoud? — Brogeland intervém. — Gostaria que eu lhe perguntasse mais uma vez se conhece Zaheerullah Hassan Mintroza? Ou Yasser Shah? Marhoni não responde. Brogeland espera que ele desembuche.

— Eles vão matá-los — Marhoni sussurra após uma longa pausa.

— Eles quem, Mahmoud?

— Hassan e seus homens.

— E quem eles vão matar?

— A minha família. Se eu pular fora. Venho querendo sair do negócio, tenho tentado saltar fora faz tempo, mas eles começaram a me ameaçar.

— E você respondeu tirando fotografias das transações?

Marhoni confirma com a cabeça.

— E eles descobriram?

Ele confirma pela segunda vez.

— Responda à pergunta.

— Sim.

— Então o assassinato do seu irmão foi um recado? Algo na linha "fique de boca calada ou nós matamos o resto da sua família"?

Ele confirma com a cabeça pela terceira vez.

— Responda em voz alta, por favor.

— Sim.

— Há quanto tempo isso vem acontecendo, senhor Marhoni? Quando começou?

Ele suspira.

— Pouco depois que eu recebi minha licença do táxi. Comecei a dirigir para Omar, nós já nos conhecíamos e depois de algum tempo ele me perguntou se eu não gostaria de ganhar um extra. Eu disse que sim, porque meu pai estava doente e, no começo, tudo que eu tinha que fazer era dirigir e fazer umas entregas. Mas depois eles queriam mais. No final, eu quis sair.

— Mas você sabia demais, e eles não podiam correr o risco?

— Isso.

Brogeland olha para Indrehaug, que passa os dedos pelo cabelo. Tenta afastá-lo dos olhos, mas os fios continuam caindo sobre eles.

— O que vocês querem? — pergunta Indrehaug.

— O que nós queremos? Queremos o peixe grande, queremos saber quem é o fornecedor do seu cliente e como as drogas entram no país. E isso é só o aperitivo. Tenho certeza de que o resto você é capaz de imaginar.

Indrehaug balança a cabeça.

— Vocês estão supondo que meu cliente vá testemunhar contra a BBI?

— Claro.

— Apesar da situação da família dele no Paquistão?

Brogeland olha para o advogado e suspira. Em seguida crava os olhos em Marhoni.

— Sabemos que não foi você quem matou Henriette Hagerup.

Marhoni levanta os olhos para Brogeland.

— Há uma boa chance de você sair daqui em breve, caso coopere.

Marhoni parece mais alerta agora. Vira-se para Indrehaug que se vira para Brogeland.

— Vocês estão propondo um acordo ao meu cliente?

Brogeland olha para Sandland, sorri e olha de novo para Indrehaug.

— Pode apostar que sim.

CAPÍTULO 62

Henning fica tão perplexo por ver Anette na faculdade que chega a perder a fala. Permanece ali de pé, boquiaberto. Estava convencido de que ela continuava escondida. Mas então se pergunta se Anette não seria igual a ele. Talvez também tenha se cansado de ficar olhando por sobre o ombro e preferido enfrentar os próprios medos em vez de se render a eles.

Ela não se esforça para evitá-lo.

— Oi — ele diz, finalmente.

— Oi.

Os dois se olham, ambos esperando que o outro diga alguma coisa.

— Eu li o roteiro — ele diz, mesmo sabendo que ela sabe.

Anette balança a cabeça.

— Também o mostrei à polícia.

— Sim, eu já imaginava.

— Eles já foram falar com você?

— Não. Tentaram, mas eu não retornei as ligações.

Ele franze o rosto.

— Por que não?

— Não estava a fim.

Ela diz isso sem corar e aparentemente sem um pingo de culpa. Ele a observa.

— Mas agora estou pensando em fazer isso.

— Ah, é? E por quê? Por que agora?

— Porque acho que sei quem matou Henriette.

Ele mal consegue ouvi-la. Intrigado, chega mais para perto.

— Quem?

Henning escuta a própria voz trêmula. Anette olha em torno para se assegurar de que os dois estão sós. Não estão. Mas não há ninguém próximo o suficiente para ouvir o que ela diz.

— Stefan Foldvik — ela sussurra. Henning engasga. Anette observa a reação dele.

— Por quê?

— Você não leu o roteiro? — ela pergunta.

— Li.

— Pois é óbvio.

Ela não dá mais nenhuma explicação. Henning pensa a respeito.

— A família Foldvik é a família Gaarder. No roteiro.

Ele meio pergunta, meio afirma. Anette concorda com a cabeça.

— Yngve teve um caso com Henriette?

Anette dá mais uma rápida olhada em volta confirmar com a cabeça. Seus olhos são sombrios.

— Stefan deve ter descoberto.

— Como?

— Não tenho certeza. Talvez tenha achado uma cópia do roteiro em casa ou no computador do pai? Não sei.

— Yngve não tinha lido o roteiro — diz Henning.

Anette franze o rosto.

— Ele lhe disse isso?

— Sim — ele admite, com um ar culpado, ao se dar conta de que algo não estava se encaixando. — Mais alguém da faculdade leu o roteiro?

— Não.

— Nenhum ator ou extras?

— Nós éramos os atores e mal tínhamos rodado as primeiras cenas. Íamos filmar o resto mais tarde, no outono, por isso não havíamos mostrado o roteiro a mais ninguém. Ainda não.

Ele balança a cabeça, pensando que Yngve devia estar mentindo. Afinal de contas, ele estava com o roteiro. Essa é a única explicação lógica que Henning é capaz de dar, uma vez que Stefan tinha uma cópia. Talvez Yngve tenha compreendido que a verdade sobre seu caso viria à tona e preferiu contar primeiro à família. Depois, Stefan achou o roteiro em meio às coisas do pai, ou pediu para vê-lo.

Anette pode estar certa a respeito de Stefan: ele matou Henriette porque ela destruiu sua família e estava prestes a completar o estrago fazendo um filme sobre isso. Mas agora Stefan está morto, seja pelas próprias mãos, seja porque alguém o matou. E isso muda tudo, na opinião de Henning. Mas quem se beneficiaria da morte de Stefan? Calma, Henning, pode haver outros motivos para um rapaz decidir dar fim à própria vida, motivos que não tenham relação com Uma Casta de Charia ou com Henriette e Yngve. Além disso, existe uma opção que ele não havia considerado: a morte de Stefan poderia se dever a causas naturais.

Está começando a se sentir meio tonto. Sabe que não deveria estar falando sobre isso com Anette, mas não há mais ninguém, e precisa testar sua teoria em alguém enquanto as ideias lhe chegam de todos os ângulos.

— Vocês alguma vez discutiram o roteiro com Yngve?

— Imagino que Henriette sim, mas eu nunca fui a nenhuma reunião sobre isso, se é o que você está querendo saber.

— Acha que eles discutiram a trama dos Gaarder?

— Não faço ideia.

— É muito cínico expor assim o próprio amante...

Novamente ele deixa escapar a frase num meio termo entre pergunta e afirmativa.

Anette entende.

— Você está dizendo que foi Yngve?

— Não, não necessariamente.

— Você não conhece o Yngve. Ele é um cara inofensivo.

— Um cara inofensivo que ajudou Henriette a negociar uma opção de compra para seu filme...

Anette sorri. É a primeira vez que a vê sorrindo.

— Sim, eu suponho que foi por isso que ela dormiu com ele.

— Quer dizer então que foi só uma vez? Não era uma relação mais séria?

Ela balança a cabeça e controla a vontade de rir.

— Ah, não.

Ela não se aprofunda. Henning não insiste. Afinal, ele não escreve uma coluna de fofocas.

— Será que o namorado dela ficou sabendo?

— Mahmoud? Acho que não.

— Como você acha que ele teria reagido ao filme? Teria admitido que Mona, isto é, Henriette, pode ter sido infiel na vida real? Tendo em vista que a maior parte do enredo espelhava a realidade?

— Não sei — responde Anette. — E, de qualquer forma, isso não importa agora.

— Mas será que Henriette não levou isso em conta quando escreveu o roteiro? Não foi algo que vocês discutiram?

— Bom, nós...

Ela reflete sobre a questão, mas não se estende na resposta.

— Quer dizer então que Henriette não via problema em se basear no próprio namorado para criar um personagem que é traído? Você gostaria que o seu namorado fizesse isso com você?

— Eu não tenho namorado.

— Não, não. Mas está entendendo o que eu estou falando?

— Claro. Talvez Henriette tenha conversado com Mahmoud a respeito, sei lá. Explicado a ele que não era isso que queríamos dizer literalmente, que nós não achamos que ele fosse um idiota que deveria ser tirado das ruas. Não tenho ideia.

Ela dá de ombros.

— Você sabe se ele é a favor da charia e dos castigos *hudud*?

— Não consigo acreditar que ele seja.

— Quer dizer que o personagem Yashid não era um muçulmano fanático, fundamentalista?

— Não.

— E por que então Mona foi apedrejada até a morte? Não é preciso ser muçulmano para ser apedrejado até a morte segundo a charia e o *hudud*?

— Oh, pelo amor de Deus, será que você ainda não sacou?...

— Então me explique tudo. Desde o começo.

Anette dá um suspiro.

— A questão central do filme é enfatizar o que está se passando no mundo, algo que pode, algum dia, ser corriqueiro na Noruega, caso as crenças islâmicas radicais recebam apoio e tenham permissão para florescer. Em breve não fará a menor diferença se somos noruegueses ou muçulmanos. O que você acha

341

que Oslo vai parecer daqui a trinta ou quarenta anos? Provavelmente seremos todos muçulmanos, doutrinados e bem comportados. Por isso é que Yashid é um muçulmano comum e Mona uma norueguesa comum. Para pôr as pessoas para pensar.

— Entendi.

— Era tão difícil assim?

Ela o olha como se ele fosse lento de percepção.

— Não. Mas nada sugere que isso possa vir a acontecer, Anette. Muito pouca gente acredita que as leis da Noruega possam vir a ser substituídas pela charia.

— E daí?

Ele franze o cenho.

— E daí que a premissa do filme de vocês é equivocada. Não tem raízes na realidade. Ou vai querer me dizer que você também tem um desejo mórbido de ser morta por oito tiros?

Anette olha para as nuvens cinza-escuras de mau agouro.

— Tenho certeza de que Henriette está lá em cima junto com Theo van Gogh, enquanto nós estamos aqui conversando. Eu não sabia que você estava do lado deles.

Henning suspira e força o ar pelas narinas. Parece frustrado.

— Existem aspectos do Islã e da charia que eu pessoalmente não aprecio muito, mas o que você está fazendo apenas contribui para piorar as coisas. O que me diz da integração, do multiculturalismo?

— Guarde isso para os discursos. Além do mais, não tem nada a ver com Stefan.

Henning aperta os lábios. Quer prosseguir a discussão, mas agora não é hora. Em vez disso, pensa em Stefan e na Romance. Ele se lembra bem de como, em seus tempos de adolescente, a rapaziada se ensopava com enormes quantidades de loção pós-barba para impressionar as garotas. Alguns chegavam a aplicá-la nas roupas. Era um fedor só, nos vestiários, nas salas de aula, até no pátio da escola. Deve ser por isso que o cheiro ainda estava na barraca quando Thorbjørn Skagestad descobriu o corpo.

Ele percebe que Anette o está olhando. Ela tosse, ansiosa.

— Eu tentei fazer Henriette cortar a trama de Gaarder. Não achava relevante para a mensagem do filme. Mas ela não quis me escutar. Também achei que era meio esquisito, com certeza todo mundo saberia em quem era baseado aquilo. A família Foldvik tinha sofrido o suficiente.

— O que você está querendo dizer?

— Stefan me contou sobre a mãe. Que ela havia sido estuprada e...

— O Stefan lhe contou isso?

— Sim.

— Como você conhecia o Stefan?

— Ele ganhou um concurso de roteiros no ano passado. Eu queria filmar o roteiro dele para um dos meus projetos. A história era muito boa.

— Ele ganhou algum prêmio?

— O que quer dizer?

— Os organizadores do concurso não prometeram filmar o roteiro? Em geral, esse é o prêmio nesses tipos de competição, não é?

— Depende, mas nesse caso não foi. Acho que ele recebeu alguns milhares de coroas e um convite para Zentropa, na Dinamarca. Stefan ficou ensandecido quando eu pedi para fazer o filme. Ele é um bom garoto, muito esperto. Mas perigoso, também. Ele me dava a impressão de ter problemas mentais.

— Como? O que a fazia pensar isso?

— Não estou bem certa. É meio difícil de explicar. Só passando algum tempo com ele para se notar. Às vezes, dava pulos de alegria. Ria de qualquer coisa, era quase *over*. Em outras, mal se podia arrancar uma palavra dele. Parecia completamente fechado em si mesmo.

Henning balança a cabeça pensando que a descrição se adequa bem a um garoto que tira a própria vida após tirar a de outra pessoa. E se a pressão tivesse ficado grande demais ou as lembranças fossem muito fortes? Quem sabe ele não suportasse mais fechar os olhos à noite sem vê-la morta, sem reviver o que fizera?

Talvez não houvesse nada suspeito na morte de Stefan, afinal. Mas então, por que seus pais haviam sumido?

Nesse momento, começa a chover. O céu se abre totalmente. Henning e Anette correm para o saguão. Não são os únicos a buscar abrigo ali, um gargalo se forma, mas dura menos de um minuto e logo todos estão lá dentro.

As pessoas sorriem umas para as outras enquanto sacodem a água. Anette passa os dedos pelo cabelo molhado. Estão perto do balcão de recepção. O Rastafári está lá, mas não há sinal da namorada. Rastafári vê Henning e os dois se cumprimentam com a cabeça.

— Você viu Yngve hoje? — Henning pergunta a Anette em voz baixa. Ela balança a cabeça e responde "não". Está para dizer mais alguma coisa.

— Hoje é folga dele.

Eles se viram e olham para Rastafári.

— Yngve e a mulher tiraram o dia de folga — ele diz, erguendo as mãos. — Desculpem, eu ouvi vocês sem querer. O Yngve ligou agora de manhã, queria falar com o diretor, mas como ele não estava, eu peguei o recado. Falou que nem ele nem a mulher viriam trabalhar.

— Estranho — diz Anette. — Nós tínhamos uma reunião hoje. Ele disse por quê?

Henning está a ponto de dizer que o filho deles tinha morrido, mas se recorda, no último instante, que a morte de Stefan ainda não é de conhecimento público.

— Ele disse alguma coisa sobre ir viajar — responde Rastafári.

344

— Viajar?

— É. Acampar, acho que foi o que ele disse.

—Acampar?

Henning se dá conta de que está quase gritando.

— Isso mesmo.

Seu estômago se revira. O normal nessa hora seria dizer a verdade, que o filho morrera e os dois estavam tirando uma licença. Todo mundo compreenderia. Então por que dizer que iam acampar?

— Por que ele lhe contou isso?

—Achei que queria que eu soubesse. Caso alguém procurasse por ele ou por eles. Não sei. Parecia — como posso dizer? — meio agitado. Ou transtornado, não sei muito bem.

— Como? O que você está querendo dizer?

— Se eu não o conhecesse, diria que estava drogado. Falava mais rápido do que normalmente fala.

— Disse para onde iam?

— Não. Só que iam acampar. Achei mesmo um pouco estranho, na verdade eu nunca vi o Yngve como um desses, sabe, do tipo que curte a vida ao ar livre. Mas aí pensei, por que não? Camping é legal, então...

Ele ergue as mãos.

— Quando foi isso?

— Logo depois das oito, eu acho. Não estou muito certo. Ainda não tinha tomado meu primeiro café...

"Que merda!", Henning murmura baixinho, mas Anette escuta.

— O que foi?

Ele balança a cabeça e sussurra no ouvido dela para que Rastafári não consiga ouvir.

— A polícia está atrás deles, mas ninguém sabe onde os dois se meteram.

— Por quê? Você acha que eles...

345

Ele olha para Anette com ar grave. Ela entende instantaneamente, chega mais perto e sussurra também:

— Você está dizendo que eles sabem que Stefan matou Henriette?

Ele sabe o que quer dizer, mas balança a cabeça.

— Não sei.

— E agora os dois somem? Desaparecem?

— Parece.

Eles ficam parados sem dizer nada. De repente tudo fica claro para Henning. Ele se vira para Rastafári.

— Você sabe dizer se a barraca em Ekeberg Common ainda continua lá?

— A barraca para a filmagem? Continua, sim. A polícia deu por encerrado o trabalho ontem, disseram que tinham tirado todas as fotos e reunido todas as provas de que necessitavam. Ligaram para dizer que nós já podíamos ir lá pegá-la.

É onde eles devem estar. Henning olha pela janela. A chuva vai deixá-lo ensopado. E um táxi está fora de questão. Ele põe o capacete.

— Quer que eu o leve até lá?

Ele olha para Anette, surpreso.

— Você tem carro?

— Tenho. Por que não teria?

Ele pensa: é, por que não?

— Você não tem aula, palestra, qualquer coisa assim?

— Como já disse, tinha uma reunião com Yngve, mas como ele não está aqui...

Ela estende as mãos.

— E se ele está em outro lugar, e você sabe onde e por que, eu fico feliz por poder providenciar o transporte... Não é grande coisa. Posso dar uma carona até lá.

A perspectiva é tentadora demais para ele resistir.

346

— Seu carro está aqui perto?

— Logo ali — diz ela, apontando por sobre a cabeça dele.

— Certo. Então, vamos.

CAPÍTULO 63

Os dois conseguem ficar ensopados até a alma na curta distância entre o saguão da faculdade e o estacionamento. Anette abre primeiro a porta do lado do motorista, entra e destranca a do carona. Ele pula para dentro de um pequeno Polo azul-marinho, que parece estar em bom estado, muito embora deva ter pelo menos uns quinze anos. O carro é extraordinariamente livre de odores, visto ser carro de mulher, mas algo diz a Henning que Anette não é muito chegada a perfume.

Ela liga o motor, bota os limpadores de parabrisas na velocidade máxima e dá ré. Antes de engrenar a primeira ela olha para ele. O barulho dos limpadores se mistura aos protestos do motor que ainda precisa esquentar.

— O que está acontecendo? — ela diz. Henning dá um gemido. Não posso contar sobre Stefan, pensa. Não cabe a ele fornecer esse tipo de informação.

— Eu preciso falar com os Foldvik.

— Com ambos?

— É.

— Por quê? Alguma coisa a ver com Stefan? Ou com Henriette?

Ele faz que sim com a cabeça.

— Mas eu não sei o quê. Nem como.

Convenientemente enigmático, ele pensa. E por acaso também verdadeiro. Ele não faz ideia do que está acontecendo ou do que dirá a eles, se e quando encontrá-los. Mas o instinto lhe diz que precisa encontrá-los, e rápido.

— Por favor, Anette, apenas dirija, está bem? Mais tarde eu explico tudo. Mas por ora, não temos tempo para conversar.

Anette o olha, espera alguns segundos. Então engata a primeira e sai. Henning faz uma prece em silêncio.

Eles descem a Fredensborgvei. Tenho que ligar para Brogeland, ele pensa, contar o que sei, mas não posso. Ainda não.

Eles seguem em silêncio. Isso é bom para Henning, lhe dá uma oportunidade para pensar. Anette dirige com cautela, sem nervosismo, mas com cuidado e sem pisar demais no acelerador ou no freio. Ela força o Polo a subir por uma avenida longa e sinuosa, passando pela velha escola de administração e finanças e pelo restaurante Ekeberg que se aninha bem no alto do morro. Henning pode ver o fiorde de Oslo estendendo-se entre as ilhas, balsas no porto; alguns barcos saíram para o mar apesar do tempo ameaçador. Passam também por um pobre ciclista, que parece nem mais se importar em ficar todo molhado quando Anette lhe dá um banho.

Enquanto a chuva desaba em cascatas, ele pensa em Stefan, imagina-o na barraca, segurando a pedra sobre a cabeça, a raiva que o domina a ponto de não conseguir parar até o corpo de Henriette estar sem vida, antes de chicoteá-la e lhe decepar uma das mãos. De onde vem tanta raiva? E qual o sentido dos castigos *hudud*?

Ele se recorda da fotografia de Stefan e do recorte de jornal a seu respeito na sala de Yngve Foldvik. E então, ligando acontecimentos recentes com a informação no artigo, tudo se encaixa. *Mas que droga...* Eles não levam mais de onze ou doze minutos para ir de Westerdal a Ekeberg. Ele vê a barraca branca assim que chegam ao Common. Pede para ela dar uma parada num ponto de ônibus. Ela obedece.

— Obrigado pela carona — ele diz, abrindo a porta.

— Mas...

— Aqui não é lugar para você agora, Anette. Vá para casa. Obrigado pela carona.

Anette vai dizer qualquer coisa, mas pensa duas vezes.

— Vou ter que ler a respeito depois — ela diz dando um sorrisinho. Talvez, ele pensa, e então salta do carro e bate a porta. A chuva despenca. É inútil tentar evitá-la.

Ele espera Anette partir e só então desce pela pista asfaltada que corta o Common, em direção à Escola de Ekeberg. Não há ninguém do lado de fora, no pátio ou nas quadras de esporte. Também não vê carros estacionados perto da barraca. Humm, ele pensa, será que me enganei? Talvez eles não estejam aqui.

Ficar zanzando assim por ali faz com que ele se sinta fazendo algo ilegal, uma forma radical de roubar maçãs do pomar alheio. Quando já vai abrir a barraca, fica imobilizado. Um som. Uma voz? Não. Em meio ao intenso tamborilar da chuva, consegue escutar alguém gemendo lá dentro. Ele escuta. Mas é o som de uma única pessoa. Não de duas. Ele olha por sobre o ombro. Não há vivalma à vista.

Droga, Henning, ele pensa. Qual o seu plano quando entrar ali? *Oi, eu sou Henning Juul, do 123news. Poderia me dar uma entrevista, por favor?*

Droga. Dá mais uma volta. O Common está deserto. O martelar da chuva contra o teto da barraca. Ele olha a hora. Já passa de meio-dia. Era para ele estar na delegacia uma hora atrás. Será que Brogeland está à sua espera? Não. Teria telefonado. De qualquer forma, com o interrogatório de Marhoni, a morte suspeita de Stefan e o desaparecimento dos Foldvik, provavelmente Brogeland não teria tempo para interrogá-lo.

Vou entrar, ele diz consigo mesmo. Só preciso deixar as coisas do jeito que estiverem.

Ele se curva, segura o zíper e o puxa para cima num movimento rápido. Olha para dentro. De início, pensa haver algo errado com sua visão. Aos poucos, a imagem vai ficando mais nítida. Ingvild Foldvik está empunhando uma pá. Há pedras aos seus pés, grandes e pequenas. Ela olha para ele com terror nos olhos. Ele olha para ela com terror nos olhos.

Então vê o buraco no chão. Yngve está enterrado nele. E em seu pescoço há uma marca vermelha de arma paralisante.

CAPÍTULO 64

Henning se esforça para controlar a respiração. Pingos de chuva descem por sua cabeça. Ele enxuga o rosto com uma das mãos e entra na barraca. O ar está abafado. A chuva impiedosa desaba contra o teto, que, incapaz de impedir a passagem de toda a água, permite que algumas gotas se infiltrem e caiam sobre a grama. Ele olha bem nos olhos de Ingvild Foldvik. Estão esbugalhados e fixos. Há neles uma expressão distante e um brilho que só se vê em gente insana.

— Calma — ele diz, logo percebendo como soa idiota. Ela segura uma pá, há uma pilha de pedras a seus pés e não é preciso muita imaginação para calcular o que pretende fazer com elas.

Ela está muito mais magra do que quando ele a viu pela última vez. Era esbelta quando prestou depoimento no tribunal, mas agora é praticamente um esqueleto. Suas roupas parecem farrapos de tão frouxas. Envelheceu dez anos, pelo menos. A pele está toda

352

enrugada. É um zumbi, ele pensa. Seus dentes estão manchados de amarelo após anos fumando e os cabelos começam a acinzentar. Estão presos para trás num rabo de cavalo apressado; fios de cabelo molhado caem sobre seu rosto, um rosto pálido e macilento com enormes olheiras.

— Q-quem é você? — ela gagueja.

Ele olha para Yngve no chão. Sua cabeça está virada para o lado. Mas ele está respirando.

— Meu nome é Henning Juul — ele diz com o máximo controle da voz que é capaz de demonstrar. Percebe que o nome não significa nada para ela.

— Eu trabalhei como repórter no seu caso no tribunal. Antes que isso acontecesse — ele diz, apontando para o próprio rosto, pensando que as cicatrizes poderiam lhe dar alguns pontos no quesito simpatia.

— O que está fazendo? Por que você está aqui?

A voz dela agora é mais aguda. Ele olha para Yngve.

— Não faça isso, Ingvild — ele diz. — No fundo, você não deseja realmente fazer uma coisa dessas.

— Oh, desejo sim — ela rosna. — Que razão eu tenho para continuar vivendo? Ele tirou tudo de mim. TUDO. Toda minha vida. É... é...

Seus olhos se estreitam. Ela começa a chorar sem emitir um som. As lágrimas simplesmente vão caindo dos olhos. Depois tornam a brilhar e ela olha com desprezo para o marido. Volta-se para Henning. É como se tivessem posto um véu em seu rosto.

— Sabe o que ele obrigou meu filho a fazer? Você sabe quem é o meu filho?

Henning dá mais um passo para dentro da barraca.

— Stefan — ele diz, delicadamente. — E foi Stefan quem matou Henriette Hagerup.

Ela solta um uivo patético.

— C-como você sabe disso? — ela soluça. Ele respira fundo e se prepara.

— Eu li o roteiro.

Ela funga, tira o cabelo do rosto. Ele pensa no que dizer, em como encontrar um acesso à parte consciente do cérebro daquela mulher. Força bruta não é bom. Jogar-se sobre ela e arrastá-la para fora dali é inútil. Ingvild Foldvik pode estar reduzida a um esqueleto, mas é um esqueleto determinado. E quem tem objetivos claros é capaz de conseguir muita coisa. Além do que, ela tem uma arma paralisante.

— Se você me permitir, Ingvild — ele diz, o mais suavemente possível —, eu gostaria de conversar com você sobre esse roteiro.

— Ingvild — ela repete, imitando-o. — Quer dizer que agora você acha que sabe tudo a meu respeito, hein? Seu jornalista idiota.

— Stefan matou Henriette porque seu marido dormiu com ela. Ele pode até ter se apaixonado por ela. Ele destruiu sua família. Ela destruiu sua família e escreveu um roteiro que — ao menos em parte — tratava do que aconteceu. Mas Stefan viu algo mais no roteiro.

— O que você está querendo dizer?

Ele olha para Yngve, que ainda está inconsciente.

— Stefan gostava de simbolismo. O Código da Vinci Light, não foi assim que o jornal chamou o roteiro dele? A mão de Henriette foi decepada. No roteiro dela não havia nada sobre isso. Os castigos *hudud* na lei da charia prescrevem que ladrões são punidos tendo a mão decepada. Henriette roubou seu marido.

Ingvild enterra a pá no chão. Mas para de espalhar mais areia e grama em volta do marido. Ela tampa a boca com a outra mão.

— E o açoite. Também não havia nada sobre açoite no roteiro. Mas o filme teria ridicularizado você e a sua família. E a uma mulher também não é permitido zombar. O castigo para isso é o açoite...

— Pare — ela grita. Faz-se um silêncio mortal dentro da barraca. — Chega, por favor. Não aguento mais. Por favor, pare.

A pá emborca e cai ao chão. Ingvild enterra o rosto nas mãos. Henning penetra ainda mais na barraca, sem que ela perceba. A camisa verde de Yngve está ensopada de suor. Ingvild desaba. Henning não se mexe, apenas assiste. Ela fica assim, chorando, com as mãos no rosto, por um bom tempo. Então enxuga as lágrimas e olha para ele.

— Você falou que trabalhou no meu caso — ela começa com voz rouca. Limpa a garganta, e o vê concordar com a cabeça.

— Então sabe que o filho da puta me estuprou e depois me cortou toda. Eu fiz um curso de autodefesa, aprendi todo tipo de coisas, mas nunca me senti segura. Em qualquer lugar que eu vá, vejo a sombra dele, sinto a faca na garganta, a ponta da faca encostada na minha barriga, tocando meu...

Ela dá um suspiro.

— Yngve foi compreensivo. Ele me deu tempo, nunca me pressionou. Mas cansou de esperar. De esperar para...

Ela fecha os olhos e recomeça a chorar. Henning penetra ainda mais na barraca. O teto está a dois metros de sua cabeça. É uma barraca bem grande, provavelmente dá para abrigar vinte pessoas.

Ela abre de novo os olhos. Os dois se olham por um instante, mas Henning tem a leve impressão de que na verdade ele é o único ali a ver alguma coisa. Os olhos de Ingvild mudam de distantes para reluzentes quando ela registra uma cor ou um movimento. Logo ela some de novo num mundo só dela, ou em algum outro lugar onde não tenha contato com ninguém.

— Eu comprei um desses para mim — ela diz, pegando um celular do bolso. Parece um Nokia comum.

— Na Noruega não se consegue desse tipo.

Ela balança o aparelho no ar.

— É um misto de telefone e arma paralisante. É, eles fazem essas coisas. Esse eu comprei nos Estados Unidos, por menos de duzentos dólares. E todo mundo agora tem um celular, não é? As pessoas estão sempre mexendo neles. Ligando, mandando mensagens, falando futilidades. Esse nunca sai da minha mão, mas ninguém jamais pergunta por quê. E se alguém tentar me atacar de novo, eu estou preparada. Oitocentos mil volts, direto no corpo, zzzt. Juro que derruba qualquer um.

Ele olha para Yngve, embora não precise se convencer.

— E Stefan sabia que você tinha uma arma paralisante? Foi a sua que ele usou, não foi?

Ela confirma com a cabeça, relutantemente.

— Ele perguntou se podia pegá-la?

— Não. Ele a pegou uma tarde, digo, naquela noite. Eu tinha ido dormir. Só notei no dia seguinte, porque o celular não estava onde eu havia deixado. Sou muito atenta a essas coisas. Percebo tudo.

— Você falou com ele a respeito?

— Não na mesma hora. Acordei tarde e ele já havia saído para a faculdade. Mas o assunto surgiu ontem à tarde, e... e...

Ela volta a chorar, mas segue falando.

— Eu perguntei o que ele havia feito com meu celular, por que o tinha levado, mas ele não disse. Então Yngve entrou no meio e aí a coisa...

Ela balança a cabeça.

— Tudo o que Stefan vinha guardando veio à tona. Queria que Yngve assumisse o que tinha feito, que fosse honesto com ele mesmo e conosco. Stefan se descontrolou, queria brigar com Yngve e, no calor do momento, contou o que havia feito, por que pegou meu celular e tudo virou...

Balança novamente a cabeça.

— Foi muito feio. Muito...

Ela olha para o marido, cuja cabeça continua virada para um lado.

— Foi triste. Muito triste...

Ela fecha os olhos.

— E o que aconteceu depois que Stefan confessou o assassinato? Porque ele estava sozinho quando morreu.

Ingvild suspira fundo.

— Não me lembro muito bem. Acho que eu saí correndo do apartamento. Tenho uma vaga lembrança de Yngve me sacudindo, no alto da St. Hanshaugen. Ele me disse que estava me procurando havia horas. Acho que devo ter andado até lá. Ou corrido, não sei. Não me lembro. E quando nós voltamos, então...

Ela chora, baixinho. Ele a vê tremer, levando a mão à boca. Em seguida seus olhos ficam nublados. Ela olha para frente, para a parede da barraca. E aí, abruptamente, recobra a lucidez.

— Como você sabia que nós estávamos aqui?

— Falei com uma pessoa na recepção da faculdade agora de manhã.

— Gorm?

— Pode ter sido.

— Como foi?...

Ela ergue as mãos.

— Ele disse que Yngve havia ligado para dizer ao diretor que vocês iam acampar. O diretor não estava, então ele pegou o recado. Eu só juntei as peças. Foi uma sorte tê-la encontrado. Tive um pressentimento de que tudo tinha a ver com essa barraca, esse buraco — ele diz, apontando para o chão. — E se todo mundo estava procurando por vocês, sem conseguir encontrar, eu calculei que podiam ter vindo para cá. Já que estavam indo "acampar", segundo Yngve...

Ingvild olha para ele por um longo tempo, antes de confirmar com a cabeça.

— Eu me lembro muito vagamente do que houve ontem. Também estava sem meus remédios, imagino que foram eles que o Stefan tomou, de modo que eu não conseguia dormir. De qualquer modo, duvido que tivesse conseguido.

Seus olhos estão vermelhos.

— Por que você veio aqui?

— Para me vingar. Do meu jeito.

— E como convenceu Yngve a vir com você?

— Disse a ele que eu precisava estar aqui, na barraca, para tentar entender o que meu filho havia feito. Não foi só um pretexto. Eu precisava mesmo. Isso lhe parece estranho?

Ele balança a cabeça.

—Agora que estou aqui, parece meio esquisito. Mas agora eu sei como Stefan se sentiu. Reconheço o ódio. E, como sua mãe, essa é uma relação pela qual sou grata.

Ele vai dizer alguma coisa, mas o rosto dela se enche de desprezo e raiva. Antes que ele tenha tempo de reagir, antes que tenha tempo de agarrá-la, ela pega uma pedra e a joga em Yngve. Atingido no ombro, ele acorda; lentamente seus olhos se abrem, ele ergue ligeiramente a cabeça, mas está tão fundo no buraco que não é capaz de se mover. Finalmente, ele vê Ingvild, em seguida Henning, e se dá conta do que está para acontecer. Tenta levantar os braços para se proteger, mas eles estão presos. Ingvild pega outra pedra.

— Espere. Ingvild, não...

Yngve berra, Henning dá um passo largo em direção a Ingvild para detê-la, mas ela o vê, arregala os olhos e segura o celular à sua frente, balançando-o para ele, e o aciona; sai uma faísca, e Henning para e recua.

— O que você acha que está fazendo? — Yngve geme.

— Você matou aquela vagabunda — Ingvild sibila. — É, foi você, Yngve. Se tivesse ficado longe dela, nada disso teria acontecido. Você matou Stefan também, fez com que ele tirasse a própria vida...

— Ingvild, isso...

— Ah, pare de se lamuriar. É justo que você prove um pouquinho só do seu remédio, as mesmas pedras, e é isso que está acontecendo aqui, agora, no mesmo lugar, por isso você vai morrer da mesma maneira que sua amante, aquela vagabunda...

— Não foi...

— Ah, cala essa boca.

Ingvild pegou outra pedra, está espumando pela boca e seus olhos brilham de ódio. Henning não sabe como detê-la; ela agita o celular freneticamente, sempre apontado para ele. E se eu ligar pedindo socorro?, ele pensa. Não vai adiantar, não vão chegar a tempo. As pedras são tão pesadas que um único golpe, certeiro, poderia significar o fim de Yngve. Henning tenta pensar em algo inteligente para dizer, mas não acha as palavras, não acha nada, então fica arrastando os pés sobre a grama molhada. Aí vê Ingvild erguer a pedra sobre a cabeça e mirar.

— Isso é por você ter trepado com ela, seu filho da puta. Sei que há muito tempo eu não vinha sendo uma boa esposa para você, tenho sido um zumbi desde que fui estuprada, mas você devia ter me ajudado, você devia ter me ajudado, seu merda, você não devia ter estuprado a minha alma, e pior, pior de tudo, não devia ter enlouquecido nosso filho. Eu sei, eu sei como ele se sentiu quando ficou aqui de pé, como eu, segurando uma pedra sobre a cabeça, quando a jogou naquela vagabunda que arruinou tudo.

— Mas eu nunca dormi com Henriette — Yngve grita e fecha os olhos. Henning ergue os braços numa tentativa desesperada de se defender, mesmo ela estando a vários metros dele, e também fecha os olhos à espera da pancada e do grito.

Que não acontecem.

Ele reabre os olhos. Ingvild continua segurando a pedra sobre a cabeça. Está arquejante.

— Eu juro que nunca dormi com Henriette.

A voz de Yngve é um fio, à beira das lágrimas. Então Henning escuta um movimento às suas costas.

— Não. Mas dormiu comigo.

Henning se vira. E pela segunda vez em menos de uma hora, está olhando direto nos olhos de Anette Skoppum.

CAPÍTULO 65

Se Deus existe, ele deve ter apertado a tecla *'pause'*. O queixo de Henning cai. Anette entra e olha para eles.

— Desculpe, Juul — ela diz. — Minha curiosidade foi maior.

Ele a olha sem piscar.

— Q-quem é você? — Ingvild pergunta.

— A mulher com quem seu marido fez sexo.

Ela fala isso assim, em seco, sem nenhum constrangimento, sem raiva, como uma questão puramente factual. E Henning sabe que não é o único que está abismado.

— Mas... — a voz de Ingvild é desprovida de força.

— Dá para entender por que Stefan pensou que era Henriette. Olha só para mim, não chego aos pés dela. Seu roteiro também deixava isso óbvio, era o que eu acharia.

Anette olha para Yngve. Ele crava os olhos no chão, envergonhado. Uma lágrima rola em seu rosto. Seu cabelo, o pouco que ainda tem, está banhado de suor.

— E Henriette gostava de flertar, todo mundo sabia disso. Era capaz de seduzir os passarinhos nas árvores, bastava querer.

Todos olham para Yngve, que suspira e balança a cabeça.

— Não foi nada fácil, para nenhum de nós dois, depois... depois do que aconteceu com Ingvild. Já não era assim tão bom antes, e depois, bem, aí então é que ficou totalmente impossível nós vivermos juntos como homem e mulher. Toda vez que eu me aproximava, você se afastava, quase tremia quando eu, seu marido, chegava perto.

Yngve olha para ela.

— Contato físico era um conceito desconhecido. E aí eu conheci Henriette...

Ele balança novamente a cabeça.

— Ela era linda, cheia de vida, inteligente, e, claro, muito namoradeira, e não vou negar que ela mexeu com sentimentos que eu achava que estavam mortos havia muito tempo. Mas eu não queria destruir a confiança entre nós. Afinal, eu era o orientador dela, seu supervisor, e não podia...

Foldvik olha para as duas. Seus olhos se detêm em Anette. Henning pode ver que ele está consumido pelo remorso.

Anette dá mais um passo para o interior da barraca. Ela também está ensopada até os ossos. Henning se pergunta o que a fez voltar. Dá para compreender que ela tenha ficado curiosa, mas por que soltar aquela bomba?

Claro. Para pôr tudo em perspectiva. Se Ingvild tivesse matado o marido porque teve um caso com Henriette, a verdade — quando mais tarde ela se revelasse — a teria destruído completamente. Como poderia viver sabendo que seu próprio filho matara a mulher errada e que ela mesma matara o marido por ele ter enlouquecido seu filho, mesmo que sem querer?

Ingvild dá a impressão de ter sido furada. Seus ombros estão murchos, as costas curvadas, os olhos inchados. Henning olha para Anette. Ela é muito mais esperta do que ele havia acreditado.

— Desculpe, Ingvild — prossegue Anette. — Eu nunca desejei que isso acontecesse. Mas aconteceu. Trabalhei em uma ideia durante muito tempo, escrevi um ótimo argumento, que eu queria que Yngve olhasse. Eu sabia que ele havia ajudado Henriette a conseguir uma opção de compra da Descubra a Diferença Produções, e achei que poderia me ajudar também. Houve um pouco de álcool, não vou negar, mas nós conversamos na sala dele e...

— Anette, não...

Yngve fecha os olhos.

— Não, não vou continuar. Só quero me desculpar. Pelo mal que causei. Se soubesse a que isso iria levar, eu...

Anette vai completar a frase, mas se interrompe. Agora ela também está chorando. Dá um passo em direção a Ingvild, se curva e põe a mão em suas costas. Nesse momento, o braço de Ingvild dispara. Henning só percebe quando é tarde demais, Ingvild já pegara o celular e o acionara em direção ao pescoço de Anette. Zzzzzzt. O choque faz Anette cair. Henning já vai pular sobre Ingvild para evitar que ela libere mais ódio e o desconte em Anette, que jaz inconsciente com o rosto voltado para baixo na grama, mas Ingvild ergue as mãos e se levanta. Não diz nada, apenas olha fixamente para diante com o olhar perdido e deixa cair o celular. Que aterrissa bem ao lado de Anette.

— Agora pode chamar a polícia — Ingvild diz, calmamente. Seu olhar é distante, opaco. Henning fica olhando um bom tempo para ela antes de tirar seu celular do bolso do paletó, esfregar o painel e constatar que dá sinal.

Então liga para Bjarne Brogeland.

CAPÍTULO 66

Brogeland chega rapidamente com uma equipe de policiais. Henning reconhece Ella Sandland. Espera ver surgir a figura imponente do Inspetor-chefe Gjerstad cofiando o bigode, mas ele não veio. Nem sua Comissária-adjunta Pia Nøkleby. A polícia começa a examinar o interior da barraca. Sandland leva Ingvild para fora. Outros policiais tratam de resgatar Yngve Foldvik de dentro do buraco. Dois homens da ambulância atendem Anette. Brogeland se aproxima com as sobrancelhas erguidas.

— Você tem faro, Juul, isso eu devo admitir — ele diz, pondo a mão no ombro de Henning. Henning não está acostumado a receber elogios, nem gosta muito disso, mas murmura um "obrigado". Percebe que está com a roupa grudada ao corpo e procura soltar um pouco a camisa e a calça.

— Mas não vá saindo de fininho novamente — Brogeland dá um sorriso. — Precisamos resolver tudo direitinho, e dessa vez não vai ser por telefone.

— Vou lá para fora — diz Henning.

Parara de chover quando ele sai ao ar livre. Venta frio. Ele não se dera conta disso, mas a brisa gelada batendo em seu rosto úmido e quente provoca uma sensação agradável. Vou pegar um resfriado, ele pensa. Está molhado até os ossos. E daí? Isso não importa.

Pega o celular e liga para Iver Gundersen. Gundersen atende de imediato.

— Iver, sou eu — ele diz.

— Olá.

Gundersen ainda não sabe, pensa Henning.

— Você está no trabalho?

— Estou.

— Está no computador?

— Sim.

— Quer um furo?

Silêncio.

— Furo?

— É. Um furo. Quer ou não quer? Se não, vou ligar para outro.

Henning pode escutar Iver balbuciando alguma coisa.

— Não, eu... digo, sim. Quero, claro que quero um furo. Onde diabos você está, hein, o que aconteceu?

Henning respira fundo, o bom e gelado vento norte lhe entra pelas narinas. Que delícia.

— Eis minhas condições. Você pode fazer qualquer pergunta, menos por que eu quero as coisas feitas dessa maneira. Está claro?

— Henning, eu...

— Está claro?

365

— Meu Deus, Henning, pô, está claro.

Henning abre um sorriso largo. Acaba de receber permissão para se divertir à custa de Gundersen.

— Certo, prepare-se — diz.

E começa com a manchete.

Henning passeia para lá e para cá enquanto fala com Gundersen, dá uma espiada em Ingvild e Yngve enquanto Brogeland e sua equipe promovem interrogatórios preliminares do lado de fora da barraca. Ingvild e Yngve Foldvik estão enrolados num cobertor. Não olham para os policiais que falam com eles. Não olham para ninguém. Quando Brogeland o convoca, já é começo da tarde. O trânsito se intensificou no Common, chegaram viaturas de jornais e TVs, uma multidão de curiosos se formou, querendo saber que diabos estará havendo naquela barraca dessa vez. Henning não os culpa. Provavelmente estaria curioso, também. E ficarão ainda mais chocados quando lerem o 123news mais tarde, caso Gundersen tenha cabeça para compreender os fatos e a cronologia.

— Vamos caminhar um pouco — diz Brogeland. Henning o segue para longe dos demais.

— O que você acha de tudo isso? — Brogeland pergunta.

— O que quer dizer?

— Será o fim da civilização tal como a conhecemos?

— Não sei — responde Henning.

— Eu também não. Meu Deus — Brogeland exclama, balançando a cabeça. — Você consegue imaginar que futuro terão esses dois?

— Não.

— Nem eu.

— Como está Anette?

— Vai se recuperar logo.

— Vão levá-la para o hospital?

— Não vai ser preciso.

Os dois caminham. Acima deles, as nuvens se deslocam velozmente. A temperatura está caindo. As roupas não estão mais coladas no corpo.

— Já descobriram o que matou Stefan? — Henning pergunta.

Eles vão retornando à barraca. Brogeland balança a cabeça.

— Ainda é cedo para dizer, mas tudo leva a crer que foi overdose de comprimidos e álcool.

— Então a morte dele não é mais suspeita?

— Não, não parece.

— Isso significa que vocês não pediram testes complementares?

— A decisão não é minha, mas, sim, eu suponho que ele vá para o final da fila.

— Humm.

Henning olha em torno. Um câmera da TV2 apoia a câmera no ombro. Um repórter examina suas anotações antes de ensaiar sua entrada, sem gravar.

— É meio estranho que Stefan estivesse nu, você não acha? — comenta Henning, depois que o repórter concluiu seu trabalho.

Brogeland se volta para ele.

— Humm?

— Por que você acha que Stefan estava nu?

— Não sei bem. Ele era meio chegado a um simbolismo. Talvez tenha sido sua forma de dizer que o ciclo estava completo.

— Nascer nu, morrer nu, isso?

— É.

Uma interpretação bem razoável, pensa Henning.

— Mas como Stefan sabia que Henriette estaria na barraca aquela noite? Houve alguma espécie de contato telefônico via celular entre os dois?

— Não que eu me lembre. Acho que não.

— Então como ele sabia?

Brogeland pensa durante algum tempo.

— Talvez tivessem um acordo verbal?

— Em relação a quê? Stefan não estava envolvido com o filme de Henriette.

— Não, eu sei disso. Não faço ideia. De qualquer modo, de alguma forma ele ficou sabendo. Nunca teremos resposta para isso agora.

Henning balança a cabeça, devagar. A pergunta o deixa irritado. Ele não gosta de quebra-cabeças com peças faltando. Sempre acaba de olhos fixos na lacuna.

— Bela reaparição a sua — diz Brogeland, enquanto os dois seguem andando.

— O que está querendo dizer?

— Esse caso. É bem do jeitinho que você gosta, não é? Fazer tudo sozinho?

Henning olha para Brogeland tentando entender o que teria provocado essa mudança de tom.

— Do que você está falando?

— Gjerstad me contou sobre as mulheres nigerianas — Brogeland interpela Henning. O sorriso sumiu de seu rosto. — Gjerstad me falou da reportagem que você escreveu, da sua entrevista com o assassino.

Henning balança a cabeça e sorri. Ah, Gjerstad.

— Gjerstad contou a história toda?

Ele aguarda a reação de Brogeland, mas ela não vem.

— Ele disse que eu fiz a entrevista e dei ao cara a publicidade que ele queria sob uma condição?

Henning faz uma pausa de efeito.

— Qual condição?

— De que ele pararia de matar mulheres nigerianas, ou melhor, de matar qualquer outra pessoa. É delírio acreditar que a polícia possa acabar com a prostituição em Oslo. Equivale a dizer às crianças que parem de chupar balas. Há uma razão para se dizer que essa é a mais antiga profissão do mundo. Gjerstad disse alguma coisa sobre quantas mulheres mais o sujeito matou?

Brogeland não responde.

— Não, exatamente. E eu também não poderia tê-lo entregado à polícia simplesmente porque não o conheci. Nós só nos falamos por telefone – duas vezes – e em ambas foi ele quem me ligou. Eu jamais me dei ao trabalho de procurar saber de onde ele ligava, porque sabia que seria perda de tempo. Além do mais, ele foi apanhado dois meses mais tarde. Por outros motivos.

Henning imagina a figura de Arild Gjerstad, recorda algumas das discussões que tiveram, a antipatia e o desprezo explícitos em seus olhos. Pode ser preconceito da minha parte, pensa Henning, mas eu sou um principiante comparado a Gjerstad.

— Olha, eu...

— Esquece.

— Mas eu...

— Gjerstad não gosta de jornalistas, Bjarne, e eu sou a última pessoa de sua preferência. Essa é que é a verdade.

— Não, mas eu...

— Deixa isso para lá. Não tem importância.

Brogeland olha para ele. Em seguida concorda com a cabeça, discretamente.

CAPÍTULO 67

Quando Henning chega ao trabalho uma hora depois, sente de imediato que o ambiente havia mudado. Tudo bem, é sexta-feira, e as sextas-feiras têm um clima todo próprio, mas a impressão é de que o Natal chegou mais cedo. Dá para notar no modo de sorrir das pessoas, dá para ouvir em suas risadas desinibidas, dá para ver no jeito relaxado de andar de uma mulher por quem ele passa ao subir as escadas.

Ele caminha pelo corredor estreito em direção à copa, onde a máquina de café parece estranhamente abandonada. Passa um pouco das três. Ainda há muita gente por ali. Como de costume, Kåre Hjeltland está atrás de um jornalista na editoria.

— Henning! — ele grita quando os dois se veem. Dá ao jornalista mais algumas orientações e corre para a copa. Henning recua um passo já prevendo o impacto de Kåre, para não ser atro-

370

pelado. Heidi vem passando atrás de Kåre. Ela vê os dois, mas não se junta a eles.

— Você viu a matéria do Iver? — Kåre urra.

— Hã... não.

— Ele solucionou o caso Hagerup. O apedrejamento e tudo mais. Acho que deve ter havido um tremendo rebu hoje cedo naquela barraca de Ekeberg Common. Caramba! Nossos acessos VÃO ARREBENTAR A BOCA DO BALÃO! Chupa, CHUPA!

Kåre ri alto e bate forte no ombro de Henning.

— Você vem com a gente depois do trabalho? Temos que comemorar isso...

Henning hesita.

— Hoje é sexta-feira, pelo amor de Deus!

— O Iver vai?

Não que isso faça alguma diferença, mas ele prefere saber.

— Não. Ele vai ao 17:30 da Rádio 4. Tem que ficar sóbrio. E mais tarde tem um programa de entrevistas na TV, agora não me lembro qual, ha-ha.

Nesse momento, Gundersen sai do banheiro. Enxuga as mãos molhadas na calça jeans surrada, ligeiramente suja, mas para ao dar com Henning ali. Os dois se olham. Kåre grita alguma coisa que Henning não consegue entender. Ele olha para Gundersen, que o cumprimenta cautelosamente com a cabeça. Há gratidão em seu olhar, combinada a uma estranha mescla de respeito e admiração.

— Outra hora — Henning responde a Kåre. — Já tenho um compromisso.

— Ah, não — Kåre exclama. — Que pena!

Gundersen segue em outra direção, e passa pelos dois sem dizer nada. Seus olhos reluzem enquanto ele coça a barba por fazer. Henning sorri para si mesmo.

— Tenho de ir — ele diz, olhando para Kåre.

— Tudo bem. Até segunda, então.

Quando ele sai, a tarde tinha se tornado mais fria, mais inclemente. Ele puxa o paletó para mais junto ao corpo. Está caminhando em direção ao portão preto, pensando em onde fica a loja de bebidas mais próxima, quando ouve uma voz.

— Juul!

Ele se volta. A voz pertence a um homem que Henning reconhece. O sol se reflete em seus óculos escuros. Agora que o Ray-Ban está mais perto, ele nota o que Gunnar Goma vira pelo olho mágico. O cabelo parece ter sido pintado no crânio. O estilo lembra aqueles círculos encontrados em plantações. Uma corrente grossa e reluzente balança em volta do pescoço. Ele veste uma jaqueta de couro preta, que tem inexoravelmente um desenho de chamas nas costas.

— Está vendo aquele carro ali? — diz o homem, indicando um carro preto do lado de fora do portão. — Vá até ele. Se gritar ou tentar alguma coisa, nós matamos sua mamãe...

Henning recebe um cutucão persuasivo no peito e começa a andar. Olha para todos os lados, em busca de rostos, mas não vê nenhum para o qual possa dar uma piscadela ou fazer algum gesto discreto. Seu pescoço lateja. Ele está andando, mas não sente o chão.

Que diabos eu faço agora?, ele pensa.

O homem sentado ao volante olha para ele quando Henning se aproxima do carro. Seu braço esquerdo descansa sobre o parapeito da janela. Tem um dedo enfaixado. Gunnar Goma não deixa escapar nada, pensa Henning, embora ele, Henning, não tenha percebido nada de remotamente efeminado nos dois.

— Vamos — ordena o homem, sentando-se ao lado de Henning no banco de trás. O carro acelera. Henning é jogado para trás no assento. O motor responde bem, mas ele é incapaz de prestar atenção nisso, assim como nas pessoas e na vizinhança pelas quais passam. Ele pensa mais uma vez que deveria avisar alguém de que está sendo sequestrado, mas aí o que vai acontecer com sua mãe? E com ele próprio?

— Estamos a caminho.

O motorista está falando num pequeno microfone. Ele usa um fone de ouvido.

O que se faz quando não se vê futuro? Henning tem se feito essa pergunta inúmeras vezes nos últimos dois anos, sem encontrar resposta, sentindo que ela estava a ponto de consumi-lo. Não há palavras reconfortantes como quando ele era pequeno e sua mãe resolvia tudo com beijinhos e ele sabia que tudo ia acabar bem; não há nada. Calma, já vai passar. O medo é paralisante, como o gelo. Boiar no mar sereno não vai ajudar você agora, Henning. Só quem pode ajudar é você.

Mas como? O que fazer? O que dizer?

Não passa muito tempo, e antes que ele se dê conta o carro já sumiu dentro de um lava-jato. Ficou tudo escuro à sua volta. O carro parou, mas ninguém saltou. Atrás deles, a porta foi baixando lentamente.

Henning sente uma pistola no flanco e engole seco.

— Saia.

Ele olha fixamente para a arma, pressionada contra uma de suas costelas.

— Saia, eu já disse.

A voz é profunda. Henning abre a porta e pisa num chão de cimento molhado. O cheiro é igual ao de qualquer lava-jato, um misto de umidade e algum detergente. Mas não há outros carros à vista. E não se trata do tipo automático, em que você permanece no carro enquanto a máquina faz todo o trabalho, além de lavar o carro devidamente.

A porta se fecha com uma pancada forte que as paredes ecoam. Por que não falei nada sobre isso com Bjarne, ele pensa, por que não disse que tinha umas contas para acertar com os Bad Boys Incendiários, que eles estiveram no meu apartamento e roubaram meu computador, e que vinham me seguindo? Brogeland já havia mencionado isso. Que os caras eram barra-pesada. Meu Deus, até Nora me alertou.

Nora, ele pensa. Será que a verei novamente?

Uma porta se abre. Henning vê uma gaiola de vidro. Um homem sai dela, rindo.

— Henning — ele diz, como quem cumprimenta um velho amigo. Henning não responde. Só fica olhando para aquele homem sorridente.

— Eu tenho muitos nomes, mas todos me chamam de Hassan — ele fala, estendendo a mão. Henning a aperta. Firme. O sorriso de Hassan revela um dente de ouro na fileira superior de dentes e gengivas saudáveis. Ele usa um colete e tem uma corrente de ouro em volta do pescoço. Henning olha as tatuagens de Hassan. Um sapo verde em um braço e um escorpião preto no outro. Sapos vivem na terra e na água. À noite, preferem ficar em terra seca. Onde caçam invertebrados. Durante o dia, escondem-se de predadores em locais sombreados e úmidos. Já os escorpiões são criaturas basicamente noturnas. E possuem um ferrão feroz.

Hassan cofia a barba.

— Então — ele começa, andando em volta de Henning. — Talvez você saiba por que está aqui?

Henning faz um gesto para suas roupas molhadas.

— Não acredito que seja para tomar um banho.

Hassan dá uma gargalhada. O som faz um eco em torno das paredes. Hassan olha para seus capangas e continua se movendo.

— Você tem dificultado as coisas para mim — diz Hassan, sem olhá-lo. Henning permanece imóvel, concentrando-se na respiração. Mal está se contendo; a qualquer momento pode cair, perder contato com o chão e desabar. Seus pensamentos estão dispersos, ele tenta controlá-los, mas uma sensação arrebatadora de solidão o paralisa. Talvez devesse ser assim, ele pensa, ele fez por merecer. É o que merece. Ninguém está ao lado dele na hora 'H'.

Não demonstre medo, ele fala consigo mesmo. Não deixe que eles o vejam em seu momento mais patético, destituído de toda honra e dignidade. Se vai morrer, mantenha a cabeça erguida.

Os pensamentos são como um chute no traseiro. E é por isso que ele diz:

— Eu entendi tudo.

Hassan para.

— Você entendeu, é?

— É, não foi difícil. Yasser Shah, um dos seus capangas, é procurado pela polícia por ter matado o Tariq Marhoni. Não deve ser nada fácil ser você agora, com as coisas pegando fogo ao seu redor. Você viu *Fogo contra Fogo*, Hassan? Com Al Pacino e Robert De Niro?

Hassan sorri, mas balança a cabeça. E recomeça a andar em volta dele.

— É um clássico. A questão é a seguinte: se você pretende ser um bandido bem-sucedido, não se cerque de nada que não esteja disposto a abandonar em trinta segundos, caso a coisa esquente demais. E você não tem planos de abandonar nada, tem, Hassan?

Hassan ri, mas não responde.

— Então nós temos um problema.

Hassan olha para Henning.

— Nós?

— Com certeza você não vai ser bobo de me matar, só porque Yasser Shah não fez o trabalho dele direito, vai?

Os passos de Hassan ficam mais curtos. Henning decide continuar falando enquanto Hassan revê suas opções.

— Yasser Shah está fugindo da polícia, que pode ligar o irmão de Tariq Marhoni a você, e não é preciso ter muita imaginação para entender que a partir daí eles virão com tudo atrás de você. Veja bem, Mahmoud Marhoni está para ser solto. O Detetive Brogeland me contou faz uma hora. E sabe o que mais ele me contou? Henning não espera uma resposta.

— Disse que Mahmoud tem prova suficiente contra você. Nesse caso, é um gesto estúpido ou inteligente matar um jornalista, mesmo ele tendo testemunhado um crime ordenado por você?

— Uma morte a mais ou a menos faz muito pouca diferença — diz Hassan bruscamente e olha para os outros em busca de apoio. — Além disso, ninguém jamais achará você.

— Não, talvez não. Mas você se engana se pensa que isso vai facilitar a sua vida. Uma coisa é traficantes de drogas ficarem por aí, matando uns aos outros. Muita gente não vê nenhum mal nisso. Mas assassinar um jornalista... isso já é muito diferente. Nós, jornalistas, não somos sempre lá muito populares, longe disso, e muita gente lhe diria, feliz da vida, que tem nojo de nós, mas no fundo eu acho que essas pessoas ficam felizes por nós existirmos. E se alguém mata um repórter ou some com ele por estar fazendo seu trabalho, vai pagar muito caro, pode crer. A polícia já sabe que vocês andam de olho em mim, e se as coisas estão feias agora, espere para ver o que acontece a partir de amanhã, quando começarem a me procurar. Brogeland me ofereceu proteção contra você, mas eu não aceitei. Sabe por quê? Porque não tenho a menor intenção de ficar me escondendo ou olhando por cima do ombro pelo resto da vida, e porque eu não acho que você seja idiota a ponto de piorar ainda mais as coisas para o seu lado. Mas se quer me matar, Hassan, mate logo, não vacile. Estará me fazendo um grande favor.

A voz de Henning soa forte de encontro às paredes. Seu coração está martelando. Ele olha para Hassan, que continua andando em círculos. Seus sapatos fazem barulhos suaves ao chapinhar no chão molhado. O restante da gangue acompanha o chefe com os olhos.

— O que houve com seu rosto? — Hassan pergunta após algum tempo.

Henning suspira. Talvez seja verdade que Jonas esteja aqui agora, pensa. Meu filho querido, meu menino adorado. Ele se lembra do salto em meio às chamas, de como tentara proteger o rosto de Jonas com as mãos e os braços, o cabelo pegando fogo, o incêndio e o ardor, os olhos de Jonas ao vê-lo, como ele ajudou a apagar as chamas antes que elas o envolvessem.

Henning se lembra dos dois na varanda, as chamas famintas caçando-os na sala de estar, ele se lembra de como Jonas olhava para ele em busca de apoio e segurança, as palavras que lhe dizia, palavras que jamais esquecerá, vai ficar tudo bem, não tenha medo, eu vou cuidar de você, se lembra de como subiram no alto da grade da varanda, ele agarrado à mão do filho, olhando-o nos olhos e dizendo que era só um pulinho e estariam a salvo, mas fazia tanto frio, há dias que chovia, o gradil estava escorregadio, ele só percebeu quando subiu nele, mas achou que não importava o que pudesse acontecer com ele, contanto que eu salve o Jonas, preciso cair em terra primeiro para amortecer a queda dele, Jonas pode cair sobre qualquer lugar em mim, não importa, contanto que ele sobreviva, e Jonas resistia, chorava, dizia que não queria ir, que estava apavorado, mas Henning forçou, com voz dura, disse que eles tinham que pular ou ambos morreriam, jurou que iriam pescar no fim de semana seguinte, só os dois, assim que chegassem ao chão, e finalmente Jonas concordou, derramando lágrimas de coragem, reuniu forças, era um grande garoto. Os olhos de Henning estavam ardendo e ele lutava para se orientar, mas tinha que conseguir, tinha que tomar a frente e fazer todo o possível para salvar o filho. Subiu no gradil, balançava lá em cima, ele segurou firme as mãos trêmulas de Jonas, ergueu-o, encorajou-o mais uma vez, aquelas malditas palavras, mas quando olhou para baixo, quando tentou olhar para baixo, se sentiu tonto, tudo começou a rodar, havia um cheiro de queimado que vinha do apartamento ou talvez do seu próprio rosto, saía fumaça pela porta da varanda, que eles tinham deixado aberta, mas era agora ou nunca, precisavam pular, ele deu um passinho para se equilibrar e percebeu então que não havia nada sob seus pés, o gradil não estava mais ali, seu apoio também, e também a criança em seus braços, Jonas, onde está Jonas, santo Deus!, ele não conseguia ver nada, seus olhos estavam colados, e aí então ele flutuou, a caminho do chão, antecipou o impacto, sentiu-o antes mesmo de ele acontecer; foi acolhido por uma barreira de escuridão e não viu mais nada, não sentiu mais nada, tudo estava escuro, a escuridão era total.

Ele nunca tinha visto escuridão antes. Nunca vira o que a escuridão é capaz de ocultar.

Mas então ele entendeu.

Jonas tinha medo do escuro.

Como ele amava Jonas.

Jonas.

— Meu apartamento pegou fogo — ele responde baixinho.

— Você tem filhos, Hassan?

Hassan balança a cabeça e caçoa:

— Nem nunca vou ter.

Henning concorda com a cabeça.

— Vamos acabar logo com isso — ele diz, com serenidade. Está preparado. Não faz mal. Que venha a eternidade. Hassan para bem à sua frente. Pega uma pistola. Certifica-se de que Henning a viu, e pressiona a arma contra sua testa.

E neste momento a escuridão retorna, a escuridão pela qual eu estive esperando, onde a aurora nunca rompe, onde todas as vozes se calam, os sonhos são calmos e não existem mais chamas.

Venha a mim. Conduza-me à terra dos mortos, mas por favor, faça com que haja alguém lá à minha espera.

Ele aguarda o disparo, ou quem sabe só um *puf* ou um *pop*, se Hassan estiver usando um silenciador. Henning se pergunta se ouvirá algo antes que sua cabeça exploda numa massa de sangue e miolos. A morte é terrível, mas ao menos leva com ela a dor.

A pressão contra sua testa desaparece. Henning abre os olhos e olha bem nos de Hassan. Hassan baixara a arma.

— Está bem — ele diz, se aproximando mais e postando-se bem diante dele.

— Mas se pegarem o Yasser — ele sibila — e houver um julgamento e você for a única testemunha de acusação, nós vamos pegá-lo de novo. Entendeu? E dessa vez nem vamos lhe dar uma carona primeiro.

Ele retrocede um passo, faz um gesto com a pistola de cortar sua garganta. Henning engole em seco, rígido. Os dois ficam se olhando. Por um longo tempo.

— Entendeu?

Henning faz que sim com a cabeça.

Ele entendeu.

— Abra a porta — Hassan ordena a um dos homens, sempre olhando para Henning.

— Mas...

— Faça o que estou mandando.

O homem avança pelo chão de cimento. Aperta um botão. A porta protesta ao se enrolar, mas só soa alto por causa do silêncio em torno. Henning olha para Hassan enquanto o local vai se enchendo de luz novamente. Ainda durão. E Henning não duvida por um segundo que Hassan vá cumprir o que prometeu.

A porta se enrola completamente e para com um estrondo.

— Meu computador — diz Henning. — Posso tê-lo de volta?

Hassan move a cabeça na direção de um dos homens, que obedece, embora com um olhar de desaprovação. Segundos depois volta e empurra o computador para os braços de Henning.

Quando Henning se vê do lado de fora pisando outra vez em asfalto seco, um belo Alfa Romeo passa a seu lado. Ele se vira e olha para o lava-jato. A porta lentamente se fecha de novo. Que estranha visão. Os Bad Boys Incendiários, todos juntos, olhando para ele. Parecem durões. Barra pesada. Dariam uma ótima capa para um CD, ele pensa, de alguma banda prestes a lançar seu álbum final. E quando a porta acaba de baixar totalmente e ele não consegue mais vê-los, a sensação é de muito sossego e vazio.

CAPÍTULO 68

Tem alguém transando. Ao enfiar a chave na porta da casa de sua mãe, Henning se dá conta — para seu grande alívio — de que o barulho está vindo da televisão. Graças a Deus que é da televisão. E graças a Deus que não é da televisão da mãe, e sim do vizinho, Karl. Karl é o síndico do edifício. Karl gosta de pornô. Henning nunca disse nada à mãe, mas acha que Karl está a fim dela. Se a mãe, contra todas as expectativas, viesse um dia a descobrir isso, ele espera que ela não guarde nenhum rancor dele por não tê-la conduzido aos braços de Karl em sua idade avançada. Algo lhe diz que tal situação pode ser meio desconfortável, embora não seja uma ideia que ele pretenda perseguir.

Como sempre quando visita a mãe, ele se sente quase sufocado pela atmosfera viciada. O papel de parede tem cor de Marlboro. Se alguma vez alguém ousasse lavar o teto daquela casa, a espuma do sabão sairia marrom de tanta nicotina e alcatrão acu-

381

mulados. Henning se dá conta de como fica feliz por não fumar mais. Seu apartamento seria exatamente assim.

Ele pega as sacolas de compras, todas as seis, e entra na sala. Pode ouvir o rádio, não tem como não ouvir, está sempre ligado. Christine Juul está sentada na cozinha, como sempre, fumando. Mal levanta os olhos do jornal quando vê o filho.

— Oi, mãe — ele grita para superar o som do rádio. A volta do filho pródigo. Mas nenhum abraço choroso o aguarda. Ela olha as sacolas que ele carrega. Henning mostra primeiro, propositalmente, a sacola marrom da loja de bebidas.

— Já não era sem tempo — ela rosna. Ele ignora o comentário, entra na cozinha e abre a geladeira. As garrafas tilintam. E ele sabe que esse é o som favorito da mãe. Vai desembalando mantimentos, leite, queijo, açúcar, pão e outras coisas, mas de olho nela. Que parece indiferente. Está vestindo uma calça manchada de fumaça que um dia foi branca, uma blusa manchada de fumaça, que um dia foi amarela, e um cardigã marrom porque faz frio. E faz frio porque ela está arejando o apartamento. Obrigado, meu Deus, ela abriu as janelas.

— Como você está? — ele pergunta.

— Mal.

— Alguma novidade?

— Novidade?

Ela grunhe. Teria sido mais rápido examinar os relatórios médicos dela antes de vir, ele pensa, sorrindo para si mesmo.

Há um debate no rádio. Ele leva um minuto, enquanto arruma as compras, para descobrir que a mãe está ouvindo o 17:30. Não deveria ficar surpreso ao reconhecer a voz de Iver Gundersen, mas fica meio empolgado. Ele ouve o apresentador:

Então, Iver Gundersen, você, que solucionou esse caso hoje cedo, o que acha que vai acontecer agora? Acha que a Noruega dará mais atenção à charia a partir de agora?

Não, Andreas, creio que não. Acredito que muita gente considera que isso não é algo que ocorre todos os dias na Noruega, não importa quantos muçulmanos venham para cá. Na verdade, pode aumentar nosso nível de conscientização sobre o que é a charia. Acho que todos podemos nos beneficiar disso.

Bom garoto, pensa Henning. Vai pedir à mãe que baixe o volume, mas sabe que ela não atenderá, então procura se desligar do barulho. Observa-a tentando sem sucesso desenroscar a tampa de uma garrafa de St. Hallvard. Ele pega a garrafa e tira a tampa num nanossegundo. Busca um copo no armário sobre a bancada da cozinha e o coloca diante dela. Você mesma pode se servir, pensa. E vê como suas mãos tremem e como ela derrama bebida ao fazê-lo. Meu Deus, como está trêmula.

Ele é consumido por um misto de compaixão e raiva. Suspira ao vê-la dar o primeiro gole. A mãe fecha os olhos, o líquido viscoso vai aquecendo-a do céu da boca à garganta e descendo pelo peito. E ele tem certeza absoluta de que, para ela, este é o melhor momento do dia de hoje, talvez de vários dias.

O apresentador passa à próxima matéria.

A Ministra da Justiça, Trine Juul-Osmundsen, está provocando nova controvérsia.

A mãe aumenta o volume. Henning sente vontade de gritar.

Ela quer restringir o direito automático de apelar em casos em que o condenado tenha sido sentenciado a mais de dois anos de cadeia, supostamente como parte de um esforço para aumentar o nível de eficiência. A proposta da Ministra vem encontrando considerável resistência de alguns membros da oposição. Temos conosco hoje no estúdio Karianne Larsåsen, do partido Venstre, que entende que...

Ela abaixa o volume. Graças a Deus, ele pensa.

— Malditos jornalistas — ela murmura. Ele para de súbito, vai dizer alguma coisa, mas muda de ideia. De que adianta? Em vez disso, fecha a geladeira com um gesto imponente e olha em volta. Migalhas de pão, misturadas a cinza de cigarro, cobrem o chão de sujeira. Por toda parte. Da cozinha dá para ver o pó em cima da televisão. A sala — que consiste num sofá marrom de três lugares, uma poltrona Stressless com um pufe para os pés, uma mesa de jantar de madeira escura e papel de parede Hessian — parece arrumada, mas é sob a mesa, no amontoado do tapete persa vermelho, debaixo do sofá e do console da TV que se nota o que ela de fato é.

Ele começa pegando o aspirador de pó num armário do corredor e ligando-o. Aspira rapidamente o corredor, o banheiro pequeno e acanhado, o quarto de dormir e segue até a sala de estar. Está para tirar o bocal do aspirador para sugar o pó ao redor da lareira quando alguma coisa no mármore do aparador atrai seu olhar.

O aparador está coberto de fotografias. Ele já as viu centenas de vezes. Fotos da mãe, quando ela ainda era sua mãe, dos pais no dia do casamento, fotos de Trine, de Trine com o marido, Pål Fredrik, quando se casaram, fotografias de Trine e Henning juntos quando crianças, na praia de seixos perto do chalé da família.

E vê uma fotografia de Jonas.

Ele a pega e examina. Jonas está sorrindo para o fotógrafo. Foi tirada perto do Natal. Ele sabe porque há cartões de natal na parede atrás dos cachos louros de Jonas, numa fita de seda verde. Em vez de arrumar todos os cartões em cima do aparador, eles costumavam prendê-los com clipes numa fita de seda e assim criavam uma espécie de árvore de Natal feita de bons votos.

Jonas tinha três anos quando essa foto foi batida. Henning não se lembra bem da ocasião, mas o sorriso de Jonas revela a típica ansiedade pré-natalina. Ele fica olhando a foto por um longo tempo com o aspirador zunindo no ouvido, sem que seja capaz de pô-lo no chão.

Henning não sabe quanto tempo permaneceu ali de pé, mas foi um bom tempo. Sai do transe quando a mãe aumenta acintosamente o volume do rádio para abafar o barulho do aspirador. Chega, ele pensa, e devolve a fotografia ao seu lugar.

Mas não virada para baixo.

CAPÍTULO 69

Após a visita de médico à mãe, Henning compra uma caixa de pilhas tamanho econômico. Ao sair da loja, nota que o Parque Sofienberg está fervilhando de gente que curte alegremente a sexta-feira. O celular chama. Ele abre a mensagem e vê, para grande surpresa, que é de Anette.

VOCÊ AINDA ESTÁ VIVO?

Ele sorri e digita uma resposta.

MAIS OU MENOS. ESTOU TENTADO A LHE FAZER A MESMA PERGUNTA.
COMO VAI?

Ele continua a caminhar, sempre segurando o aparelho e observando as pessoas, que estendem toalhas para piquenique, desembalam bandejas de churrasco e instalam cadeiras de lona. Anette responde logo. O celular vibra e toca simultaneamente na palma de sua mão. Quatro toques curtos.

MEIO ZONZA, MAS TUDO BEM.

Ele nunca tinha sido atacado por uma arma paralisante. E espera que nunca venha a ser. Está convencido de que Anette jamais esquecerá a experiência. Ele manda outra mensagem.

EU ESTOU COM FOME. QUER BELISCAR ALGUMA COISA POR AÍ?

Aperta o 'enviar' torcendo para que Anette não interprete mal a mensagem. Só está sentindo necessidade de conversar sobre o que aconteceu. E de fato está faminto, mal comeu nos últimos dias.

O celular toca de novo.

SIM, POR FAVOR. TAMBÉM ESTOU MORRENDO DE FOME. O FONTÉS, NA LOKKA? A COMIDA LÁ É BOA.

Ele digita de volta imediatamente.

ÓTIMO. ENTÃO NOS VEMOS LÁ.

Ele fecha o aparelho e aperta o passo. Ela tem razão, pensa, a comida deles é boa. E conclui que merece também uma cerveja.

Afinal, hoje é sexta-feira.

A primeira cerveja já se fora quando Anette chega. Ele está sentado perto da lareira, onde um toco de lenha arde como uma pequena fornalha apesar da noite de junho, e onde as pessoas sobem e descem as escadas para ir ao banheiro. Talvez o lugar não tenha sido a melhor escolha, mas era a única mesa vaga.

Ele acena. Anette o vê imediatamente e sorri andando em sua direção. Ele se levanta. Ela o abraça.

Fazia muito tempo que não ganhava um abraço de alguém.

Os dois se sentam. O garçom, um sujeito moreno alto com os dentes mais brancos que Henning já vira na vida, logo surge para anotar os pedidos.

— Um Fontés burger com bacon. E a maior cerveja que você tiver — diz Anette, com um sorriso. Alguém está dando um suspiro de alívio, pensa Henning.

— E um para mim também — ele diz. — Quer dizer, os dois.

O garçom faz um gesto de cabeça e se vai. Não fica bem, Henning se censura por dentro, me expressar dessa forma. Sente-se meio constrangido. Muito embora ele tenha intenções estritamente respeitosas, é como se eles estivessem tendo um encontro. E esse é um cenário desconfortável.

— Então? — ela diz, olhando para ele. — Deu uma boa matéria?

— Vai dar — ele responde. — Ao menos é o que eu acho. Mas eu não escrevi. Não tive forças.

— Quer dizer que pegou um pobre coitado para escrever por você?

— Mais ou menos isso.

— Seria muito mais divertido você mesmo escrever.

— Eu pensei que você queria ser diretora.

— Sim, mas os melhores diretores são muitas vezes os melhores autores. Quentin Tarantino, por exemplo. Oliver Stone. Já ia dizer Clint Eastwood, mas pensando bem, não acho que ele seja muito de escrever. Você sabia que Clint Eastwood compôs praticamente todas as trilhas sonoras dos seus filmes?

— Não.

— Pois agora já sabe. E são trilhas ótimas. Bem jazzísticas, muito piano...

Henning gosta de jazz. E de piano, muito. Os dois se olham sem dizer nada.

— O que vai ser do filme agora? — ele pergunta, e imediatamente se recrimina por ter tocado no assunto tão cedo.

— Qual deles?

— Os dois.

— Por favor, podemos não falar sobre isso? Minha melhor amiga está morta, foi assassinada por um lunático que eu gostaria de jamais ter conhecido, e a última coisa em que quero pensar é o que vai acontecer com o filme. Ou com os filmes. Agora, a única coisa que eu quero fazer é comer meu sanduíche. Nada mais me importa.

Ele concorda com a cabeça. Anette procura o garçom. Ali. Contato visual. O garçom baixa a cabeça, em reverência, e faz um gesto de desculpas com as mãos.

— O Bjarne tem apertado muito você? — Henning pergunta.

— Estou me sentindo um bife bem passado.

— Ele foi legal? Tratou você bem?

— Oh, sim. Muito bonzinho e simpático. Estou esperando ser interrogada de novo, mas tudo bem. Eu entendo.

O garçom traz as tão aguardadas bebidas. Anette agradece, toma um grande gole e lambe a espuma que se formara em seu lábio superior.

— Ah, que salva-vidas...

Henning pega seu copo e fica girando-o por algum tempo.

— Fui eu que o descobri — ele diz de repente. Não sabe de onde saiu a frase. Simplesmente a deixou escapar.

— Stefan?

— Arrã. Não era para eu estar lá, mas tinha umas perguntas para o Yngve. Os Foldvik não estavam em casa, mas a porta do apartamento estava aberta, daí eu...

Ele olha para o chão.

— Você entrou?

Ele ergue novamente os olhos e confirma com a cabeça.

— Você foi alguma vez à casa deles?

Anette dá outro gole.

— Uma vez eu me reuni lá com Stefan... Quando foi isso? Uns seis meses atrás, mais ou menos. Para falar do roteiro.

— Que vocês estavam filmando?

— Precisamente.

— E foi a única vez?

Ela toma outro gole e faz que sim com a cabeça.

— Depois disso trocamos *e-mails* e conversamos ocasionalmente pela internet, sobre assuntos que tinham a ver com o filme. Que ainda levaria um tempo para começar a ser filmado. Tudo na indústria do cinema é assim. Para começar, a gente se encontra para combinar uma reunião, e quando chega a hora da reunião, combina de se encontrar outra hora para ter outra reunião sobre a necessidade de se reunir...

Ela revira os olhos. Ele ri.

— Por que está perguntando essas coisas?

— Ah, só curiosidade.

— Posso fazer uma pergunta?

— Manda.

— O que aconteceu com você?

Ela aponta para o rosto de Henning, para suas cicatrizes.

— Ah, isso.

Ele crava os olhos na mesa.

— Não precisa me contar — diz Anette, ternamente.

— Não, é só que...

Ele gira novamente o copo.

— Ultimamente várias pessoas têm me perguntado isso. Na verdade, eu não sei o que dizer sem...

Ele para e visualiza mais uma vez a varanda, os olhos de Jonas, sente as mãos dele que de repente não estão mais lá. É como se estivesse numa sala à prova de som sem luz alguma. Ergue os olhos para ela.

— Uma outra hora, quem sabe.

Anette ergue as mãos.

— Desculpe, eu não queria...

— Não, não. Tudo bem.

Anette olha para ele por um bom tempo antes de tomar outro gole da cerveja. Os dois bebem em silêncio, observam as pessoas comendo, observam a porta toda vez que ela se abre, ficam olhando fixamente para as chamas.

Uma pergunta que o vinha atormentando ressurge.

— Por que você voltou? — ele diz. — Por que foi até a barraca?

Anette engole em seco e contém um arroto.

— Como eu já disse: fiquei curiosa. Você obviamente estava escondendo alguma coisa. Sua fisionomia demonstrava isso. Você devia se ver. Eu estou habituada a pensar em histórias e percebi que havia uma muito boa acontecendo bem debaixo do meu nariz. Era tentador demais para não voltar lá.

Ele balança a cabeça devagar.

— Desculpe, eu não pretendia espionar você.

— Quanto tempo você ficou do lado de fora antes de entrar?

— Não muito. Mas olha, eu já falei bastante sobre tudo isso com aquele policial, Brunlanes, sei lá o nome dele.

— Brogeland — Henning corrige. — Desculpe, eu só estou um pouco...

É a vez de Henning levantar as mãos.

— Eu estou meio pirado depois de um dia como o de hoje.

Ele faz um gesto circular com o dedo próximo à têmpora.

— Não se preocupe — ela diz, imitando um sotaque australiano. — Saúde.

E ergue o copo. Os dois bebem.

— A que estamos brindando? — Henning pergunta.

— Que mais vidas não foram perdidas — ela responde e engole.

— Saúde.

CAPÍTULO 70

Os dois concordam em deixar de lado os Foldvik enquanto comem seus hambúrgueres à moda crioula com batatas recheadas, empanadas, ou seja lá como se chamem. Ele devora rapidamente a comida. A cerveja serve como uma camada de fermento sobre o estômago. Quando enfim se vão, depois de Henning ter pago a conta, ele percebe que está em águas revoltas.

Mas ele gosta do mar.

— Obrigada pelo jantar — diz Anette, ao saírem para a noite junina. Recomeçara a chover, fraquinho, pingos leves.

— O prazer foi todo meu.

— Aceita uma? — ela diz. Ele deixa a porta bater e se fechar às suas costas. Anette tem nas mãos um saquinho de balas Knott.

— São ótimas depois de uma cerveja.

Ela põe algumas pérolas brancas, marrons e cinzentas na mão e as joga dentro da boca. Ele sorri e diz:

— Quero, sim.

Ele estende a mão e pega um punhado. Knott. Ah, as balas da minha infância! Ele comeu muitas delas durante anos, mas receia pensar em quanto tempo se passou desde que experimentara pela última vez aquelas pequenas explosões de sabor... Pega uma balinha marrom, estala os lábios e balança a cabeça num gesto de aprovação.

— Tem que comer todas de uma vez. É isso que as torna tão deliciosas.

Ele olha para as sete ou oito pastilhas, se é que pode chamá-las assim, e leva a mão à boca. Abre um sorriso. Uma pastilha escapa e rola de volta à palma de sua mão. Ele olha a bala minúscula, branca, redonda enquanto mastiga com vontade. Parece um comprimidinho branco.

Um comprimidinho, pequeno, redondo, branco.

Pequeno, branco...

Oh, inferno.

Ele mastiga e engole as balas, sem tirar os olhos de Anette. Ela sacode o saquinho, põe mais balas na palma da mão e as joga na boca. Ele olha as balas e se lembra do que Jarle Høgseth sempre costumava dizer, que o diabo está nos detalhes. É um velho clichê, mas agora, ali, olhando aquela bala branca, é como se a sensação furtiva que o vem atormentando desde que olhara nos olhos inexpressivos de Stefan, o anzol que revolvia seu estômago, subitamente penetrasse mais fundo e lhe arrancasse as entranhas.

— Que foi? — pergunta Anette. Henning é incapaz de falar. Fica só olhando para ela, recordando-se do pó branco sob seu sapato, o comprimidinho redondo e branco no chão do quarto de Stefan, de como o formato e o cheiro da pílula faziam com que se lembrasse de algo. Das cortinas corridas, da porta que não fora devidamente fechada.

— Não gostou? — pergunta Anette, ainda sorrindo. Ele se dá conta de estar dizendo que sim com a cabeça. Tenta ver se os olhos dela revelam algo. O espelho da alma, onde a verdade pode ser encontrada. Mas ela se limita a olhá-lo de volta. Ele olha para as balas e para ela, alternadamente.

— Alôôôô?

Anette agita a mão à frente do rosto dele. Henning pega a bala entre o polegar e o indicador e a cheira.

— O que você está fazendo? — Anette dá uma risadinha, sempre mastigando.

— Não, eu...

A voz é fraca, como se lhe faltasse o ar. O bonde número 11 para na Praça Olaf Ryes. As rodas rangem. O ruído soa como um misto de porco grunhindo e uma serraria.

— É o meu bonde — diz Anette, fazendo menção de ir embora. Ela esquadrinha seu rosto. — Obrigada pelo jantar. Preciso correr. Até breve.

Ela sorri e se vai. Ele olha atentamente para ela. A mochila vai quicando, para cima e para baixo, quando ela dá uma corridinha. Henning ainda a está olhando fixamente quando ela embarca no vagão azul e branco. As portas se fecham e o bonde desliza rumo ao centro da cidade. Anette está sentada a uma janela e olha para ele.

Os olhos de Anette o perfuram como dentes afiados.

Henning leva uma eternidade para voltar para casa. Mal consegue erguer as pernas e precisa obrigá-las a se mover. Só consegue pensar no sorriso de Anette partindo, a mochila que ela não prendeu direito às costas, e que quicava para cima e para baixo enquanto ela corria fazendo com que os adesivos com nomes de lugares exóticos e distantes executassem diante de seus olhos uma dança peculiar.

Ele revive a cena, sem parar, enquanto seus sapatos se arrastam, ruidosos, contra o asfalto, retinindo feito címbalos. O som aumenta, ganha asas e se mistura à chuva, que se intensifica quando ele passa pela fila formada do lado de fora da Villa Paradiso. As pessoas lá dentro estão comendo pizza, bebendo, sorrindo, gargalhando. Henning tenta se concentrar, relembra os olhos de Anette, o alívio neles, o grau de satisfação, apenas poucas horas após ser atingida por uma arma paralisante. E ouve Tore Benjaminsen imitando a voz dela:

De que adianta ser um gênio se ninguém sabe disso?

Anette, ele pensa. Você bem que poderia ser a mulher mais esperta que eu já conheci. Com o gosto de Knott ainda na boca, Henning dobra na Seilduksgate com a sensação de ter sido enganado, ele e todo o mundo.

CAPÍTULO 71

A agradável sensação que ele havia experimentado poucas horas antes fora sugada. Tinha ficado exultante, feliz consigo mesmo, encantado por haver obtido uma nova fonte e ter dado uma colher de chá a Iver Gundersen.

Agora seus passos pesam feito chumbo.

Henning chega ao prédio pensando se Anette enganara Stefan fazendo-o crer que ela também ia se matar. Seria por isso que ele estava todo encolhido contra a parede? Porque ela estava deitada ao lado dele na cama estreita?

Mas por quê?

Novamente ele se lembra de Tore Benjaminsen, que achava que Anette no fundo era lésbica, mesmo tendo tido vários casos com homens. Talvez seja tudo muito simples, Henning especula. Henriette flertava com Anette, que acreditou erroneamente que Henriette estava genuinamente interessada por ela, e foi rejeitada.

Anette provavelmente já havia sido abandonada antes, como muita gente, mas nunca rejeitada. Não por alguém que amava de verdade. E assim, pela primeira vez, ela experimentou o quanto isso dói. A linha tênue, perigosa, entre amor e ódio.

Uma mulher esperta, ele pensa, lembrando-se do que ela dissera na barraca: seu roteiro também deixava isso óbvio. O que faz Henning imaginar se o roteiro não poderia ter sido ideia de Anette. Quem sabe se não foi ela que insistiu na trama de Gaarder, para que todos pensassem que Yngve Foldvik tinha tido um caso com Henriette? Foldvik disse a Henning que o roteiro fora escrito por Henriette, mas que era bem possível que Anette tivesse dado sua opinião sobre ele.

Mas quando foi que isso começou, ele se pergunta? Quando o plano dela tomou forma?

Ele se recorda do que ela disse sobre seu primeiro encontro com Stefan, depois de ele ter vencido o concurso de roteiros. Talvez as coisas tenham tido início naquela noite. Talvez ela tenha resolvido dirigir o roteiro de Stefan para ficar mais próxima dele e poder manipulá-lo. Ela seria a mulher que realizou o sonho dele. E tudo na indústria cinematográfica é demorado. São muitas reuniões sobre reuniões sobre reuniões. Seria relativamente fácil passar a perna em Stefan e, de qualquer modo, ele estaria mesmo morto quando o filme fosse concluído.

O que ela teria dito, que palavras havia usado para provocar a ira dele? Que mulheres como Henriette transformam homens em estupradores que destroem famílias? Não seria difícil atiçar Stefan com esse tipo de lógica, considerando-se tudo que a própria mãe dele fora vítima. Quanto mais pensa a respeito, mais Henning se convence de que Anette dirigira Stefan o tempo todo. Como uma verdadeira diretora...

Ele também está convencido de que os dois, ou quem sabe só Anette, tentaram implicar Mahmoud Marhoni mandando-lhe mensagens do celular de Henriette, como no roteiro. As referências a infidelidade e a fotografia no e-mail de Henriette seriam algo difícil de explicar. Seria a palavra de Marhoni contra mensagens de texto de uma mulher morta. E ninguém teria dificuldade em acreditar que Henriette o havia corneado. Afinal, ela era uma grande "piranha". A mulher desejada por todos. Inclusive Anette.

Ele vê o rosto de Stefan morto, deitado na cama, prensado contra a parede. Será que Anette prometeu ir com ele? Será que os dois fizeram um pacto suicida? Como ela conseguiu enganá-lo? Ele teria notado que as pílulas dela eram diferentes? Por que...

Um momento. Henning tem uma ideia. E com ela na cabeça tranca rapidamente a porta de entrada do prédio. Sem tomar conhecimento da correspondência, sobe as escadas, ignorando a dor que grita em seus quadris e em suas pernas. Abre a porta do apartamento e leva o *laptop* para a mesa da cozinha. Sobe na escada de mão, o mais rapidamente possível, e substitui as pilhas antes de tirar o paletó e abrir uma gaveta do guarda-louça de compensado. Vasculha receitas, cardápios de comida para viagem, velas, caixas de fósforos, malditas caixas de fósforos, cartões de visita, mas não é nada disso que procura. Depara-se com uma garrafa de rum Bacardi, eca, mais cardápios de comida para viagem, até que ali, debaixo de uma velha folha de pontuação de hóquei sobre o gelo que, por algum motivo, ele havia guardado, encontra o cartão que sabia que não havia jogado no lixo. Vê o nome do Dr. Helge Bruunsgaard impresso no cartão branco texturizado.

Pega o celular, nota que a bateria está acabando, mas pensa que ela deve dar para a ligação que irá fazer.

O telefone toca por um longo tempo, antes que o Dr. Helge atenda. A respiração de Henning se acelera quando a voz familiar exalando entusiasmo e otimismo responde:

— É você, Henning?

— Oi, Helge — ele diz.

— Como vai? Como está sendo o retorno ao trabalho?

— Hã, bom. Escute. Eu não estou ligando a essa hora numa noite de sexta-feira para falar de mim. Preciso da sua ajuda. Sua ajuda profissional, para uma matéria em que estou trabalhando. Posso incomodá-lo por alguns minutos? Imagino que esteja a caminho de casa...

— Sim, estou, mas tudo bem, Henning. Estou preso no trânsito, parece que houve um acidente. O que você quer saber?

Henning procura organizar as ideias.

— O que quero lhe pedir vai parecer meio estranho. Mas eu juro, não é nada comigo, portanto não precisa se preocupar.

— O que é, Henning? O que é?

A súbita preocupação na voz do Dr. Helge é ignorada por Henning. Ele respira fundo.

E faz a pergunta.

O computador liga, embora meio relutantemente, e, como de costume, demora um minuto, ou trinta, para carregar. Henning anda para lá e para cá aguardando a conclusão de todos os programas pré-instalados, embora só vá usar um deles. O relógio no alto do canto direito da tela mostra 21:01 quando ele se senta e clica duas vezes sobre o ícone do FireCracker 2.0. De novo, leva séculos para que o programa carregue. 6tiermes7 está conectado e ele clica duas vezes no nome. Uma janela surge.

MAKKAPAKKA: HUGGER?

Ele aguarda pacientemente a resposta. Nem 6tiermes7 consegue ficar diante de um teclado o tempo inteiro.

6TIERMES7: MUGGER. VOCÊ NÃO DEVERIA ESTAR COMEMORANDO AGORA?
MAKKAPAKKA: JÁ FIZ ISSO. E NÃO TEVE GRAÇA.

6TIERMES7: PREFERIA ESTAR FALANDO COMIGO, NÃO É? EU ENTENDO
MUITO BEM...

MAKKAPAKKA: ESTOU PENSANDO NUMA COISA.

6TIERMES7: ESTÁ BRINCANDO. AGORA?

MAKKAPAKKA: AGORA MAIS DO QUE NUNCA, POSSIVELMENTE.

6TIERMES7: PARECE COISA SÉRIA. O QUE É?

MAKKAPAKKA: UMA DAS MENSAGENS DE TEXTO ENVIADAS PARA HENRIETTE
HAGERUP NO DIA EM QUE ELA MORREU VEIO DE MOÇAMBIQUE. VOCÊ SABE
DE ONDE EM MOÇAMBIQUE?

6TIERMES7: ESPERE UM INSTANTE, DEIXE-ME VER.

Seus dedos passeiam pelo teclado, pronto para escrever.
Passa-se um minuto. então 6tiermes7 retorna.

6TIERMES7: UM LUGAR CHAMADO INHAMBANE.

Outra peça do grande quebra-cabeças encontra seu lugar. É
como se a lacuna para a qual ele esteve olhando o dia todo se fe-
chasse com um estrondo.

MAKKAPAKKA: ESTE CASO NÃO ESTÁ ENCERRADO.

6TIERMES7: COMO?

MAKKAPAKKA: STEFAN FOLDVIK NÃO SE SUICIDOU. FOI ANETTE SKOPPUM
QUE O MATOU.

6TIERMES7: O QUE O FAZ PENSAR ISSO?

MAKKAPAKKA: UMA SÉRIE DE RAZÕES. MUITOS FIOS SOLTOS. PRECISO QUE
VOCÊ ME FAÇA MAIS ALGUNS FAVORES.

6TIERMES7: DIGA.

MAKKAPAKKA: AS AMOSTRAS QUE VOCÊS TIRARAM DO QUARTO DE STEFAN
— SUPONHO QUE AGORA ELAS SEJAM DE PRIORIDADE BAIXA?

6TIERMES7: CERTO.

MAKKAPAKKA: ISSO NÃO DEVE ACONTECER.

6TIERMES7: VOCÊ NÃO ESTÁ ACHANDO QUE EU TENHO PODER PARA MUDAR ISSO...

MAKKAPAKKA: NÃO, EU SEI. SÓ ESTOU LHE DIZENDO O QUE É PRECISO ACONTECER PARA SOLUCIONAR ESSE CASO.

6TIERMES7: SE NO FINAL AS AMOSTRAS É QUE IRÃO RESOLVER ESSE CASO, ENTÃO O TEMPO NÃO É ESSENCIAL, CERTO? MAKKAPAKKA: NÃO, SÓ QUE AÍ ANETTE ESTARIA BEM LONGE DAQUI. AS FÉRIAS DE VERÃO JÁ VÃO COMEÇAR. DEUS SABE QUE LUGAR BEM DISTANTE ELA IRÁ VISITAR DESSA VEZ. JÁ EXPLOROU METADE DO GLOBO. QUANDO VOCÊS ACABAREM DE PROCESSAR AS PROVAS CAPAZES DE CONDENÁ-LA, ELA PODE ESTAR EM QUALQUER LUGAR.

6TIERMES7: COMPREENDO O PROBLEMA, MAS NÃO HÁ MUITO QUE EU POSSA FAZER. VOCÊ PRECISA TRATAR DISSO COM O GJERSTAD OU ENTÃO IR DIRETO À NØKLEBY. TENTAR CONVENCÊ-LOS. EU SEMPRE PODEREI AJUDAR DEPOIS.

MAKKAPAKKA: OK, ENTENDI. MAS TEM DUAS OUTRAS COISAS COM AS QUAIS EU SEI QUE VOCÊ PODE ME AJUDAR.

6TIERMES7: QUAIS SÃO?

Ele respira fundo antes de começar a digitar. Mas isso é pouco para acalmar a fera que galopa dentro do seu peito.

CAPÍTULO 72

O dia do enterro de Henriette Hagerup começa sem nuvens, claro e radioso. É segunda-feira. Henning Juul tirou a poeira de um velho terno. Olha-se no espelho. Ajusta a gravata preta que odeia usar, e corre os dedos pelas cicatrizes. Faz muito tempo que olhou para elas pela última vez. Que olhou realmente. Mas ao fazê-lo, ele acha que elas estão menos perceptíveis. É como se, de algum modo, as cicatrizes se tivessem confundido com ele.

Toma uma respiração profunda no banheiro, onde o ar ainda é quente e úmido após o banho de meia hora atrás. Creme de barbear e um barbeador repousam em cima da pia, que agora está coberta de pelos e espuma.

Antes de sair, verifica se tudo de que necessita está nos bolsos. A coisa mais importante que você precisa trazer é a cabeça, Jarle Høgseth costumava dizer. Deve ser verdade, pensa Henning, mas não custa ter sempre à mão algumas ferramentas. Precisa manter os sentidos bem aguçados, mesmo tendo feito bom uso deles recentemente. Repassou cada conversa e cada encontro. Dr. Helge e 6tiermes7 prestaram, ambos, uma ajuda inestimável e forneceram peças para o quebra-cabeças, mas ele não sabe se isso basta. Espera encontrar a resposta em algumas horas.

A igreja de Ris foi consagrada em 1932. É um belo templo de pedras em estilo romano. Os sinos da igreja, todos os três, já estão dobrando quando Henning chega de táxi. Ele salta e se mistura aos presentes.

Entra na igreja e recebe um folheto do serviço fúnebre com o nome e o rosto sorridente de Henriette Hagerup na capa. Reconhece a foto. Estava no santuário de Henriette no pátio externo da faculdade na semana passada. Recorda-se de ter pensado que ela tinha um ar inteligente. Senta-se num banco bem ao fundo e evita olhar para os circunstantes. Não quer olhar para ninguém nem falar com ninguém. Ainda não.

A cerimônia é bonita, digna, contida e triste. A voz monótona do celebrante enche a igreja, acompanhada por lamentos contidos e choros silentes. Henning procura não pensar na última vez em que esteve numa igreja, na última vez em que ouviu gente chorando a perda de uma criança, mas os pensamentos são impossíveis de bloquear. Até quando o pároco está falando, ele é capaz de ouvir a melodia de 'Amiguinho'.

Com quinze minutos de cerimônia, ele se levanta e sai. A atmosfera, o cheiro, os sons, as roupas pretas, as fisionomias, tudo o faz voltar dois anos no tempo, quando estava sentado em outra igreja, na frente, pensando se algum dia conseguiria juntar novamente seus cacos, se poderia ser humano novamente.

Percebe que não mudou ao chegar à pérgula. Tem medo de pensar no que há à frente, em seu futuro, no assunto inconcluso que andou traumatizado demais para enfrentar. Mas agora que sabe que seu cérebro está de novo funcionando, não tem mais como ignorar. Não dá para deixar para lá, pensa, tenho que fazer alguma coisa em relação a isso que vem me roendo o peito, a esse irritante mecanismo de relógio que fica tiquetaqueando sem parar dentro de mim; ele nunca me dará sossego nem me deixará ser abraçado pelo solo sereno e cerrar meus olhos com uma sensação de completude.

Porque eu sei que estou bem.

Ele afrouxa o laço da gravata e sente o vento fresco no rosto. Vai se afastando da entrada. A voz do pároco chega através das portas abertas. Um jardineiro arruma uma sepultura ali perto, embelezando-a. Henning vagueia pelos túmulos. A grama, recém--cortada, revela uma tonalidade de verde exuberante, e todos os arbustos estão meticulosamente podados.

Ele segue até os fundos da igreja, onde as lápides se alinham como dentes. Pensa que já faz bastante tempo que visitara o túmulo de Jonas pela última vez, mas afasta o pensamento ao vê-la.

Anette está de pé diante do buraco retangular no chão, onde Henriette Hagerup irá descansar para sempre. Mesmo agora, ela carrega a mochila. Um súbito ataque de nervos percorre o corpo de Henning quando decide se juntar a ela. Não há ninguém por perto. Ela veste uma saia preta e um blazer preto por cima da blusa, também preta.

Anette se vira quando ele se aproxima por trás.

— Você também não conseguiu ficar lá dentro, não é? — diz ela abrindo um sorriso.

— Olá, Anette — ele diz, parando ao seu lado e olhando para o buraco.

— Eu detesto enterros — ela começa. — Achei melhor vir dizer adeus assim, aqui fora, antes que a histeria tenha início.

Ele concorda com a cabeça. Nenhum dos dois fala por algum tempo.

— Não esperava vê-lo aqui — ela diz, finalmente, olhando para ele. — Foi um dia aborrecido?

— Não — ele responde. — Eu estou exatamente onde devo estar.

— O que você está querendo dizer?

Ele dá mais um passo para perto da beira do buraco e olha para ele novamente. Lembra-se do poema de Kolbein Falkeid, que a banda Vamp musicou:

Quando vem a noite, eu embarco em silêncio
e meu bote salva-vidas desce sete palmos

Vinte e três anos, ele pensa. Henriette Hagerup viveu apenas vinte e três anos. Henning se pergunta se ela teve tempo de sentir que tinha tido uma vida.

Ele enfia a mão no bolso do paletó.

— Você pensou que tinha se lembrado de tudo — ele fala, encontrando os olhos dela. O sorriso desconfiado se confunde com uma contração de desassossego no canto da boca de Anette. Henning nota que suas palavras a pegaram de surpresa. Bom, era o que ele pretendia. Ele espera o efeito dramático se completar.

— O quê?

— Eu não conseguia entender por que você de repente ficou tão amável e prestativa. Você me levou de carro até Ekeberg Commmon, no meio de uma tempestade. Naquele momento, a morte de Stefan não era de conhecimento público. Mas você sabia. Você sabia porque foi a última pessoa a vê-lo vivo. Sabia porque o convenceu a tirar a própria vida.

Ela ergue as sobrancelhas.

— Que diabos você está...

406

— Você sofre de epilepsia, não é?

Anette passa o peso de uma perna para a outra.

— Posso dar uma olhada na sua mochila?

— O que... não.

— Os epilépticos costumam tomar Orfiril. Aposto que você tem Orfiril aí — ele diz, apontando para a mochila. — Ou talvez o seu tenha acabado?

Ela não responde, mas lança um olhar que sugere que ele a magoou profundamente.

— Os comprimidos de Orfiril se parecem muito com esses — ele prossegue, tirando do bolso do paletó um saquinho de balas Knott. Pega uma pastilha pequena, branca e a segura no alto.

— Stefan já dera com a língua nos dentes para os pais. Vocês iam pegar muito tempo de cadeia, os dois. Você viu uma chance de Stefan ficar com toda a culpa. Ou esse era o seu plano desde o começo?

— De que diabos você está falando?

— Eu pisei numa dessas quando encontrei Stefan morto na cama — ele diz, e mostra a ela as balas. — Orfiril misturado com álcool é um coquetel letal. Mas só quem tomou Orfiril foi Stefan. Você ingeriu um punhado de balas. *Nham*. Afinal, você gosta de comer todas de uma vez... O problema com essas balinhas é que às vezes elas caem do saco ou então você acaba deixando alguma escapar quando tenta engolir um punhado delas.

Anette balança a cabeça e leva as mãos ao alto.

— Isso está passando dos limites. Eu vou indo.

— Eu sei por que você me deu carona até Ekeberg Common — ele diz, indo atrás dela. Ela se volta e o olha fixamente mais uma vez. — Estava nervosa. Sabia que Stefan batera com a língua nos dentes, tinha medo que ele pudesse ter contado aos pais o que realmente aconteceu, revelado o nome da parceira no crime. Não podia perguntar isso a Stefan naquela tarde, ou ele teria sacado que você faria alguma coisa, que o pacto de suicídio não era para valer, pelo menos da sua parte. Foi por isso que você se ofereceu para me levar de carro: tinha um pretexto para ir lá descobrir o quanto os pais de Stefan sabiam. Foi por essa razão que você voltou e apareceu na barraca.

Anette leva as mãos aos lábios. Vai dizer alguma coisa, mas para.

— E que interpretação! — ele continua. — Você percebeu que Ingvild não sabia quem você era. Estava a salvo. E sabia que Ingvild fora violentada, porque Stefan lhe contou. E também sabia que ela havia feito aulas de autodefesa, que tinha uma arma paralisante e que fora treinada para reagir defensivamente caso alguém se aproximasse por trás. Como você fez na barraca. Aquele gesto piedoso, de pôr a mão nas costas dela, perto da garganta, para demonstrar carinho. Mas você fez aquilo porque sabia o que Ingvild faria, que atiraria em você, e com certeza não pode haver jeito melhor de acabar com uma suspeita do que se tornar a próxima vítima, mesmo sobrevivendo.

Anette desvia os olhos. Vendo-a, ele percebe que é verdade, embora ela disfarce muito bem. Está convencido de que ela esteve no apartamento dos Foldvik mais de uma vez. Foi por isso que ela correu as cortinas. Sabia como era visível da rua, dos apartamentos do outro lado, e também sabia que os Foldvik tinham vizinhos intrometidos. Toda vez que uma porta se abria, as cortinas da senhora Steen eram puxadas. Por isso é que a porta social estava quase fechada, mas não trancada. Assim ninguém a veria ou ouviria.

Anette coça o rosto e afasta uns fios de cabelo que tinham caído em seus olhos. Henning prossegue:

— Após matar Henriette, você tentou envolver o namorado dela, um homem que conquistara o coração de Henriette. Tentou montar uma armadilha para ele, tal como no roteiro, e assim se livrar. A coisa não saiu exatamente conforme o planejado, mas com Stefan fora de cena, após ter confessado, todos os fios soltos se amarravam, no que dizia respeito a você. Você pensou que tinha se lembrado de tudo, Anette, mas faltaram duas coisas — ele diz e faz mais uma pausa de efeito dramático. Ela parece estar perdida. Olha para ele com olhos inexpressivos.

— Stefan — ele começa, mas espera um pouco mais. — Como Stefan sabia que Henriette estaria na barraca naquela noite?

Ele deixa a pergunta no ar por um longo tempo. Anette não responde.

— Nenhuma mensagem de texto foi enviada do celular de Stefan para Henriette naquele dia ou naquela noite. Ou do celular dela para o dele. Eu sei, porque verifiquei.

Ela não se mexe, fica simplesmente olhando para ele. Seu rosto é vazio e sua respiração indiferente. Henning se apruma.

— No entanto, uma chamada foi feita do telefone dele para o seu na tarde em que ele morreu. Durou 37 segundos. Foi quando ele lhe contou que havia confessado para os pais? Foi por isso que você foi até lá? Para fazer um controle de danos?

Ainda nenhuma reação. Ele se lembra do que Anette lhe dissera, na faculdade, que Henriette tinha falado que mandaria a Uma Casta de Charia por *e-mail* para Foldvik. 6tiermes7, ou alguém da polícia, vasculhou os *e-mails* de Henriette e concluiu que ela nunca mandou esse *e-mail*. Yngve não estava mentindo. Portanto, Stefan não poderia ter encontrado o roteiro em casa. Só havia um meio de isso ter acontecido: Anette deve ter mostrado, ou dado, o roteiro a ele.

Henning a observa. Não há fissuras em sua armadura.

— Vou perguntar mais uma vez: como Stefan sabia que Henriette estaria na barraca naquela noite?

Dessa vez, ele não espera uma resposta.

— Porque você disse a ele. Henriette e você já haviam combinado de se encontrar lá. Caso contrário, por que ela deixaria o apartamento do namorado? Tinha de ser algum motivo importante, algo previamente combinado. E vocês iam começar as filmagens no dia seguinte.

Anette não reage.

— O que você disse a Stefan naquela noite? — ele continua, sem se deixar afetar pela frieza e pela mudez de Anette. — Que só iria assustá-la um pouquinho? Foi assim que o convenceu a levar a arma paralisante da mãe?

Mesmo sem Anette dizer, Henning tem certeza de que Henriette deve ter sido surpreendida pela aparição de Stefan na barraca junto com a amiga. Isso não fazia parte do acordo entre as duas. Mas Stefan ainda achava que Henriette era a mulher com quem seu pai tivera um caso. Perfeito para Anette. E o buraco já fora cavado, porque era necessário à filmagem na manhã seguinte.

— Você atirou a primeira pedra, ou o instigou a matá-la?

Ele busca algum sinal de aquiescência ou admissão, sem encontrar nem uma coisa nem outra. Mas agora não dá mais para parar.

— Você planejou bem o crime. E para implicar Marhoni ainda mais profundamente, mandou um *e-mail* para Henriette no próprio dia em que pretendia matá-la. Com uma foto. Henriette com os braços em volta de um homem mais velho. Sou capaz de apostar que o homem da foto era Yngve.

— Eu nunca mandei para Henriette uma foto de Yngve — Anette protesta.

— Não. Você não apertou a tecla 'enviar'. Arranjou alguém para fazer isso.

Aponta para a mochila.

— Inhambane.

Ela vira a cabeça, mas percebe que não pode ver o adesivo para o qual Henning está apontando. Lê-se Inhambane em letras pretas contra um fundo branco, envoltas por um coração vermelho.

— Inhambane é uma cidade no sul de Moçambique, na baía de Inhambane. Belas praias. No dia em que foi assassinada, Henriette recebeu um *e-mail* de um *cybercafé* de Inhambane. Uma mensagem de texto foi também enviada a ela de uma conta anônima do mesmo local pouco depois, dizendo que ela fosse verificar seu *e-mail*. Isso aconteceu quando ela estava com Mahmoud Marhoni.

— E daí?

— E daí? Você está me dizendo que é pura coincidência você ter uma etiqueta adesiva de Inhambane na sua mochila? Você esteve lá, Anette. Provavelmente fez amigos por lá. Inhambane não é propriamente um dos dez destinos turísticos mais famosos da Star Tours.

Anette não responde.

— O problema de se ter parceiros num crime — ele prossegue — é que nunca se pode estar seguro de que o outro vai manter a boca fechada. Por isso você estava com tanto medo, quando eu a conheci. Tinha medo de que Stefan pudesse se trair, trair você, que não fosse capaz de conviver com o que vocês dois haviam feito. E tinha razão. Por isso você o enganou e o fez tirar a própria vida.

A fisionomia de Anette se dissolve num sorriso enigmático, mas ela rapidamente se recobra.

— Deixe-me lhe dizer uma coisa sobre Henriette — ela fala.

— Henriette não era assim tão inteligente. Desde sua morte, todo mundo tem se apressado a dizer como ela era talentosa, como era brilhante.

Sua voz fica triste.

— A verdade é que era medíocre. Eu li o roteiro que ela vendeu. Não era tão bom assim. Control+Alt+Delete? Que título é esse? As passagens inteligentes nesse roteiro foram ideias minhas. Mas você acha que ela ia me dar crédito por isso?

Ela ri com desdém.

— Foi por isso que você prometeu dar continuidade ao trabalho dela, como escreveu no cartão. Sentia que tinha certos direitos sobre o roteiro, pelas "passagens inteligentes". Você já entrou em contato com Truls Leirvåg?

Anette ri e em seguida responde que sim com a cabeça.

— Nós devíamos fazer um filme juntos, você e eu, Henning. Você tem muita imaginação. Mas também se esqueceu de uma coisa — ela diz, caminhando na direção dele. Ela sussurra:

— As duas pessoas que podem provar tudo que você acaba de descrever — ela começa mas logo faz uma pausa dramática. A frieza em seus olhos atinge Henning como uma bofetada gelada no rosto.

— Ambas estão mortas.

Ela dá um passo atrás. Depois sorri novamente. Um sorriso breve, astuto.

— E daí, se encontrarem balas no quarto de Stefan? — ela continua. — O que isso prova? Que ele recebeu uma visita que gostava de bala? E daí, se ele me ligou naquela tarde? Eu ia dirigir o filme dele. Estávamos sempre em contato. Nada disso prova que fui eu quem matou Henriette e Stefan. Nada.

— Tem razão — ele diz. — A polícia só pode provar que você tentou incriminar o Marhoni, mas...

— Que espécie de prova você tem? — ela o interrompe. — Um adesivo na minha mochila?

— Isso não prova muita coisa, mas quando você põe alguns fósforos em fila e acende todos, obtém uma chama bem considerável. Quando eu contar tudo que descobri ao Detetive Brogeland, ele e seus colegas vão averiguar tudo que você disse e fez nos últimos anos. Vão virar sua vida de cabeça para baixo, todos os *e-mails*,

412

todas as mensagens de texto, recibos, contas serão examinados na tentativa de ligar você a um assassinato e a uma morte suspeita. E quando o exame toxicológico ficar pronto e a polícia souber que o cadáver de Stefan continha Orfiril, a prova circunstancial será tão irrefutável que você vai precisar fazer muitos acordos para não ir para a cadeia. Uma bala, como você bem destacou, não constitui prova, mas é bom lembrar o julgamento de Orderud. Quatro pessoas foram parar na prisão por causa de uma meia...

Anette não responde. Ele a observa e tenta reproduzir seu sorriso gelado.

— De que adianta ser um gênio se ninguém sabe disso? — diz ele, imitando a voz de Anette. Ela olha para ele. — Todo mundo, em algum nível, deseja ser reconhecido pelo que fez. Nós queremos aplausos. Os seres humanos são assim. É por isso que você me deu o roteiro. Queria que eu entendesse. E eu entendo. Entendo que foi você que planejou tudo, e me sinto tremendamente impressionado. Mas você não vai ganhar seu minutinho de aplauso. Não de mim, nem de ninguém.

Anette crava os olhos nele. Ele se vira e vê a procissão do funeral deixando a igreja.

— Como você disse, Anette, a histeria vai começar.

Ela ri do comentário.

— Uau — diz Anette, balançando e abaixando alternadamente a cabeça. Vai novamente até Henning. Tira a bala da mão dele e a joga na boca.

— Você sabe quem me ensinou que elas ficam mais gostosas quando se comem todas de uma vez só?

Ela chupa a pastilha para comprovar.

— Como você é muito inteligente, tenho certeza de que é capaz de adivinhar — diz ela, sem esperar que ele responda. Anette fica olhando para ele por um longo tempo. Em seguida sorri mais uma vez e passa a caminho da procissão. Ele a acompanha com os olhos, a vê atravessar o gramado em meio às pessoas compungidas; Anette as olha de relance, cumprimenta com um gesto de cabeça algumas conhecidas, mas não se junta a nenhuma delas. Apenas segue em frente. Como se nada no mundo pudesse preocupá-la.

E ela pode ter toda razão, Henning pensa, quando Anette desaparece de vista e o cemitério se enche de pessoas chorosas vestidas de preto. Pode ser impossível provar que ela bolou e executou um plano que resultou na morte de duas pessoas. Porque ela jamais admitiu coisa alguma, nem hoje nem na barraca em Ekeberg Common, e a prova é, na melhor das hipóteses, circunstancial.

Jarle Høgseth costumava dizer que crimes raramente são entregues à polícia embrulhados para presente. Às vezes a coisa é simples e tranquila: a prova fala uma linguagem inequívoca, o criminoso confessa, seja espontaneamente, seja em função de alguma prova surgida durante os interrogatórios; ou, no julgamento que se segue, a versão da acusação contrasta nitidamente com as justificativas dadas pelo réu. Assim é e sempre será.

Mas a verdade, para Henning, jamais será um caso perdido. Ele viu isso nos olhos frios de Anette. E muita coisa pode ocorrer ao longo de uma investigação. Novas provas podem surgir. Testemunhas podem prestar depoimentos capazes de lançar novas luzes sobre as ações de Anette. Ela terá uma infinidade de perguntas a responder e é difícil dar respostas convincentes, hora após hora após hora, a questões complexas, por mais inteligente que a pessoa seja.

Ele permanece no cemitério da igreja durante o sepultamento. Não ergue os olhos, não escuta o que está sendo falado; ouve apenas quando as pessoas cantam:

Ajude-me, oh Senhor, a cantar essa canção
para que meu coração possa prosseguir

só um dia, um momento de cada vez
até que eu alcance Sua terra abençoada.

Henning range os dentes e sufoca as lembranças e a dor, muito embora veja Jonas a todo instante. Sente-se capaz de finalmente dizer adeus. Não estava preparado até agora. Porque não podia, não queria aceitar que Jonas nunca mais o acordaria de manhã, ao romper da aurora, que jamais voltaria a se aconchegar, a ficar abraçado, abraçado a ele até a TV infantil começar.

É difícil ser grato pelo que tive, pensa Henning, é difícil lembrar cada dia, cada instante em vez de chorar o que nunca mais será. Mas se eu puder me convencer de que os seis anos que Jonas viveu foram os melhores da minha vida, já é um começo.

Não parece muito, mas é um começo.

Ele se abstém de apresentar condolências depois que o bote salva-vidas de Henriette desce sete palmos na terra. Sabe que não será capaz de lidar com isso, que não terá forças para conhecer os pais e a família dela sem se identificar com eles. Não vai sufocar a tristeza, porque precisa senti-la. Mas não aqui. Não agora.

Essa hora virá.

Só um dia, um momento de cada vez. Até que eu alcance, Jonas, Sua terra abençoada.

CAPÍTULO 73

Estão tocando música no apartamento de cima quando ele chega em casa. Para diante da porta de entrada. Arne Halldis está ouvindo ópera. Henning reconhece a ária de imediato. É *Nessun Dorma*, do *Turandot*, de Puccini. Sua ária favorita. A voz inconfundível de Luciano Pavarotti enche as escadarias:

Ma il mio mistero è chiuso in me
il nome mio nessun saprà!

Arne Halldis é um homem multifacetado, pensa Henning. Ou então é um espertinho de primeira que explora poesia e ópera para se dar bem com as mulheres. Ele imagina que seja por isso que Gunnar Goma seja seu fã declarado.

No, no! Sulla tua boca lo dirò

quando la luce splenderà!

Arne Halldis aumenta o volume, quando a ópera chega ao clímax:

All'alba vincerò!
vincerò, vincerò!

A canção paira no ar, viaja pelas paredes e pelo concreto, madeira e gesso, antes de bater bem no meio da testa de Henning, penetrar no seu crânio espesso e atravessá-lo por dentro; seu rosto enrubesce e, antes que se dê conta do que está acontecendo, as lágrimas estão rolando. Ele pode senti-las descendo pelas cicatrizes, e de repente se vê soluçando.

Só Essa Coisa Em Que Ele Não Pensa o fizera chorar desde Essa Coisa Em Que Ele Não Pensa. Sente-se meio estranho, experimentando o gosto do próprio sal, depois de tanto tempo e sabendo que foi a música de Arne Halldis que provocou isso. Mas não fica surpreso por essa música tê-lo feito chorar novamente. E sente uma vontade imensa de tocar um ou dois acordes, mas não tem certeza se deve ousar.

Ele entra em casa quando os aplausos vão morrendo e tudo em volta fica em silêncio. Troca as pilhas dos detectores de fumaça, senta-se no sofá e abre o *laptop*, que desperta do modo *sleep*. Leva alguns segundos para encontrar o sinal *wireless* e carregar o FireCracker 2.0. Não demora muito e 6tiermes7 responde.

6TIERMES7: ESTOU CURIOSO. COMO FOI LÁ?

MAKKAPAKKA: CONFORME ESPERADO. ELA NEGOU TUDO.

6TIERMES7: GAROTA ESPERTA.

MAKKAPAKKA: A MAIS ESPERTA QUE EU JÁ CONHECI.

6TIERMES7: TAMBÉM NÃO CONSEGUIU GRAVAR NADA? NADA QUE POSSA-

MOS USAR?

MAKKAPAKKA: AINDA NÃO OUVI A GRAVAÇÃO, MAS DUVIDO.

6TIERMES7: OK. VOCÊ FEZ O MELHOR QUE PODIA. DAQUI POR DIANTE DEIXE CONOSCO.

MAKKAPAKKA: VOU TENTAR.

6TIERMES7: NÃO ME DIGA QUE ESTÁ PLANEJANDO OUTRA INVESTIGAÇÃO?

Henning pensa enquanto o cursor fica piscando na janela de bate-papo. Alguma coisa aconteceu com ele na semana passada. Embora três pessoas tenham morrido e famílias tenham sido destruídas para sempre, lhe fez bem voltar a trabalhar. Anette não confessou e as ameaças de Hassan não seriam fáceis de ignorar, mas Henning provara para si mesmo que ainda é capaz. As pequenas células cinzentas tinham despertado de novo.

Ele olha para os dedos, antes de digitar as palavras que vinham se remoendo dentro dele há tanto tempo. Ele sabe que depois que escrevê-las, não haverá mais volta. Terá disparado o tiro de partida.

O Dr. Helge provavelmente me diria para esperar, ele pensa, até ter absoluta certeza de que estou preparado. Mas não tenho tempo para esperar. Ninguém pode afirmar se Yasser Shah será preso, ou se a prova de Mahmoud Marhoni fará com que Hassan e sua gangue imitem Robert De Niro e desapareçam. Ninguém é capaz de me dizer quando poderei andar pela rua sem olhar por cima do ombro, ou se minhas noites serão eternamente marcadas por sons que não me deixam dormir.

E é por isso que ele escreve:

MAKKAPAKKA: NA REALIDADE, TINHA UMA COISA.

Ele sente frio.

6TIERMES7: VOCÊ ESTÁ DE BRINCADEIRA. O QUE É?

Ele respira fundo. Há quase dois anos eu parei quando descia ladeira abaixo, ele pensa. Puxei o freio de mão. Ele é como Ingvild Foldvik. Tem sido um zumbi desde a morte de Jonas. Mas às vezes é preciso soltar o freio e se lançar ao abismo para ganhar impulso para subir novamente. Ele não sabe onde é o fundo, mas dessa vez não vai parar enquanto não chegar lá. Não importa o quanto doa. Henning respira e começa a digitar.

MAKKAPAKKA: PRECISO DA SUA AJUDA.

Olha para o teto. Não tem certeza da razão de estar fazendo isso. Talvez esteja tentando absorver o que Pavarotti estava cantando. Sua força. Sua vontade. Fica olhando para cima por um bom tempo; em sua cabeça consegue escutar a voz de Luciano novamente.

All'alba vincerò!
vincerò, vincerò!

Ao amanhecer eu hei de ser vitorioso.

Ele se volta outra vez para a tela. Nesse momento, é tomado por uma resolução como nunca conhecera igual. Escreve as palavras com uma determinação que faz seus braços ficarem de cabelo em pé.

MAKKAPAKKA: PRECISO DE AJUDA PARA DESCOBRIR QUEM PÔS FOGO NO MEU APARTAMENTO.

Pronto. As palavras saíram, palavras em que somente ele estivera pensando. A polícia concluiu que o incêndio não foi suspeito. Com isso Henning sepultou suas palavras por quase dois anos. Agora elas estão livres.

E agora que as havia escrito, agora que começa a investigar a história mais dolorosa de sua vida, ele pode igualmente dizê-las em alto e bom som.

MAKKAPAKKA: POR FAVOR, AJUDE-ME A ENCONTRAR QUEM MATOU MEU FILHO.

AGRADECIMENTOS

Queimado jamais teria se tornado realidade sem muitas contribuições de amigos, familiares e outras pessoas que se dispuseram a ler, ouvir, bater bola e partilhar sua experiência e seu conhecimento. Jørn Lier Horst, Erik Werge Bøyesen, Johnny Brenna, Hege Enger, Line Onsrud Buan, Petter Anthon Næss, Torgeir Higraff, Nicolai Ljøgodt, Kristin 'Kikki' Jenssen, Vibeke Ødegård Nohr — mil obrigados!

Um agradecimento todo especial a Benedicte. Você é brilhante. É incrível.

Aqueles que me conhecem bem também sabem que o caminho para meu primeiro livro publicado foi longo. Um muito obrigado final, por isso mesmo, vai para mim. Obrigado por nunca ter parado de escrever.

Thomas Enger
Oslo, dezembro de 2009

Este livro — composto em Fairfield LT Std e
Frutiger no corpo 11,2/15 — foi impresso sobre papel
Pólen Soft 80g/m² pela Prol Gráfica
em Barueri — SP, Brasil.